Using Distillers Grains in the U. S. and International Livestock and Poultry Industries

乙醇加工副产品在畜牧业的应用

［美］B. A. 贝比考克（B. A. Babcock）
D. J. 海斯（D. J. Hayes） 主编
J. D. 劳伦斯（J. D. Lawrence）
曹志军 李胜利 曹兵海 等译

化学工业出版社
·北京·

本书介绍了燃料乙醇加工副产品DDGS在畜牧业的应用，主要内容包括DDGS生产工艺、DDGS组成与营养成分、DDGS质量控制与新技术应用、DDGS在全世界的运输与市场，以及DDGS在肉牛、奶牛、猪、家禽日粮中的使用情况和最新研究进展，同时对DDGS产量和畜牧业的需要量进行了预测。

该书汇集了国际上著名专家的最新研究成果，可以帮助市场参与者更好地使用DDGS，非常适合于饲料公司和养殖场技术人员使用，也可以供科研人员参考。

图书在版编目（CIP）数据

乙醇加工副产品在畜牧业的应用/[美]贝比考克（Babcock，B. A.），[美]海斯（Hayes，D. J.），[美]劳伦斯（Lawrence，J. D.）主编；曹志军，李胜利，曹兵海等译．—北京：化学工业出版社，2010.11

书名原文：Using Distillers Grains in the U. S. and International Livestock and Poultry Industries

ISBN 978-7-122-09513-8

Ⅰ.乙…　Ⅱ.①贝…②海…③劳…④曹…⑤李…⑥曹…　Ⅲ.乙醇-液体燃料-副产品-应用-畜牧业-研究　Ⅳ.TQ517.4

中国版本图书馆CIP数据核字（2010）第187295号

Using Distillers Grains in the U. S. and International Livestock and Poultry Industries，by Bruce A. Babcock，Dermot J. Hayes and John D. Lawrence.

ISBN 978-0-9624121-7-2

北京市版权局著作权合同登记号：01-2009-2193

责任编辑：郭庆睿　李植峰　梁静丽　　文字编辑：张春娥

责任校对：战河红　　装帧设计：周　遥

出版发行：化学工业出版社（北京市东城区青年湖南街13号　邮政编码100011）

印　　装：大厂聚鑫印刷有限责任公司

787mm×1092mm　1/16　印张10　字数233千字　　2011年1月北京第1版第1次印刷

购书咨询：010-64518888（传真：010-64519686）　售后服务：010-64518899

网　　址：http://www.cip.com.cn

凡购买本书，如有缺损质量问题，本社销售中心负责调换。

定　　价：36.00元

本书翻译组成员

主　任：曹志军　　李胜利　　曹兵海

副主任：张晓明　　马秋刚　　杨红建

译　者（按姓名汉语拼音排列）：

曹兵海	曹志军	都　文	何艳东	胡志勇
黄文明	金　鑫	李凌岩	李　瑞	李胜利
刘　辉	马　媚	马秋刚	苏华维	孙文志
王琳娜	王　玲	夏建民	杨敦启	杨红建
曾　银	张　倩	张晓明	张　艳	赵雪君
周鑫宇	朱　滔			

译者序

近年来，由于石油、天然气和煤炭等能源的紧张，燃料乙醇作为再生能源相继成为美国和中国政府重点推广的新型能源。一般情况下，以玉米为原料生产乙醇，其效率为1t玉米可以生产400kg乙醇、320kg DDGS和320kg CO_2。

乙醇加工副产品（主要是DDGS）是一种营养价值较高的饲料原料，富含蛋白质、能量、氨基酸、粗纤维以及有机磷，是以谷物为原料、干法生产燃料乙醇过程中的一种副产品。国际上，DDGS普遍在畜禽日粮中使用，尤其是反刍动物，精饲料配方中一般占10%～20%。由于其较高的投入产出比和生产工艺的改进，DDGS使用量正逐步上升。我国饲料行业也在普遍使用DDGS，但对其营养组成、营养价值评定以及饲喂效果的研究和推广工作还未深入展开，缺乏DDGS的系统研究文献，也缺少关于这方面的专著。

美国是世界上DDGS产量最大的国家，DDGS生产工艺较先进，质量较好。该书由三位经济学专家主编，写作阵容强大，各章节由相应领域知名专家撰写，从营养学、经济学和管理学等方面对乙醇加工副产品（主要是DDGS）进行了系统性的评价，信息量大。读者通过该书可以了解DDGS的生产工艺、营养价值和使用方案等内容。

本书的成功翻译，是中国农业大学李胜利教授、曹兵海教授和曹志军副教授及其弟子共同努力的结果。首先，感谢爱荷华州立大学将本书的中文版权授予给我们；其次，感谢中国农业大学金鑫、张倩和夏建民等人为本书的资料整理和校正所付出的辛勤劳动。

在翻译过程中，我们尽可能地保留了原书的格式、图表以及单位，从而保证翻译的准确性和完整性。但由于水平有限，翻译过程中出现不当在所难免，恳请读者指正，以便来日修订。

该书可供大专院校和科研院所研究人员，以及乙醇生产公司、饲料原料厂商和饲料公司技术及管理人员使用。

译者

2010年6月15日

目　录

图（形）一览表

表格一览表

缩略语中英文对照

ADG	average daily gain	平均日增重
CCDS	condensed corn distillers solubles	浓缩玉米提取物
CLA	conjugated linoleic acid	共轭亚油酸
CP	crude protein	粗蛋白
DDGS	distillers dried grains with solubles	干酒糟及其可溶物
DE	digestible energy	消化能
DGS	distillers grains with solubles	酒糟及其可溶物
DM	dry matter	干物质
DMI	dry matter intake	干物质采食量
DRC	dry-rolled corn	干轧玉米
EFSA	European Food Safety Authority	欧洲食品安全局
FDA	Food and Drug Administration	食品药品管理局
FSU	Former Soviet Union	前苏联
GE	gross energy	总能
GM	genetically modified	转基因
GMO	genetically modified organism	转基因有机物
HMC	high-moisture corn	高水分玉米
HP-DG	high protein distillers grains	高蛋白酒糟
HP-DDG	high protein distillers dried grains（without solubles）	高蛋白干酒糟
HP-DDGS	high protein distiller dried grains with solubles	高蛋白干酒糟及其可溶物
HPLC	high-performance liquid chromatography	高效液相色谱
IAPC	Interagency Agricultural Projections Committee	农业项目代理委员会
mt	metric ton	吨
mmt	million metric tons	百万吨
NDF	neutral detergent fiber	中性洗涤纤维
NRC	National Research Council	国家科学研究委员会
PEM	polio encephalo malacia	脑灰质软化
ppb	parts per billion	十亿分之一
ppm	parts per million	百万分之一
PUFA	poly unsaturated fatty acids	多不饱和脂肪酸
RDP	ruminally degradable protein	瘤胃可降解蛋白
RFS	Renewable Fuel Standard	可再生燃料标准
RUP	ruminally undegradable protein	过瘤胃蛋白
TME	true metabolizable energy	真代谢能
TMR	total mixed rations	全混合日粮
USDA	U. S. Department of Agriculture	美国农业部
USGC	U. S. Grains Council	美国谷物协会
WDGS	wet distillers grains with solubles	湿酒糟及其可溶物

1 引言

Dermot J. Hayes[1]

图 1.1 和图 1.2 帮助我们说明了写这本书的初衷。图 1.1 是美国食品与农业政策研究所（FAPRI）2008 年 8 月对美国的干酒糟及其可溶物（distillers dried grains with solubles，DDGS）的生产、消费和交易的描述。其中 DDGS 产量增长得非常快，从 2006 年/2007 年的 1500 万吨增加到 2009 年/2010 年的 3500 万吨以上，预计最终在 2014 年达到 4300 万吨。从数量的角度来看，2013 年/2014 年市场上需要消费的 DDGS 的总量将与 2006 年/2007 年生产的豆粕总量大体相同。这意味着 DDGS 市场在 5 年内对产品的消化量相当于豆粕几十年的市场消化量。

FAPRI 的预测可能太过保守。他们预测，美国乙醇产量会在 2013 年/2014 年增长到 168 亿加仑[2]，略微超出了 2007 年的《能源独立和安全法》所调控下的 150 亿加仑。如果原油价格保持在每桶超过 100 美元，而乙醇价格最终涨到符合其能源价值，如果玉米价格比 2008 年因气候影响而导致的高价格下降，那么美国的乙醇产量很可能大幅增加并超过这个总数。事实上，Togkoz 等（2007）的一项研究应用相同的模式，但是不同的假设前提下，推算出乙醇的产量可能在 300 亿加仑。这个水平大概是图 1.1 中所描述的 2 倍。

图 1.2 表明 FAPRI 如何预测这种快速增长。该图将 DDGS 的价格表示为玉米价格的百分比，并且表明 DDGS 的巨大供应量将导致该产品的价格远低于玉米的价格。尽管本书以后的章节会介绍 DDGS 对于某些动物品种的饲喂价值可能远远高于玉米。如果价格刺激达到一定程度，自由市场会消化价格的任何波动。

而预期的 DDGS 低于其能源价值的价格会给美国乙醇工业带来冲击，最终也会损害到美国谷物生产者和能源消费者的利益。这个情况是真实的，因为不景气的 DDGS 市场会削弱种植新的乙醇农作物的动力，并且乙醇的减少意味着玉米价格和美国国内能源生产的降低，而本来应该不是这样的。从表面上看，不景气的 DDGS 市场有利于畜牧业生产是事实，因为它会降低饲料成本。然而只有当养殖者把 DDGS 的功能最大程度发挥出来，当 DDGS 的供应商知道如何提高 DDGS 质量、最有效地去满足每个品种的个体需要时这个事实才成立。

---

[1] 作者是先锋种子公司主席，美国爱荷华州立大学经济学和金融学教授，爱荷华州食品和农业文化研究所的副主任。

[2] 1 美加仑（US gal）$=3.78541 dm^3$；1 英加仑（UK gal）$=4.54609 dm^3$。

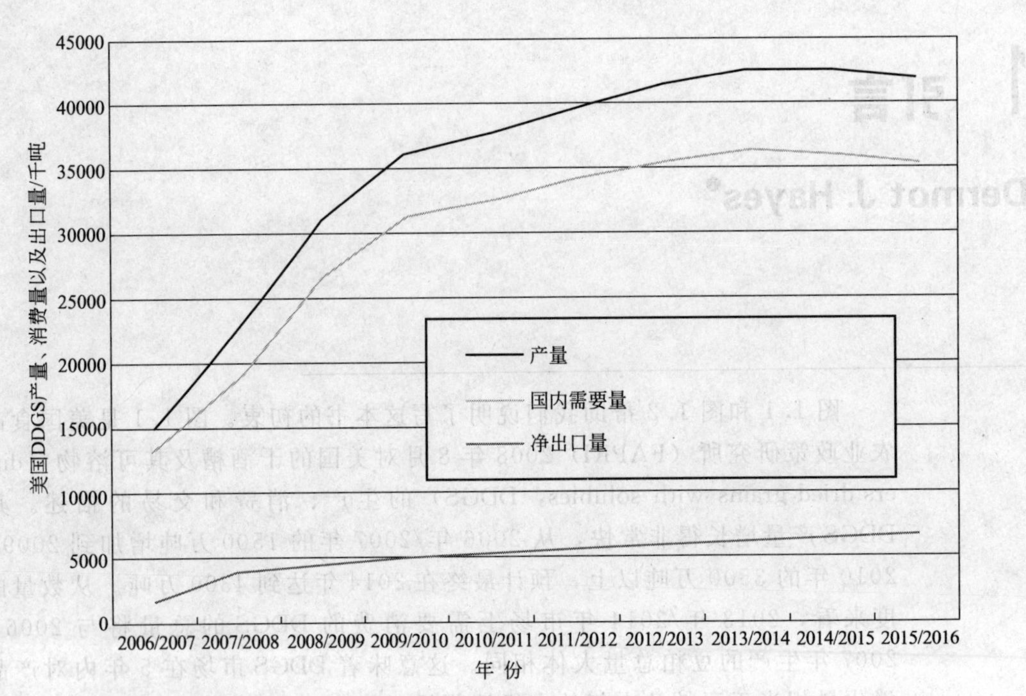

图 1.1 美国食品与农业政策研究所（FAPRI）2008 年 8 月对美国 DDGS 产量、消费量以及出口量的预测

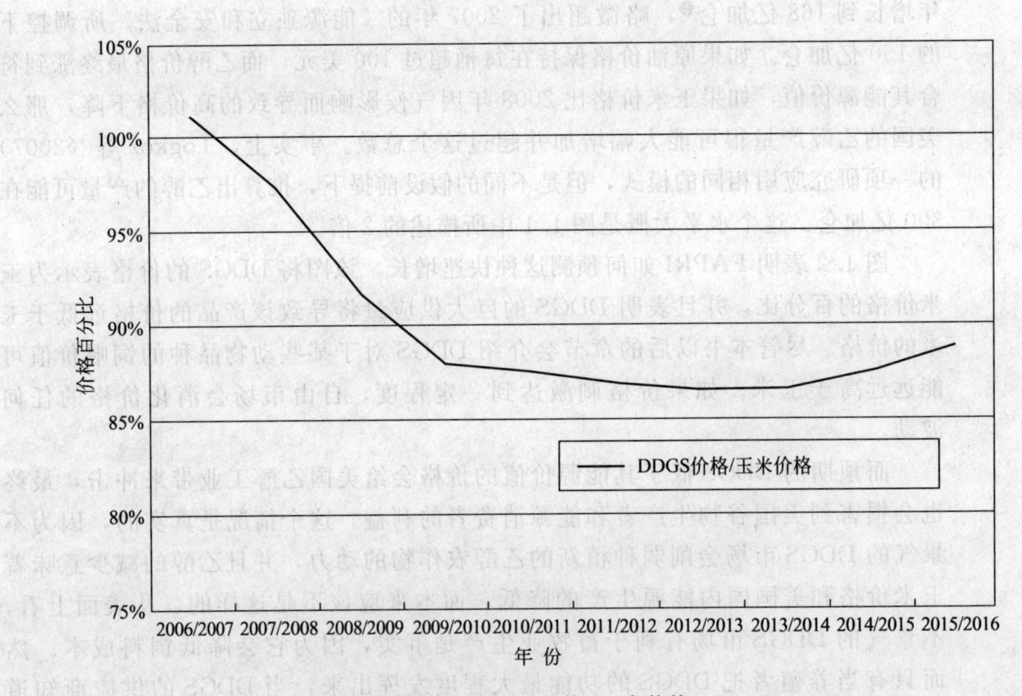

图 1.2 DDGS 价格/玉米价格

本书的目的是把国际上著名专家所提供的有效信息汇集到一起，帮助市场参与者，不论是在世界出口市场还是在美国国内市场，如何最好地使用这个产品。本书讨论怎样最有效地使用 DDGS 产品来更好地满足肉牛、奶牛、猪和家禽的需要，以及每个动物品种如何利用现有的和改进的 DDGS 产品。本书也陈述了 DDGS 出口的机遇并且描述了一些需要解决的

后勤障碍，以确保运到地点的产品能被最有效地利用。最后，这本书还包括了提高 DDGS 质量的新技术。这些改进的 DDGS 产品也将成为一种畜禽饲料原料。

参考文献

Tokgoz, S., A. Elobeid, J. Fabiosa, D. J. Hayes, B. A. Babcock, T-H Yu, F. Dong, C. E. Hart, and J. C. Beghin. 2007. "Emerging Biofuels: Outlook of Effects on U. S. Grain, Oilseed, and Livestock Markets." CARD Staff Report 07-SR 101, Center for Agricultural and Rural Development, Iowa State University. http://www.card.iastate.edu/publications/DBS/PDFFiles/07sr101.pdf

2 乙醇加工副产品在肉牛日粮中的应用

Terry J. Klopfenstein，Galen E. Erickson，Virgil R. Bremer[1]

在美国，消费者每年购买 64 磅（lb）[2] 牛肉。根据国际标准来判断，这些牛肉是“高品质”的。美国在过去很长的时间里，是通过给肉牛饲喂牧草来生产牛肉的。目前世界上大多数国家仍然采用这种方式来生产牛肉。肉牛是反刍动物，所以能够将青草、干草和作物秸秆转变成可口的、营养丰富的肉类。即使是今天，美国用来生产“谷物型牛肉”的饲料大约 80%～90%是由牧草提供的。当今的美国，因为饲喂肉牛的都是收割之前的玉米，所以认为生产的牛肉是“高品质”的。饲喂肉牛玉米是如何发展起来的？大量的玉米被转化为燃料乙醇及其相关副产品会产生什么样的后果？

2.1 历史上玉米产量的提高

1935 年，美国收获了 8200 万英亩[3]的玉米，其中大部分是通过手工完成的，平均每英亩的产量为 24.2 蒲式耳［蒲式耳是谷物和蔬菜的容量单位，1 蒲式耳＝8 加仑＝36.4 升（L）］，因此全美国玉米总产量为 20 亿蒲式耳。由于农场小、劳动强度大，大多数农场都会饲养一些包括牛在内的几种家畜。全美国母牛存栏约 1000 万头，美国人均牛肉消费量为 51 磅。1935～1945 年，美国参加了第二次世界大战，这大大增加了对粮食的需求。这个时期，出现了杂交玉米种子并开始进行商业性的销售，“哈伯-博施（Haber-Bosch）法”被用于大量生产玉米所需的氮肥。1950 年美国玉米播种面积有所下降，但每英亩的产量却提高到 38.2 蒲式耳，总产量增加到 26 亿蒲式耳。

由于战争促进了玉米的生产以及由于科技的发展，玉米的产量超过了需求。1956 年，美国政府鼓励农民通过“土地银行”闲置耕地的方式来处理玉米太多的“农业问题”，由政府赔偿他们不生产玉米的损失。农民认识到，通过这种方式他们是盈利的。大多数情况下，他们以廉价的玉米饲料来饲喂肉牛，通过养牛的方式来销售玉米。对美国消费者来说，他们已经习惯了用玉米饲喂肉牛生产的高品质牛肉。1950 年，母牛存栏数增加至 1670 万头，人均牛肉消费量增加到 64 磅。

---

[1] 作者是美国内布拉斯加州大学 Terry J. Klopfenstein 教授、Galen E. Erickson 副教授和 Virgil R. Bremer 技术员。

[2] 1 磅（lb）≈0.4536 千克（kg）。

[3] 1 英亩＝4048.58 平方米（m^2）。

直到2006年，农场的问题仍然是玉米过多。廉价的玉米进一步刺激肉牛的养殖，并将肉牛饲养从农场分离出来，形成了饲养场饲养的独立生产模式。例如，爱荷华州1965年约存栏330万头育肥牛，只有3.9%的牛是在存栏为1000头或1000头以上的规模化饲养场饲养的。但到了1980年，爱荷华州的育肥牛约有270万头，其中37.6%是在存栏为1000头以上的饲养场饲养的。在同一时期，得克萨斯州每年育肥牛的数量从1965年的110万头增加到1980年的420万头，其中98.7%是由具有1000头以上饲养规模的饲育场生产的。2006年，内布拉斯加州93.9%的育肥牛由1000头以上的规模化饲育场生产，其中的38.4%由16000头以上规模化饲育场饲养。肉牛饲养量的增长主要是靠廉价玉米的支持。美国人目前人均消费64磅的高质量牛肉（即玉米喂养的）。

由于玉米产量的持续增加，美国2006年每英亩单产达到149蒲式耳，全国总产量2.67亿吨（105亿蒲式耳）。由于技术的进步，自1960年以来每英亩的玉米产量以每年近2蒲式耳的速度增加。随着乙醇工业的发展，玉米需求也有所增加。2006年上半年，玉米的价格从每蒲式耳2美元左右上升至4美元以上。随着玉米种植量的增加和产量的提高，玉米的价格在2007年下降到3.00～3.75美元/蒲式耳。然而，在2008年初，玉米价格上升至6美元/蒲式耳。因此，养牛业在经过60年的“廉价玉米”后，正面临着高价玉米限制生产的前景。农场的问题已经从玉米太多转变到了食品与燃料的纠结上。

2.2 育肥肉牛的蛋白质补充

人们已经深入地研究了肉牛营养，技术的进步提高了生产效率、降低了生产成本。研究表明，肉牛需要补充蛋白质，以弥补谷物中能量和牧草中蛋白质的不足。用于这一目的的副产品包括豆粕、棉粕、动物下脚料以及酿酒行业的酒糟。随着“哈伯-博施（Haber-Bosch）法”生产氨的发展，使得尿素生产商业上可行。经研究表明，尿素可作为蛋白质替代物饲喂反刍动物。肉牛蛋白质补充物的成本是玉米价格的2.0～2.5倍，尿素提供的蛋白质（氮）的成本要比蛋白质补充物（如豆粕）低很多，这也是尿素得以广泛使用的原因之一。肉牛营养师在制定饲料配方时会尽可能地降低成本，一般认为能量饲料廉价而蛋白质饲料是昂贵的。

利用玉米生产乙醇，由此产生的副产品酒糟成为肉牛饲养者可直接获取的饲料。当玉米用于生产乙醇时，玉米中的淀粉发酵成乙醇，而酒糟是未发酵的原料残余，主要有纤维、蛋白质和脂肪。玉米中大约2/3是淀粉，因此，当淀粉被除去（发酵）时，剩余的养分在酒糟中浓缩了3倍。玉米的蛋白质含量约为10%，而酒糟的蛋白质含量为30%左右。因此，玉米由主要的能量来源（淀粉）转变为蛋白质来源。随着越来越多的玉米用于乙醇生产，更多的酒糟也随之产生。由于供应和需求的平衡关系，酒糟的价格一般不高于玉米。因此，生产商已将酒糟转向作为能量饲料。这对于肉牛营养学家和饲养者来说是一个重大的模式转变。蛋白质不再比能量昂贵得多。事实上，由于玉米中的能量被用来生产了燃料，所以供应给牲畜的能量大大地降低，取而代之的是供给大量的蛋白质。

谷物用于发酵生产饮料酒精已有几个世纪的历史。到19世纪末期，由此产生的副产品——干酒糟及其可溶物（DDGS）被用作饲料（Henry，1900）。Morrison（1939）和Garrigus（1942）将以液体形式饲喂肉牛的副产品称为“酒精泔（distillers slop）”。1945年，一部分从事饮料酒精工业方面的人组成了酒糟饲料研究委员会，开始整理有限的酒糟营养成分知识，以帮助人们更好地理解在生产中各种畜禽如何最大限度地利用酒糟。1997年，酒糟谷物技术委员会（Louisville，KY）取代了酒糟饲料研究委员会。这两个组织每年都召开年会，且每年的汇编材料中都有关于DDGS传统用法方面的大量信息。

Stock等（2000）描述了用粮食（主要是玉米）发酵来生产乙醇的干法加工过程。如前所述，玉米中约2/3是淀粉，它是干法加工发酵成乙醇的成分，其余养分都收回在酒糟中，去除水分后即生产出DDGS。与玉米相比，DDGS干物质中的蛋白质含量从10%增加到30%，脂肪从4%增加至12%，中性洗涤纤维（neutral detergent fiber，NDF）从10%增加到30%，磷从0.3%增加至0.9%。

由于DDGS比玉米中蛋白质的含量高，因此DDGS被用来作为一种主要的蛋白质原料（Klopfenstein等，1978）。Aines、Klopfenstein和Stock（1987）总结了DDGS中过瘤胃蛋白含量的报告，发现其变化范围很大，这可能是由检测方法造成的。DDGS的过瘤胃蛋白含量是豆粕的2.6倍多，干酒糟减去可溶物质后，其过瘤胃蛋白值仍是豆粕的2.3倍。Klopfenstein等（1978）使用斜率比法进行了生长性能的研究，以测定其相对于豆粕的蛋白质价值。Aines、Klopfenstein和Stock（1987）总结了几个试验表明，干酒糟中的蛋白质价值是豆粕的2.4倍，DDGS的蛋白质价值是豆粕的1.8倍。DeHaan等（1982）指出，酒糟残液中过瘤胃蛋白含量是豆粕的0.45倍。人们可能会认为，酒糟残液中的蛋白质将在瘤胃中完全降解，尤其是通过离心产生的酒糟残液，这样的残液除去了大部分谷物颗粒。然而，酒糟残液中的很多蛋白质是由酵母细胞组成的，它们在蒸馏和浓缩过程中经过了加热。在Bruning和Yokoyama（1988）的试验中，他们指出，加热使酵母细胞发生了变性，使它们具有了抗溶解和抗微生物降解的能力。Herold（1999）指出，在含有大部分酵母细胞的湿酒糟残液中，只有20%的蛋白质能在瘤胃中降解。因此，可以预见干法加工过程的酒糟残液中有一部分蛋白质可以过瘤胃。

与玉米和酒糟及其可溶物（distillers grains with solubles，DGS）中的大部分碳水化合物相比，除了蛋白质以外，DDGS中的NDF成分也被浓缩了。Quicke等（1959）发现玉米纤维素在体外具有较高的消化率。DeHaan、Klopfenstein和Stock（1983）指出，玉米麸皮（玉米果皮）主要是NDF（69%），而NDF具有较高的消化率（87%）和外流速度（6.2%/h）。Sayer（2004）在给装有瘤胃瘘管的牛饲喂育肥日粮测定玉米麸皮NDF体内消化的试验中，得出了相似的消化率（79%～84%）。这些育肥日粮中NDF的外流速度（1.7～2.1%/h）比DeHaan、Klopfenstein和Stock报道的要低，这可能是因为饲喂育肥日粮的牛瘤胃pH值相对较低。

2.3 酒糟作为育肥饲料

2.3.1 湿酒糟及其可溶物

也许Farlin（1981）是第一个设计了包括DGS作为能量来源的研究。他使用不含可溶物的湿酒糟取代25%、50%和75%的玉米作为育肥饲料饲喂动物。即使玉米中的能量养分（淀粉）已被除掉，但实际上由此产生的副产品每磅所含的能量比取代的等量玉米的能量更多。对于含有可溶物的湿酒糟（wet distillers grains with solubles，WDGS），Firkins、Berger和Fahey（1985）以及Trenkle（1996，1997，2008）发现了类似的结果。

Larson 等（1993）进行了一系列试验，旨在评估WDGS应该作为蛋白质饲料还是能量饲料。他们的假说认为，将乙醇工厂设置在饲养场附近，可以使用湿的产品进行饲喂，从而减少了副产品干燥的过程。按照干物质计算，用含5.2%和12.6% WDGS的日粮饲喂动物，以满足其代谢蛋白质或粗蛋白的需求。含40% WDGS（干物质基础）的日粮补充了蛋白质的需求，并取代玉米作为能量的来源。在40%的水平上，与玉米对照组相比，饲料效率提高了14%（表2.1）。假设饲喂效率的提高是由WDGS引起的，那么WDGS的饲用价值要比玉米高出35%。

表 2.1 不同比例的湿酒糟及其可溶物作为蛋白质和能量饲料对犊牛生长性能的影响

项 目	WDGS添加水平/%日粮干物质①				P值		
	0	5.2	12.6	40.0	SE	线性	二次
干物质采食量/(lb/d)	18.57	19.27	18.61	17.44	0.29	<0.01	0.21
平均日增重/lb	2.87	3.06	3.09	3.22	0.07	<0.01	0.13
增重/饲料②	0.155	0.158	0.164	0.177	0.003	<0.01	0.54
热胴体重/lb	714	734	741	754	7	0.01	0.15
脂肪厚度/in	0.51	0.55	0.55	0.55	0.04	0.21	0.27
大理石花纹评分③	497	530	530	580	20	0.01	0.51

①酒糟：可溶物=1.67：1，干物质基础；②代表乙醇消费量；③400表示微量，500表示少量。

注：1. 来源于Larson等，1993。

2. 1in=0.0254m。

Vander Pol 等（2006）使用0、10%、20%、30%、40%、50% WDGS替代等量玉米进行了饲养试验。根据WDGS的不同添加水平，他们发现了平均日增重（average daily gain，ADG）和饲料效率的二次效应以及饲用价值的三次效应（表2.2）。添加不同水平WDGS的饲料效率均优于没有添加WDGS的玉米日粮对照组。

表 2.2 饲喂不同水平的湿酒糟及其可溶物对育肥阉牛生长性能的影响

WDGS水平①	对照	10WDGS	20WDGS	30WDGS	40WDGS	50WDGS	SEM	线性②	二次③	三次④
干物质采食量/(lb/d)	24.03	24.07	25.17	26.02	24.48	23.37	0.31	0.09	<0.01	0.81
平均日增重/lb	3.66	4.08	4.12	4.32	4.28	3.92	0.09	0.01	<0.01	0.45
增重/饲料⑤	0.153	0.165	0.164	0.173	0.176	0.169	0.002	<0.01	<0.01	0.43
饲用价值/%⑥	100	178	138	144	137	121	7	0.81	<0.01	<0.01
热胴体重/lb	778	803	809	829	827	798	8.2	<0.01	<0.01	0.18
12肋脂肪厚度/in	0.45	0.54	0.49	0.52	0.46	0.50	0.03	0.80	0.08	0.01
眼肌面积/in²	12.35	12.77	12.82	12.51	12.38	12.35	0.19	0.36	0.09	0.13
大理石花纹评分⑦	515	538	520	523	501	505	11.6	0.11	0.29	0.22

①日粮处理WDGS水平（干物质基础），CON=0% WDGS，10WDGS=10% WDGS，20WDGS=20% WDGS，30WDGS=30% WDGS，40WDGS=40% WDGS，50WDGS=50% WDGS；②对比处理的线性影响P值；③对比处理的二次影响P值；④对比处理的三次影响P值；⑤按照总的干物质采食量与总增重量计算；⑥按与对照组的关系计算饲料效率，按WDGS添加水平分组；⑦400表示微量，500表示少量。

注：来源Vander Pol等，2006。

Klopfenstein、Erickson和Bremer（2008）对同一饲养场相似条件下进行的9个试验进行了整合分析。以WDGS替代干轧玉米、高水分玉米或5.2%～50%水平的两者混合物，最常见的替代水平是30%和40%，只有一个对照组替代了50%。试验中每个处理有10（单栏饲养）～50头阉牛，而大部分试验的处理组都用了40头以上的阉牛，9个试验共包括34

个处理、1257头阉牛。

平均日增重（ADG）和干物质摄入量（dry matter intake，DMI）之间有二次效应（表2.3），WDGS水平在30%左右时，平均日增重和干物质摄入量最大。平均日增重与饲喂WDGS的二次方关系为：$y=-0.0005x^2+0.028x+3.47$，其中，y表示平均日增重（单位：lb）；x表示WDGS在日粮中的百分含量（干物质基础）。因此，根据这9个试验，WDGS水平在27.9%时平均日增重最高。当添加水平在30%～50%时，饲料效率最高，相关性趋向于二次性（$P<0.09$）。饲料效率与喂养WDGS的二次方程为：y表示$-0.00000093x^2+0.000847x+0.156$，其中，$y$表示饲料效率；$x$表示WDGS在日粮中的百分含量（干物质基础）。因此，当WDGS添加量占日粮的45.6%（干物质基础）时，饲料效率最高。饲料价值是通过饲料效率值计算的，当WDGS添加量增加时，饲用价值减少。在添加高水平的WDGS时饲料效率值没有减少，但由于考虑到WDGS在日粮中的含量，饲用价值随着添加量的增加而降低。相对于饲喂玉米来说，饲喂WDGS的肉牛生长速度更快，它们在饲喂相同天数的情况下脂肪含量更高，符合肌间脂肪的增加与质量等级提高之间的二次相关。

表2.3 湿酒糟及其可溶物的整合分析预测肉牛生长性能和胴体特性

项目	WDGS水平(干物质基础)/%						t统计	
	0	10	20	30	40	50	线性	二次
干物质采食量/(lb/d)	22.31	22.73	22.78	22.49	21.83	20.82	0.01	0.01
平均日增重/lb	3.46	3.70	3.84	3.88	3.81	3.66	<0.01	<0.01
增重/采食量	0.155	0.162	0.168	0.172	0.174	0.175	<0.01	0.09
饲用价值/%①	100	145	142	137	131	126		
脂肪厚度/in	0.49	0.52	0.54	0.54	0.52	0.49	<0.01	0.04
产量级别	2.85	2.95	3.02	3.04	3.01	2.94	<0.01	0.06
大理石花纹评分②	518	528	533	532	526	514	0.05	0.05

①相对于玉米的饲喂价值，通过不同的饲料效率计算，以所包含的不同比例WDGS为区别；②500表示少量。

注：数据资料来自Buckner等，2006；Corrigan等，2007；Al-Suwaiegh等，2002；Ham等，1994；Larson等，1993；Luebbe等，2008；Vander Pol等，2006，2008b。

2.3.2 干酒糟及其可溶物

由于燃料成本和设备资本的投资，DDGS是很昂贵的。燃料乙醇是一种取代石油燃料的能量来源（CAST，2006）。因此，使用石油燃料来干燥是适得其反的。虽然许多肉牛育肥场都设在干法工艺的酒精厂附近，但还有很多离得太远以至于不能将WDGS运输到这样的肉牛育肥场。在这种情况下，生产DDGS以便利运输可能是合乎逻辑且经济的。

DDGS与WDGS作为育肥饲料，Ham等（1994）比较了它们的饲养价值。占日粮干物质40%的DGS取代玉米。在一个独立的工厂用DDGS生产了WDGS。DDGS是在酸性洗涤不溶性氮的基础上将11种不同的原料组成的混合物。饲喂WDGS和DDGS的肉牛与饲喂玉米的对照组肉牛相比，都表现出更好的饲养效果（表2.4）。饲喂WDGS的肉牛比饲喂DDGS的肉牛的饲养效果更好。酸性洗涤不溶性氮的含量对饲料效率没有影响。WDGS和DDGS的饲用价值分别比玉米高出47%和24%。

Buckner等（2008b）以玉米作为对照组，对含10%、20%、30%及40%水平的DDGS进行饲养比较研究。结果发现饲料效率具有二次方效应的趋势（表2.5）。增重-采食量的二次方效应与Vander Pol等（2006）关于WDGS的结果相似，但饲料效率相应稍降低，

DDGS占日粮干物质20%是最佳添加量。这些数据与其他4个试验使用整合分析联系了起来（Klopfenstein、Erickson和Bremer，2008）。

表2.4　湿酒糟及其可溶物或者DDGS对育肥牛生长性能的影响

项　目	对照	副产品和酸性洗涤不溶性氮（ADIN①）的水平				SEM
		WDGS	DDGS			
			低	中	高	
平均日增重/lb②③	3.22	3.73	3.66	3.70	3.77	0.26
干物质采食量/(lb/d)④⑤	24.23	23.55	25.31	25.05	25.86	1.21
体增重/采食量②③⑤	0.133	0.158	0.144	0.148	0.145	0.004

①ADIN＝酸性洗涤不溶性氮；②对照与WDGS（$P<0.05$）相比；③对照与DDGS混合物平均值相比（$P<0.05$）；④对照与DDGS混合物平均值相比（$P<0.10$）；⑤WDGS与DDGS混合物平均值相比（$P<0.05$）。

注：来源于Ham等，1994；所有的日粮包含40%的酒糟。

表2.5　日粮中DDGS添加水平对育肥阉牛生长性能的影响①

参数	0DDGS	10DDGS	20DDGS	30DDGS	40DDGS	SEM	P值	
							线性②	二次③
干物质采食量/(lb/d)	20.4	20.88	20.99	21.41	20.88	0.37	0.23	0.30
平均日增重/lb	3.31	3.55	3.70	3.57	3.51	0.11	0.26	0.05
体增重/采食量④	0.162	0.171	0.177	0.168	0.168	0.005	0.61	0.14
饲用价值⑤	100	156	146	112	109			
热胴体重/lb	774	798	816	803	792	12	0.32	0.04
第12肋脂肪厚/in	0.56	0.54	0.59	0.55	0.58	0.03	0.48	0.99
眼肌面积/in^2	12.40	12.49	12.80	12.60	12.60	0.20	0.42	0.37
大理石花纹评分⑥	533	537	559	527	525	12.7	0.50	0.18

①0DDGS＝0% DDGS，10DDGS＝10% DDGS，20DDGS＝20% DDGS，30DDGS＝30% DDGS，40DDGS＝40% DDGS；②相对于处理影响的线性P值；③相对于处理影响的二次P值；④按照总干物质采食量获得总体增重计算；⑤相对于玉米的饲喂价值，通过不同的饲料效率计算，以所包含的不同比例DDGS为区别；⑥400表示微量，500表示少量。

注：来源于Buckner等，2008b。

整合分析表明，当日粮中DDGS的水平从0增加至40%时，平均日增重具有二次方效应，饲料效率具有三次方效应（表2.6）。DDGS的含量为25.7%时，平均日增重最高；DDGS含量在10%和20%之间时，饲料效率最高。与WDGS的整合分析结果相比，饲料效率最大时，DDGS的添加量比WDGS添加量低；然而，达到平均日增重最大效应时，二者的添加水平是相似的。此外，当添加水平从20%提高到40%时，DDGS的饲用价值从123%下降到100%。与此相反，在添加量从20%提高到40%时，WDGS的饲用价值仅仅从142%下降到131%。在不同水平的添加量，DDGS和WDGS的饲用价值之间似乎有一种相互作用。在20%的添加水平，这两种不同酒糟的饲用价值相差19个百分点，而在添加水平为40%时，两者相差约31个百分点。但两种酒糟加工方法和饲用价值两者之间相互关系的生物学基础还不清楚。

2.3.3　湿酒糟及其可溶物的改进

一些乙醇工厂正在将部分湿酒糟进行干燥以生产饲料，我们称之为改进的含有可溶物的湿酒糟（modified wet distillers grains with solubles，MWDGS）。湿谷物进行部分干燥后，干物质含量约从35%增加至42%～48%。MWDGS相对于WDGS的优势是能够将其中全部的可溶物添加到湿谷物中，同时降低了运输成本，但是，部分干燥的过程也增加了成本。由于DDGS饲用价值要比WDGS低，Huls等（2008）对部分干燥法生产的MWDGS的饲养效果进行了研究。用MWDGS取代日粮中的干轧和高水分玉米，其添加量可以占到日粮干物质的0～50%。随着MWDGS添加水平的增加，肉牛日增重出现了二次方效应，20%的MWDGS添加水平表现出最大的日增重（表2.7）。玉米的添加量从10%提高到50%时，饲料价值从123%下降至109%。

表2.6 干酒糟及其可溶物的整合分析预测肉牛的生长性能和胴体特性

项目	DDGS水平/%日粮干物质					t统计		
	0	10	20	30	40	线性	二次	三次
日采食量/(lb/d)	22.42	22.93	23.22	23.28	23.13	0.01	0.08	0.58
日增重/lb	3.44	3.64	3.73	3.75	3.66	<0.01	<0.01	0.54
增重/采食量	0.152	0.160	0.159	0.155	0.152	0.07	0.02	<0.01
饲用价值/%①	100	153	123	107	100			
产量级	2.87	2.91	2.94	2.98	3.01	0.04	0.51	0.90
大理石花纹评分②	540	535	529	524	518	0.07	0.13	0.79

①相对于玉米的饲喂价值，通过不同的饲料效率计算，以所包含的不同比例DDGS为区别；②400表示微量，500表示少量。

注：来源为数据集包括多个研究的平均值，Buckner等，2008b；Bremer等，2006；Benson等，2005；Ham等，1994；May等，2007a。

表2.7 饲喂含有不同水平MWDGS的阉牛育肥料对犊牛生长性能的影响①

项目	对照	10MDG	20MDG	30MDG	40MDG	50MDG	SEM	线性②	二次③
生长性能									
期初体重/lb	748	749	748	745	747	748	27	0.32	0.32
期末体重④/lb	1395	1411	1448	1439	1418	1398	38	0.82	<0.01
干物质采食量/(lb/d)	23.0	23.1	23.5	23.2	22.8	21.6	0.7	0.03	0.01
平均日增重/lb	3.67	3.75	3.97	3.94	3.81	3.69	0.10	0.73	<0.01
增重/采食量⑤	0.161	0.164	0.169	0.170	0.168	0.172		<0.01	0.28
胴体特性									
热胴体重/lb	879	889	912	906	893	881	24	0.82	<0.01
大理石花纹评分⑥	520	513	538	498	505	490	17	0.10	0.42
第12肋脂肪厚/in	0.57	0.57	0.61	0.62	0.57	0.54	0.04	0.54	0.12
眼肌面积/in²	12.8	12.5	12.8	12.8	12.7	12.7	0.2	0.98	0.97
计算产量级⑦	3.68	3.91	3.92	3.91	3.84	3.64	0.17	0.69	0.04

①MWDGS在日粮中的处理水平（干物质基础），对照＝0% MWDGS，10MDG＝10% MWDGS，20MDG＝20% MWDGS，30MDG＝30% MWDGS，40MDG＝40% MWDGS，50MDG＝50% MWDGS；②相对于处理影响的线性P值；③相对于处理影响的二次P值；④根据热胴体重计算（按照63%产量校正）；⑤根据总干物质采食量总体增重计算；⑥450表示微量，500表示少量；⑦产量级＝2.5＋2.5（脂肪厚，in）－0.32（眼肌面积，in²）＋0.2（KPH脂肪，%）＋0.0038（热胴体重，lb）。

关于MWDGS与常规的WDGS之间的直接比较研究还没有做过。但是，Huls等（2008）的研究数据表明，MWDGS的饲用价值要低于WDGS。在Trenkle（2007，2008）的两项研究中也发现MWDGS的饲用价值一般要低于WDGS。这些研究都表明，部分干燥的MWDGS导致饲用价值降低，处于DDGS和WDGS之间。

2.3.4 酒糟的消化代谢

与玉米相比，DDGS和WDGS有更大的饲用价值，但由于酒糟中NDF的作用，它们的消化率又比玉米的低，这是一对矛盾。Lodge 等（1997）试图确定产生这种明显矛盾的原因。他们开发了一种组成成分尽可能与 DDGS 相似的“混合式”酒糟。混合物中的成分是湿玉米蛋白质饲料（玉米皮和玉米浆）、玉米蛋白粉和动物脂肪。当这种混合物占所喂日粮干物质 40%时，饲用价值是其替代玉米的 124%（表 2.8），这种饲用价值与前面描述的 WDGS 整合分析类似。当去除玉米蛋白粉或动物脂肪时，饲料效率也相应地降低，这表明玉米蛋白粉和动物脂肪中的蛋白质是造成这种混合物饲用价值较高的原因。这有可能是玉米蛋白粉满足了代谢蛋白质的不足。这种结果可能是因为与降解蛋白质或碳水化合物相比，非降解蛋白质具有更高的能量效率。当然，油脂对反刍动物具有更高的能量价值（Zinn，1989），从而解释了添加脂肪的反应。Larson 等（1993）估计，与玉米相比，WDGS 中的非降解蛋白质和脂肪将增加饲用价值约 20%。这个数值低于整合分析的 30%，但并没有说明 WDGS 中的 NDF 比玉米淀粉消化率低的原因。因此，这个似是而非的论点仍然没有解释清楚。

表 2.8 湿谷物混合物对育肥阉牛生长性能的影响

项 目	处理①					
	DRC	WCGF	COMP2	－FAT	－CGM	SEM
干物质采食量/(lb/d)	21.50b	20.90bc	19.96c	20.02c	20.79bc	1.19
平均日增重/lb	2.93	2.87	2.98	2.91	2.93	0.29
体增重/采食量	0.136b	0.136b	0.149c	0.146bc	0.146bc	0.023

①WCGF＝湿玉米蛋白质饲料；COMP2＝湿玉米蛋白质饲料，玉米蛋白粉，动物脂肪；－FAT＝混合物中去除脂肪；－CGM＝混合物中去除玉米蛋白粉。

注：来源于 Lodge 等，1997b。数值后字母表示同行字母不同者差异显著（$P<0.01$）。

在酒糟中油脂的代谢非常重要，作为肉的组成成分，油脂是重要的能量来源。Vander Pol 等（2008b）做了一个育肥试验和一个代谢试验，以阐述酒糟中油脂的作用。在对照组玉米日粮中添加 5%的玉米油，饲料效率降低了 10%。而添加来自 WDGS 同样数量的油脂时，饲料效率却提高了 8%。以玉米油形式添加的脂肪消化率为 70%，而添加来自 WDGS 脂肪的消化率为 81%。表 2.9 是通过测量十二指肠内容物获得的脂肪酸数据。与饲喂玉米油（10.8%的总脂肪）的阉牛相比，饲喂含有相同数量 WDGS 脂肪的阉牛的十二指肠内容物中不饱和脂肪酸含量较高（30.9%的总脂肪）。这表明，WDGS 中的一些油脂没有被瘤胃水解/氢化。Plascencia 等（2003）证实，氢化降低了脂肪的消化率。因此，Vander Pol 等（2008b）所阐明的是：与游离玉米油相比，WDGS 中油脂氢化减少，消化率提高，这些数据是一致的。代谢数据也符合喂养试验结果，WDGS 中的油脂起到了正效应，而玉米油产生了负效应。这种负面影响可能是由于油脂影响了瘤胃发酵或脂肪消化。Plascencia 等（2003）报道说，不论饱和与否，肠道脂肪酸的消化率都是随着总脂肪酸摄入量水平的增加而降低。这可能表明，酒糟在日粮中添加水平的增加可以降低其饲用价值，其中至少部分原因是脂肪酸的消化率降低。

2.3.5 胴体特性和肉质

根据 Klopfenstein、Erickson 和 Bremer（2008）的整合分析表明，与饲喂玉米日粮相比，饲喂 WDGS 的肉牛生长速度更快。同样的饲养天数下，高水平的脂肪会加快生长速度。大理石花纹评分遵循着与日增重和脂肪含量类似的模式。在这三个测量指标中，对 WDGS

水平都有一个二次方效应。在WDGS达到占日粮干物质30%的水平时，肉牛获得最大日增重、脂肪含量和大理石花纹评分。与占日粮干物质30%的水平相比，在WDGS含量为50%的水平下，肉牛的体增重、脂肪含量和大理石花纹较少，但与玉米日粮对照组相比没有显著差异。对用DDGS饲养数据的整合分析结果表明：除了日粮在较低的DDGS水平获得最佳表现外，其他的结果与WDGS大致相似。May等（2007a，b）、Gordon等（2002a）、Sims等（2008）发现了在脂肪含量、大理石花纹沉积以及日增重方面，饲喂蒸汽压片玉米日粮具有类似的效果。

表 2.9 饲喂WDGS或者补充玉米油对阉牛十二指肠内容物中脂肪酸含量的影响

项目	处理[①]		
	WDGS	CON	CON＋OIL
脂肪酸[②]			
C_{16}～C_{18}不饱和	30.9	20.1	18.4
C_{14}～C_{18}饱和	64.0	71.7	75.3
其他	5.1	8.2	6.3
不饱和：饱和	0.48	0.28	0.24

① WDGS＝湿酒糟及其可溶物（WDGS）日粮，CON＝对照日粮和混合日粮的平均，CON＋OIL＝对照日粮＋玉米油日粮和混合物＋玉米油日粮平均；②以到达十二指肠的脂肪酸占脂肪的比例表示。

注：来源于 Vander Pol 等，2008b。

Gordon等（2002b）通过逐渐增加DDGS和蒸汽压片玉米的饲喂（153d）水平，进而评价育肥牛的牛肉质量。在一个经过培训的小组报告中，他们发现随着DDGS水平的增加，牛肉的嫩度也出现差异细微的改善，但研究人员认为，消费者可能无法察觉到这些差异。牛肉放置了七天，随时间的增加，肉的红色值降低，并且不受DDGS饲喂水平的影响。牛肉的风味并没有受到DDGS饲喂水平的影响，甚至DDGS在日粮中的添加水平为75%时，也还没有证据表明牛肉出现异味或脂肪氧化。

Roeber、Gill和DiCostanzo（2005）在两个试验中用含40%和50%酒糟的日粮饲喂荷斯坦阉牛，以此评价牛肉质量。当饲喂的酒糟含量达到日粮干物质50%时，不影响牛肉的嫩度和感官性状。然而，研究人员注意到这样一种趋势，即饲喂高水平的酒糟，会对零售牛肉的颜色具有负面的影响。Lancaster等（2007）使用较低水平的酒糟（占干物质的15%）饲喂肉牛，进而评价其对牛肉中的脂肪酸的影响。饲喂酒糟对甘油三酯中的脂肪酸组成没有影响，但增加了磷脂组分中多不饱和脂肪酸（PUFA）的比例。Gill等（2008）还在饲喂15%酒糟的水平下评价了牛肉质量。他们发现，饲喂酒糟对牛肉感官特性或Warner-Bratzler氏剪切力值没有任何影响。他们只是发现多不饱和脂肪酸的比例会发生一些小的变化。

Jenschke等（2007）评价了Vander Pol等（2006）饲喂0～50%的WDGS生产出来的牛肉质量。WDGS的水平没有影响异味强度。饲喂WDGS的牛肉肝样异味在数值上总是比较低。Jenschke等（2008）表明，阉牛饲喂30% WDGS时，粗饲料来源和类型并不影响肉中的脂肪酸组成或感官特性。

Vander Pol等的数据（2008b）表明，大多的不饱和脂肪酸是由肠道吸收的。De Mello、Jenschke和Calkins（2008b）清楚地表明，牛肉脂肪中的不饱和脂肪酸含量会随着饲喂酒糟量的增加而增加。然而，根据美国农业部的分级标准，这似乎并不影响大理石花纹评分，De Mello、Jenschke和Calkins（2008a）在饲喂0、15%或30% WDGS的多个试验中发现，肌间脂肪含量与大理石花纹评分的关系没有任何变化。

饲喂DGS的牛肉中多不饱和脂肪酸含量的增加有点让人左右为难。一方面牛脂由于饱和一直备受批评，因此，饲喂DGS后多不饱和脂肪酸含量大大提高，使得牛肉可能更“健康”。然而，另一方面，De Mello、Jenschke和Calkins（2008c）已经表明，多不饱和脂肪酸可以导致肉类在放置的过程中更迅速地变色。Senaratne等（待发表）已经证明，饲喂酒糟时添加维生素E可以延长肉类的货架期。放置时间的长短、包装类型、包装袋中氧含量等诸多因素与来自于酒糟中的多不饱和脂肪酸相互作用，都会影响牛肉的货架期。目前尚不清楚是否有变色的问题以及是否有必要在饲料中添加维生素E。

2.3.6　粗饲料水平和来源

生产乙醇的过程去除了淀粉，因此，当日粮中添加酒糟，尤其是添加水平在占干物质20%以上酒糟时，日粮中淀粉的数量在减少，而纤维素、蛋白质和脂肪的含量增加。这表明，当日粮中酒糟含量超过20%时，亚急性酸中毒的机会降低，而粗饲料（饲草）的比例可以减少。已有研究证明，玉米蛋白饲料可以控制酸中毒（Krehbiel等，1995）和减少粗饲料的需求（Farran等，2006），其玉米纤维含量与在酒糟中的含量类似。除了提供NDF和减少日粮中的淀粉外，WDGS增加了日粮中的水分和蛋白质。水分及其物理特性（黏度）明显改善了适口性并减少营养成分的分离。WDGS中的蛋白质减少了对粗饲料蛋白质的需要。因此，在合理范围内较高水平WDGS的日粮中，低成本、消化率较低的饲草也是可以接受的。

一个育肥场研究了含有30% WDGS的日粮中粗饲料水平和来源（Benton等，2007）。紫花苜蓿作为“黄金标准”的粗饲料，添加占日粮干物质的4%和8%。玉米秸秆中的NDF数量与苜蓿类似（占干物质的3%和6%）。玉米青贮是粗饲料的第三来源。该理论认为，与玉米和玉米秸秆分开收获相比，玉米青贮的收获和储存的成本较低，而且青贮玉米还能提供（玉米和玉米秸秆）两个组成部分的营养。青贮还包括在等量NDF的基础上，占日粮干物质的6%和12%。以一种全精料日粮（无粗饲料）作为对照。由于添加了粗饲料，肉牛每日干物质采食量增加了2～3磅，同时日增重提高了0.20～0.50磅（表2.10）。在那些关于无WDGS日粮粗饲料水平的研究中，具有代表性的现象是干物质采食量和日增重的增加（Shain等，1999）。这些数据表明即使副产品可以提供NDF，WDGS也不能代替“粗饲料”。但是，玉米秸秆在含有WDGS的日粮中，作为粗饲料，在干物质采食量、日增重和饲料效率方面的效应和紫花苜蓿是一样的。这与Shain等（1999）的结果是相反的，即在干轧玉米日粮中，小麦秸秆在提供等量NDF的基础上，其利用效率要低于紫花苜蓿。这表明，WDGS中的水分和蛋白质实际上给日粮提供了一个新的配方途径，即允许使用成本低于紫花苜蓿的低质量粗饲料。

表2.10　三种低于或等于正常水平NDF的粗饲料对育肥牛生长性能的影响

项　目	CON	LALF	LCSIL	LCSTK	NALF	NCSIL	NCSTK	SE
干物质采食量/(lb/d)	22.27①	24.48②	24.26②	24.92②③	25.80③	25.36③	25.58③	0.44
平均日增重/lb	4.32①	4.54①②	4.52①	4.78③	4.76②③	4.74②③	4.81③	0.11
增重/采食量	0.195	0.186	0.186	0.192	0.185	0.188	0.188	0.003

①②③表示同行肩标不同者差异显著（$P<0.05$）。

注：来源于Benton等，2007。CON=对照组，LALF=低苜蓿干草（4%），LCSIL=低玉米青贮（6%），LCSTK=低玉米秸秆（3%），NALF=正常苜蓿干草（8%），NCSIL=正常玉米青贮（12%），NCSTK=正常玉米秸秆（6%）。

2.3.7　谷物加工

对育肥日粮中的酒糟评估的所有数据都是建立在干轧玉米或高水分玉米基础上。Vasconcelos 和 Galyean（2007b）综合了育肥营养学家的一个非常有见地的调查。报告显示，所调查的营养师中，65.5%的人认为蒸汽压片是玉米加工最常见的方法。这并不意味着育肥牛饲喂的玉米 65%都是蒸汽压片玉米，只是在这份调查中有 65%的营养学家做出了同样的反应。其报告的目的并不是为了确定饲喂育肥牛所使用蒸汽压片玉米的数量。

蒸汽压片玉米的总量可能大于或小于 65%。但不管怎样，蒸汽压片玉米代表了饲喂育肥牛的很大一部分谷物，尤其是在南部高原。在玉米种植带的国家，饲喂干轧玉米、高水分玉米以及高水平的酒糟是比较常见的，在这些地方有许多乙醇工厂正在生产或正在开发中。

Vander Pol 等（2008a）使用干轧、蒸汽压片以及高湿度玉米配合 30%的 WDGS 饲喂育肥牛。经过整合分析，在 WDGS 为 30%水平搭配干轧或高水分玉米将使得肉牛增长速度和效率达到最佳。高水分玉米的饲料效率要比干轧玉米高 4%（$P=0.08$）（表 2.11）。当每种玉米在占干物质 61%时，高水分玉米的饲用价值比干轧玉米高 6.5%，这些数据与当这些玉米产品与湿玉米蛋白饲料搭配使用饲喂肉牛时一致（Macken 等，2006）。Scott 等（2003）和 Macken 等（2006）认为，蒸汽压片玉米的饲用价值比干轧玉米高 10%～15%，与湿玉米蛋白饲料搭配饲喂时，其饲用价值更高。然而，Vander Pol 等（2008a）发现，当日粮中添加 30%的 WDGS 时，肉牛饲喂蒸汽压片玉米与干轧玉米具有相似的效率，与干轧玉米或高水分玉米相比，饲喂蒸汽压片玉米肉牛的日增重显著降低。Drouillard 等（2005）也发现了 WDGS 与蒸汽压片玉米的混合没有得到预想的效果，同时建议 WDGS 的最佳添加量应该比 Vander Pol 等（2008a）所使用的 30%要低。

表 2.11　三种不同加工方法的玉米与 30% WDGS 混合饲喂对阉牛生长性能和胴体特性的影响

项　目	SFC	HMC	DRC	SEM	F 检验
干物质采食量/(lb/d)	20.46⑥	21.01⑥	22.67⑤	0.22	＜0.01
平均日增重/lb①	3.59⑥	3.90⑤	4.06⑤	0.07	＜0.01
体增重/采食量①②	0.176⑥	0.185⑤	0.179⑤⑥	0.002	＜0.01
粪便淀粉/%③	4.2⑥	8.7⑤	12.0⑤	1.3	＜0.01
热胴体重/lb	822⑥	853⑤	871⑤	7	＜0.01
第 12 肋脂肪厚/in	0.51⑥	0.58⑤	0.62⑤	0.02	＜0.01
眼肌面积/in^2	12.60	13.19	13.00	0.20	0.16
大理石花纹评分④	196⑥	544⑤	540⑤	10	＜0.01

①通过校正最终体重获得；②通过总体增重除以总饲料采食量（干物质基础）而得；③占粪干物质的百分数；④400 表示微量，500 表示少量；⑤⑥表示同行肩标不同者差异显著（$P<0.05$）。

注：来源于 Vander Pol 等，2008a。

Corrigan 等（2007）评估了 WDGS 的添加水平与谷物的加工方法之间的相关性。由干轧、高水分或者蒸汽压片玉米组成的日粮中（3×4 因子设计），WDGS 的添加水平分别占干物质的 0、15%、27.5%及 40%。在 WDGS 添加水平和谷物加工类型之间发现了日增重和饲料效率之间的相互作用（图 2.1）。WDGS 水平为 0 时，蒸汽压片玉米的饲用价值要比干轧玉米高 14%，这与 Cooper 等（2002）以及 Owens 等（1997）的研究结果是一致的。当 WDGS 添加到干轧玉米中时，饲料效率线性增加（$P<0.01$），例如，在添加量为 40%时，饲料效率与蒸汽压片玉米饲料相似。当 WDGS 添加到蒸汽压片玉米中时，饲料效率没有任

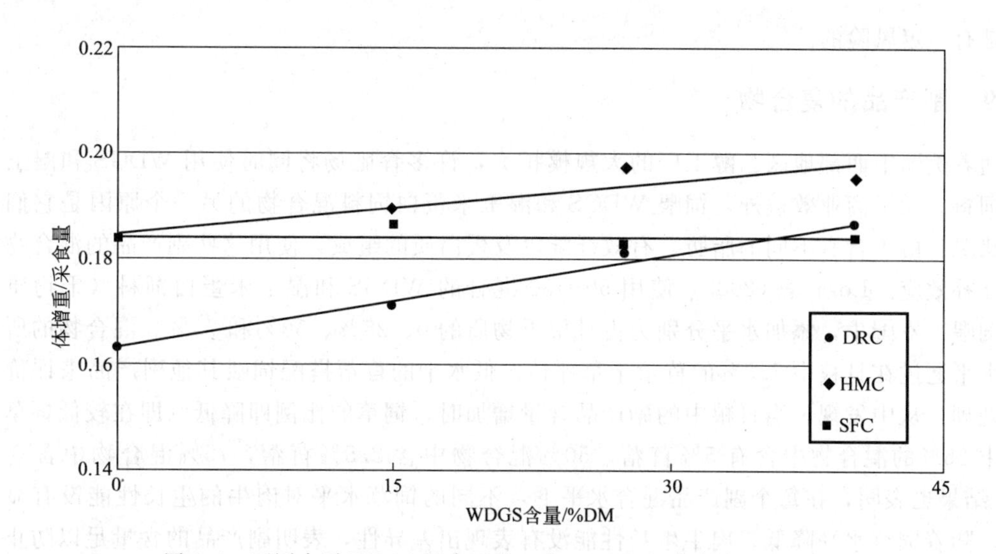

图 2.1 不同水平 WDGS 配合干轧玉米（DRC）、高水分玉米（HMC）或蒸汽压片玉米（SFC）饲喂育肥阉牛的饲料效率

来源：Corrigan 等，2007。WDGS 水平与 DRC 线性相关（$P<0.01$），WDGS 水平与 HMC 线性相关（$P<0.05$），以及玉米加工方法与 WDGS 水平的相互作用（$P<0.01$）

何改变。在本试验中，蒸汽压片玉米饲料中 WDGS 的饲用价值似乎相当于蒸汽压片玉米，即比干轧玉米高 14%。然而，在本试验中，WDGS 的平均饲用价值要比干轧玉米的高 34%。不含 WDGS 的高水分玉米饲料的饲用效价与不含 WDGS 的蒸汽压片玉米饲料相似。然而，添加 WDGS 对高水分玉米的饲料效率起到了线性增加作用（$P<0.05$）。这个试验清楚地表明在肉牛生长特性方面，WDGS 水平与谷物类型之间的相互作用，当然这个试验没有解释可能的机制。May 等（2007b）的研究表明蒸汽压片玉米饲料中的 WDGS 却有相对较差的表现。

2.3.8 高粱酒糟的饲用价值

玉米是生产乙醇的主要粮食，而高粱也已经并将继续被用作生产乙醇的原料。谷物有数量相近的淀粉，因此也有类似的乙醇产量。高粱的价格通常低于玉米，因此对于乙醇工厂来说它是一种很有吸引力的原料。Lodge 等（1997）指出，高粱酒糟的饲用价值低于玉米酒糟。然而，它们的比较不够直接。Al-Suwaiegh 等（2002）对来自同一个乙醇工厂的高粱和玉米酒糟进行了直接的比较。在干轧玉米日粮中这两种酒糟添加量为 30%。虽然饲料效率无显著差异，但玉米酒糟有 3%的优势，来自于玉米的 WDGS 的饲用价值要比来自于高粱的 WDGS 高 10%。另外两个试验研究了蒸汽压片玉米日粮中高粱酒糟与玉米酒糟的比较。DGS 的饲喂水平低于 Al-Suwaiegh 等（2002）的报道，因此酒糟主要被用作蛋白质来源。另外，这两个类型的酒糟是在不同的乙醇工厂生产的。Vasconcelos 等（2007c）从统计学上报告了高粱和玉米酒糟的类似反应（0.169 与 0.176，体增重/采食量），但玉米酒糟的饲用价值要比高粱酒糟高 40%。Depenbusch 等（2005）并没有发现高粱和玉米酒糟有显著性差异（0.148 与 0.153，体增重/采食量），但玉米酒糟的饲用价值要比高粱酒糟高 25%。根据这 4 个试验报告，人们可能会得出这样的结论，高粱和玉米酒糟基于非显著性差异时，它们是等价的。然而，在所有的试验中玉米酒糟在数值上都具有优势，因此认为它们的饲用价值相等是有一定风险的。

2.3.9 副产品的复合物

随着美国中西部地区乙醇工厂的大规模扩大，许多育肥场将同时使用WDGS和湿玉米蛋白饲料。除了商业效益外，饲喂WDGS和湿玉米蛋白饲料混合物的另一个原因是它们的营养状况。由于含有不同的脂肪、有效纤维以及蛋白质的组成，使用这些副产品的混合物将产生互补效应。Loza等（2005）使用50∶50混合的WDGS和湿玉米蛋白饲料（干物质基础）饲喂一岁阉牛，添加水平分别为占日粮干物质的0、25%、50%和75%。混合物的所有添加水平通过在日粮中7.5%的苜蓿干草评估。低水平的苜蓿搭配饲喂其他副产品来评价额外的处理，从中发现，当日粮中的副产品含量增加时，饲草的比例即降低（即在较低饲草处理组中25%的混合物中含有5%苜蓿，50%混合物中含2.5%苜蓿，75%混合物中含0苜蓿）。结果也表明，在每个副产品混合水平下，不同的饲草水平对肉牛的生长性能没有显著影响。随着饲草水平降低，肉牛生长性能没有表现出差异性，表明副产品的含量足以防止亚急性酸中毒的消极后果（表2.12）。对每一个副产品水平汇总数据的分析表明，无论饲草的水平如何，饲喂最大量（75%）的副产品与饲喂典型的玉米基础日粮（0副产品混合物）相比，对阉牛生长性能的影响没有差异。然而，这些日粮中包括25%和50%的WDGS和湿玉米蛋白饲料混合物，与不加副产品的日粮对照组相比，显著改善了肉牛的生长性能。

表2.12 WDGS和湿玉米蛋白饲料的50∶50混合物和饲草的不同添加水平对周龄阉牛的影响

混合物 / 苜蓿	0	25%		50%		75%	
	7.5%	5.0%	7.5%	2.5%	7.5%	0.0	7.5%
干物质采食量/(lb/d)	24.30①	26.30②③	26.50②	25.40③	26.10②③	23.00④	23.60①④
平均日增重/lb	3.99①	4.70②	4.57②	4.55②	4.56②	3.86①	3.93①
体增重/采食量	0.164①	0.179③	0.172②③	0.179③	0.175②③	0.168①②	0.166①②

①～④表示同行不同肩标者差异显著（$P<0.05$）。

注：来源于Loza等，2005。

Buckner等（2006）使用等量WDGS和湿玉米蛋白饲料的混合物饲喂肉牛，混合物的添加量占日粮干物质的30%或60%，与饲喂占日粮干物质的30%单个副产品或者不含副产品的日粮做了比较研究。饲喂含有30% WDGS的日粮表现出最好的生长性能。然而，与玉米基础日粮（0副产品）相比，单独饲喂湿玉米蛋白饲料或WDGS或按照干物质基础1∶1的形式混合饲喂都能提高肉牛的生长性能。Loza等（2007）做了第二个试验，比较了0%副产物日粮与其他6种日粮，这六种日粮中湿玉米蛋白饲料的含量不变（30%日粮干物质），WDGS的添加量分别为占干物质的0、10%、15%、20%、25%或30%。WDGS占日粮的15%～20%、湿玉米蛋白饲料为30%时，肉牛可获得最大日增重。这与Buckner等（2006）的研究结果一致，即与玉米基础的日粮相比，30%的湿玉米蛋白饲料加上30% WDGS，肉牛可获得最佳生长性能。这三项研究表明，与以玉米为对照的基础日粮相比，使用添加高水平副产品的混合物饲喂育肥牛，不会降低其生长性能。Vasconcelos和Galyean（2007a）发现，在蒸汽压片玉米日粮中20%的湿玉米蛋白饲料和7%的DDGS搭配效果很好。

饲喂WDGS和湿玉米蛋白饲料的混合物还可以作为一种常规饲喂方法。一些乙醇工厂所面临的一个重大问题就是肉牛饲养者没有一直使用副产品。如果WDGS或湿玉米蛋白饲料作为日粮中唯一饲喂的副产品，而若其中一种突然被删除，而用玉米代替，则会影响肉牛的生长。因此，最好的办法之一就是饲喂混合物，以确保日粮中至少含有一种副产品。

2.3.10　硫含量

Buckner 等（2008c）在 10 个多月时间内从 6 个乙醇工厂采集了 1200 个样品，平均硫含量为 0.78%。然而，在这些样品中也有一些差异，比如其中一个样本硫含量为 1.72%。而玉米中含有 0.14%～0.16%的硫，这表明，酒糟中大约 0.45%的硫是来自玉米。玉米中的硫主要是以含硫氨基酸的形式存在，其中可能只有 40%在瘤胃内降解。其他的硫是来自用于控制 pH 值和清洁精馏塔的硫酸和氨基磺酸。硫在瘤胃中以硫化氢的形式被吸收减少。硫化氢可能直接或间接导致脑脊髓灰质软化（PEM）（Gould，1998）。因为染上该病的肉牛的神经问题，所以育肥场人员一般将 PEM 称为“脑病”。

NRC（1996）推荐日粮中硫的上限值是占干物质的 0.4%。推荐这一水平是基于很少的数据。最近，NRC（2005）建议，以饲草为主饲养的肉牛对硫的最大耐受量为 0.5%，以精料为主（饲草少于 40%）的肉牛对硫的最大耐受量为 0.3%（干物质基础）。在过去几年中，内布拉斯加大学进行了许多试验，通过饲喂不同水平的副产品，以提供大量甚至较高水平的硫。试验数据涉及了饲喂副产品的 4143 头育肥牛。经牛场兽医诊断，有 23 头牛患有“脑病”（疑似 PEM）。有一些病例可以使用硫胺素治疗（所有日粮中包括 75～150mg/d 硫胺素）。对死亡的牛进行验尸检查并确诊为 PEM。我们估计 23 头牛都患上了 PEM，但还没有对存活牛进行临床诊断，这些康复牛需要进行脑部损害检查。

24 头有“脑病”的牛中有 11 头采用饮食疗法。这种日粮中含有 0.47%的硫并且没有粗饲料。11 个 PEM 病例中假定缺乏粗饲料是一个诱发因素。经过下面的分析这些病例均已被排除。

当日粮中副产品比例少于 20%时，硫含量相对较低，只有 0.1%的牛被确诊为 PEM。我们假定这是 PEM 的一个正常基线水平，包括饲喂没有副产品日粮的肉牛。当日粮中副产品比例提高到 20%以上时，硫的含量不到 0.46%，0.14%的牛被确诊为 PEM。看起来，这似乎与基准水平相似。当硫的含量在 0.46%～0.58%时，0.38%的牛被诊断为 PEM，硫含量达到 0.58%以上时，6.06%的牛被诊断为 PEM。

由此得出这样的结论：当日粮中硫含量低于 0.46%时，产生 PEM 的风险是较低的。硫含量高于 0.46%时，其风险显著增加。如果 WDGS 中的硫含量为 0.72%，那么 WDGS 添加量占日粮干物质 50%时，日粮中硫含量约为 0.47%。而如果饲喂高水平的副产品，则了解副产品中的硫水平是非常重要的。水是硫的另外一个来源，因此在饲喂高水平副产品时应该检查水中的硫含量（DeWitt，2008）。

2.3.11　饲喂酒糟和大肠杆菌脱落

2006 年，只有 8 篇报道是关于碎牛肉中的 O157:H7 大肠杆菌。而在 2007 年则有 20 篇关于此方面的报道，其中 9 篇来自疾病调查。卫生官员找寻了与之前的 4 年相比，于 2007 年大肠杆菌 O157:H7（以下统称为大肠杆菌）的问题更严重的原因。由于乙醇工业在 2007 年快速增长，以及乙醇副产品饲喂量的增加，由此推断饲喂乙醇副产品可以导致大肠杆菌滋生。2007 年下半年有一篇报道（Jacob 等，2008b）是关于饲喂酒糟和大肠杆菌脱落的研究。

Jacob 等（2008c）的一项研究报告是，使用 370 头育肥牛样本，饲喂了 122d 和 136d，其总的患病率相当低（10%以下）。据统计，在122d时饲喂25%酒糟的肉牛更有可能大肠杆菌脱落。在13d时，饲喂酒糟对大肠杆菌脱落没有影响。Jacob等（2008b）在饲养期间，连续12周对肉牛抽样调查。从牛舍的地板上收集粪便。虽然在整个12个抽样期间有5个时期差异不显著，但综合整个取样时期发现饲喂酒糟显著增加了大肠杆菌脱落。

Jacob等（2008d）进行了一项受到“质疑”的试验，即将犊牛接种萘啶酸耐药的大肠杆菌，以便研究人员估计大肠杆菌的脱落。此试验收集了42d的粪便样本。据统计，前5周内饲喂酒糟的犊牛大肠杆菌脱落没有差异，但最后一周的粪样差异显著。基于这三个研究，研究人员得出结论认为，饲喂酒糟可以增加大肠杆菌脱落。在每一个试验中，统计酒糟增加大肠杆菌脱落都有取样次数，然而，与大多数关于大肠杆菌的研究结果相比，这些结果在一定程度上是不一致的，使得对结果的解释有些困难。

最近，Jacob等（2008a）报道了一项关于700头牛饲养150d的试验结果，其中有一半饲喂了酒糟。围栏地板粪便样品每周或每两周收集一次，共有3560份样本被收集和分析。总体上，大肠杆菌的含量相当低（5.1%）。对于饲喂酒糟的牛采集围栏地板粪便样本，虽然在某些采样的周期内大肠杆菌的含量在数值上很高，但并无显著影响（$P=0.2$）。

所有前面的研究都是以蒸汽压片日粮为主料，含有或不含有25%的酒糟（干物质基础）。这在我们与其他研究和成果比较时可能会显得比较重要。Corrigan等（2007）报告说，与干轧或高水分玉米日粮中的酒糟相比，玉米蒸汽压片中酒糟的饲喂效果是不同的。如果蒸汽压片、干轧或高水分玉米中酒糟含量不同对肉牛的增重和生产效率的影响不同，那么有可能它们对大肠杆菌的影响也各不相同。我们对大肠杆菌的研究还仅限于干轧或高水分玉米。

饲喂肉牛的日粮能够影响后肠道大肠杆菌的生长是合乎逻辑的。研究表明，大肠杆菌主要集中在后肠道，其贴附在后肠道的肠壁上。有趣的是，大肠杆菌对肉牛的生长性能没有影响。关于日粮对后肠道中大肠杆菌的影响有两个相互对立的观点。第一个观点是，没有在瘤胃和小肠中被降解的淀粉在后肠道内发酵，由此产生的挥发性脂肪酸以及低pH环境抑制了大肠杆菌的生长。Fox等（2007）的研究支持这个观点：蒸汽压片减少了后肠道的淀粉，增加了大肠杆菌的脱落。然而，Depenbusch等（2008）却认为：“O157:H7大肠杆菌与粪的pH值或淀粉没有关系。”我们对Peterson等（2007a）的数据进行再次分析，在这个试验中，随着日粮中饲喂玉米数量的减少，日粮中的淀粉含量也相应减少了。而日粮中淀粉数量的减少与大肠杆菌的脱落没有关系（$P=0.22$）。

相反的观点是，后肠道中的淀粉是大肠杆菌的底物，因此减少进入后肠道淀粉的数量，大肠杆菌将会减少。Peterson等（2007a）和Folmer等（2003）的报告不能支持这一理论。虽然日粮影响后肠道大肠杆菌的增长是合乎逻辑的，但很显然这两个关于淀粉的对立观点都没有被证明。

Peterson等（2007b）侧重于通过接种疫苗来干预大肠杆菌。由于这项研究是叠加在营养研究的基础上，我们对数据进行了再分析（图2.1）。以占日粮干物质0、10%、20%、30%、40%和50%的湿酒糟代替干轧和高水分玉米进行饲养试验。在这个试验中，对后肠道黏膜样品以及粪便进行分析，结果类似，但黏膜样本一致性更好（图2.2）。酒糟水平对大肠杆菌的脱落有显著的影响，但不呈线性关系。没有一个水平的酒糟饲料在统计上与对照组（不含酒糟）有差异。10%、20%和30%的酒糟水平在数值上降低了大肠杆菌的脱落。有趣的是，这在以前所讨论过的蒸汽压片玉米饲料的范围内（25%）。我们的研究主要是针对干轧和高水分玉米，而以前的研究是蒸汽压片玉米，这之间可能有所不同。

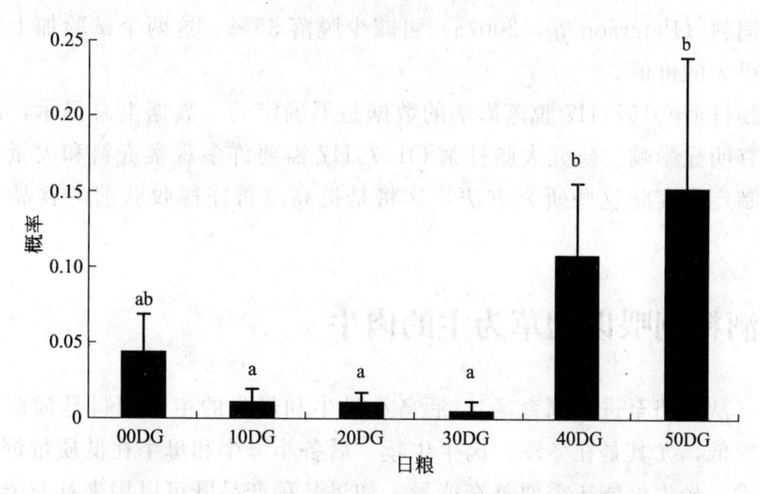

图 2.2　WDGS 水平对肉牛体内 O157：H7 大肠杆菌定植的影响

00DG—不含 WDGS 的玉米对照日粮；10DG—10％WDGS；20DG—20％WDGS；
30DG—30％WDGS；40DG—40％WDGS；50DG—50％WDGS

来源：Peterson，2007b；a、b 表示不同字母之间差异显著

酒糟饲料在 40％和 50％水平时，与对照组相比，大肠杆菌脱落在数值上增加了。这里需要注意的是，10％、20％和 30％的酒糟水平与 40％和 50％的酒糟水平之间，在统计学上有显著差异。因此，对饲喂酒糟能够减少或增加大肠杆菌的脱落还未有定论。

在 Peterson 等（2007b）对大肠杆菌疫苗接种的研究中，未接种的牛后肠道黏膜大肠杆菌的型号类似于前面所讨论的（图 2.3）。然而，接种疫苗的牛中只有一头的药检呈阳性，该头牛饲喂的酒糟水平在 50％。在四项研究中，共涉及 1784 头牛，接种疫苗使大肠杆菌脱落减少了 65％。可见接种对大肠杆菌脱落的影响是显而易见的。在超过 2 年的时间内，直

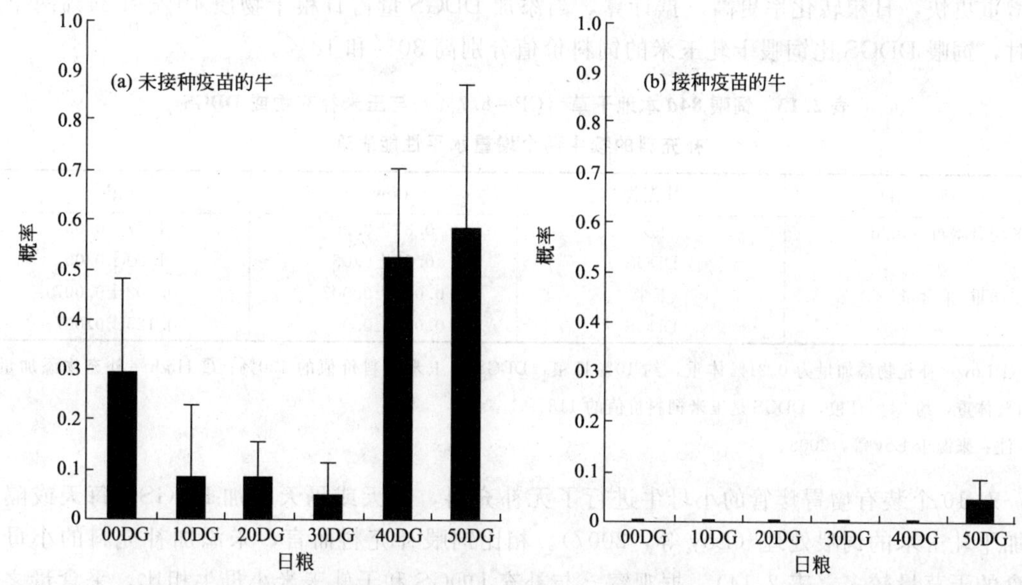

图 2.3　WDGS 水平对未接种或接种大肠杆菌疫苗的牛体内 O157：H7 大肠杆菌定植的影响

00DG—不含 WDGS 的玉米对照日粮；10DG—10％WDGS；20DG—20％WDGS；
30DG—30％WDGS；40DG—40％WDGS；50DG—50％WDGS

来源：Peterson 等，2007b，J. FoodProt，70：2568-2577

接饲喂微生物饲料（Peterson 等，2007a）可减少脱落 35%。这两个试验加上其他有关这方面的研究具有很大的价值。

酒糟对大肠杆菌 O157:H7 脱落影响的数据是不确定的。数据汇总显示，酒糟饲料对大肠杆菌脱落没有明显影响。研究大肠杆菌 O157:H7 需要许多观察资料和大量的资源。今后的研究重点是制定和实施这些研究方法，这将是提高改善庄稼收获前的食品安全的最有利方式。

2.4　利用酒糟饲喂以饲草为主的肉牛

肉牛牛犊（从断奶至进入饲育场）、后备小母牛和母牛的主要饲料是饲草。牧草中蛋白质和磷的含量较低，尤其是在冬季。肉牛牛犊、后备小母牛和母牛在低质量饲草条件下需要补充磷和蛋白质。母牛可能还需要补充能量。如果某种产品既可以用来补充能量又能补充需要的蛋白质和磷，那么将非常具有优势。而酒糟副产品饲料就可以用来满足放牧及相似条件下肉牛的这些需求。另外一个优点就是酒糟饲料中淀粉含量很少，不会抑制纤维的消化，而玉米在有些情况下却会抑制纤维消化。

2.4.1　肉牛的生长表现

选择 120 头杂交小母牛进行试验，以确定 DDGS 在高饲草日粮中的价值，以及评估每日补充与每周三次添加相比的差异（Loy 等，2008）。在小母牛随意采食干草的情况下补充 DDGS 或干轧玉米。按照相等比例每天或每周三次以两个水平给予补充物。每天添加补充物的小母牛吃干草较多，增重速度更快（1.37lb/d 和 1.24lb/d），但日粮转化率并没有比隔日添加补充物的高（表 2.13）。在这两个添加水平上，与干轧玉米相比，饲喂 DDGS 的小母牛体增重更快，日粮转化率更高。据计算，当添加 DDGS 量占日粮干物质 10% 和 34% 两个水平时，饲喂 DDGS 比饲喂干轧玉米的饲料价值分别高 30% 和 18%。

表 2.13　饲喂 84d 本地干草（CP=8.7%）与玉米补充物或 DDGS 补充料的犊牛两个增重水平性能表现

项　　目	补充物	Low①	High②
平均日增重/(lb/d)	玉米	0.81±0.06	1.57±0.05
	DDGS	0.99±0.05	1.89±0.05
体增重/采食量	玉米	0.063±0.007	0.102±0.007
	DDGS	0.078±0.007	0.125±0.007

①Low=补充物添加量为 0.21%体重，约 10%日粮，DDGS 是玉米饲料价值的 130%；②High=补充物添加量为 0.81%体重，约 34%日粮，DDGS 是玉米饲料价值的 118%。

注：来源于 Loy 等，2008。

对 10 个装有瘤胃瘘管的小母牛进行了无补充料，每天或隔天添加 DDGS、每天或隔天添加干轧玉米的饲喂处理（Loy 等，2007）。相比饲喂补充料而言，未添加补充料的小母牛采食的干草量较多（表 2.14）。据观察，与补充 DDGS 和干轧玉米小母牛相比，采食量之间没有差异。在采食一致性方面，每天添加补充料的小母牛要好于隔天添加补充料的小母牛，特别是在添加玉米组的小母牛之间。没有添加补充料的小母牛瘤胃 pH 值和干草纤维消化率都要较高。与添加 DDGS 组的小母牛相比，添加玉米的小母牛对纤维的消化率较低。

表 2.14 不同处理对采食量、NDF消化率、瘤胃pH值以及采食量模式的影响

项目	CON	DRC-D	DRC-A	DDGS-D	DDGS-A
干草干物质采食量/%体重①②	1.88	1.69	1.58	1.69	1.66
总干物质/%体重①②	1.88	2.10	1.98	2.09	2.06
每小时 NDF 消化率/%①③	4.34	3.43	3.65	4.09	4.01
平均瘤胃 pH①③	6.30	6.22	6.22	6.12	6.19
每日餐数②④	5.9	6.6	4.0	6.0	5.1

①CON与补充料处理组，$P<0.05$；②补充料频率的影响，$P<0.10$；③DDGS与DRC，$P<0.05$；④补充料与频率的交互作用，$P<0.08$。

注：来源于Loy等，2007。CON表示不含补充料；DRC-D表示每日饲喂干轧玉米补充料占体重的0.46%；DRC-A表示隔日饲喂干轧玉米占体重的0.92%；DDGS-D表示每日饲喂DDGS补充料占体重的0.45%；DDGS-A表示隔日饲喂DDGS占体重的0.90%。

DDGS中含有约65%非降解蛋白质（占粗蛋白的百分比），因此，饲喂含有DDGS，并以牧草为基础的日粮作为能量来源时，通常缺乏可降解蛋白质，但可代谢蛋白质含量过剩。肉牛将过剩的代谢蛋白质转换成尿素，通过潜在的再循环可以进入瘤胃作为可降解蛋白质的来源。许多因素影响尿素再循环，当肉牛饲喂含有DDGS的以牧草为基础的日粮时，再循环尿素的数量是未知的。

在饲喂以牧草为基础的日粮时，DDGS作为能量来源，用两个试验来评价补充可降解蛋白质的需要量（Stalker、Adams和Klopfenstein，2007）。配制的日粮中缺乏可降解蛋白质超过100g/d，但是代谢蛋白质过量。据观察，日粮中添加尿素对肉牛的生长性能没有影响（表2.15）。这也许是因为有足够的尿素再循环以纠正可降解摄入蛋白质的不足。这些研究表明，当以牧草为基础的日粮添加DDGS作为能量来源时，添加尿素以满足可降解摄入蛋白质的需求是没有必要的。

表 2.15 饲喂补充尿素的日粮（可降解摄入蛋白质占NRC推荐量的0、33%、67%、100%或133%）**对肉牛生长性能的影响**

项 目	日 粮					SEM	F检验 P值
	0	33	67	100	133		
单独饲喂							
初始体重/lb	611	611	615	617	614	11	0.99
最终体重/lb	694	697	980	702	702	15	0.85
平均日增重/lb	1.06	1.03	0.93	1.01	1.04	0.07	0.77
总干物质采食量/(lb/d)	11.3	11.4	11.4	11.5	11.4	0.2	0.95
体增重/采食量	0.090	0.085	0.076	0.085	0.085	0.007	0.54
群体饲喂							
初始体重/lb	452			449		1	0.10
最终体重/lb	579			585		4	0.38
平均日增重/lb	1.53			1.63		0.05	0.17
总干物质采食量/(lb/d)	11.9			11.6		0.5	0.76
体增重/采食量	0.102			0.110		0.004	0.33

注：来源于Stalker、Adams和Klopfenstein，2007。

鉴于最近美国很多地区干旱以及牧草和干草的价格，对于大农场主来说，这些副产品作为能量来源是非常有竞争力的。当牧草品质不良（冬季）或数量有限（干旱）时，这些副产品可以用来维持或改善饲草以及肉牛的生产力，这对于副产品的生产者来说是一个很好的机会。

一个关于放牧试验的整合分析，是在牧场放牧的情况下，给肉牛补充DDGS，以测定补充DDGS对平均日增重以及最终体重的影响（Griffin等，待发表）。此外，进行围栏饲养研究，以评估确定补充DDGS对肉牛采食量、牧草替代品、日增重以及最终体重的影响。在一个试验中，肉牛进行放牧并补充DDGS（35头），另一个试验则是将牛围栏饲养，饲喂定量牧草并补充DDGS（28头），然后对这两个试验的数据进行平均处理。每头牛每天补充DDGS在0～8磅之间，平均2.8磅。在一项利用348头圈养肉牛并补充DDGS的研究中，饲喂干草或由60%高粱青贮和40%苜蓿干草组成的混合牧草。该组合是用来模拟肉牛放牧采食高品质牧草的日粮。

试验表明，对放牧的肉牛补充DDGS，随着补充量的增加，其最终体重和平均日增重增加（图2.4）。在连续增加的日粮中，随着补充DDGS水平的提高，肉牛最终体重和日增重以二次方效应增加（图2.4；$P<0.01$）。随DDGS补充水平的增加，总采食量以二次方效应增加（表2.16；$P<0.01$），牧草采食量以二次方效应降低。与圈养牛相比，放牧牛补充相似水平的DDGS具有较低的日增重。当放牧牛和圈养牛补充DDGS的量在同一水平时，叶类饲草就作为变量输入。与圈养牛相比，放牧牛可以选择更多的替代牧草，从而导致牧草摄入的全面降低。在放牧和圈养这两个研究中，牧草的质量是相似的。因此，被替代的草料的数量对圈养牛的日增重比放牧牛的日增重提高给了一个合乎逻辑的解释。随着DDGS补充水平的增加，饲草被DDGS替代的量也增加了（表2.16）。

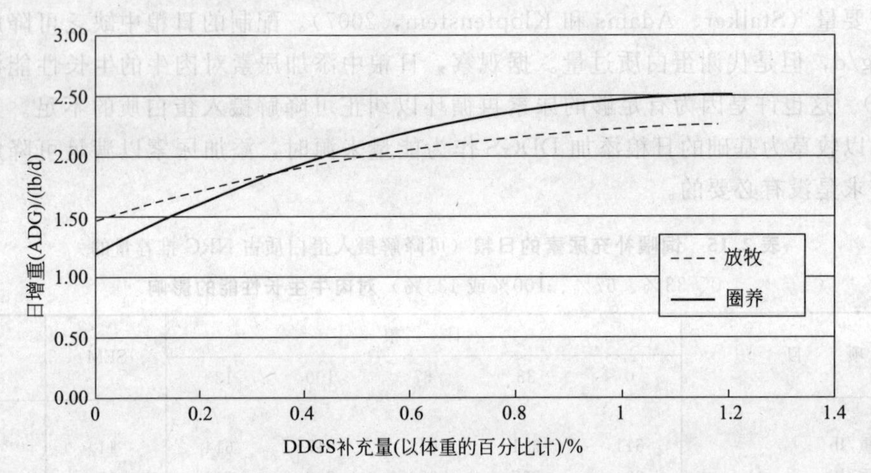

图2.4　DDGS补充物对生长肉牛平均日增重（ADG）的影响

放牧牛 $ADG=1.4736+1.2705X-0.5156X^2$；

圈养牛 $ADG=1.1828+2.2703X-0.9715X^2$；$X$表示DDGS添加量占肉牛体重的百分比

表2.16　DDGS添加水平对生长肉牛采食量的影响

DDGS补充量①	0.0	1.5	3.0	4.5	6.0	7.5	线性②	二次②
总采食量/(lb/d)	12.7	13.9	14.9	15.7	16.3	16.6	<0.01	<0.01
牧草采食量/(lb/d)	12.7	12.7	11.9	11.2	10.3	9.1	0.31	<0.01
牧草替代量③/(lb/d)	0.0	0.3	0.8	1.5	2.4	3.6	—	—
牧草替代量/DDGS量④/(lb/lb)	0.00	0.20	0.27	0.33	0.40	0.48	—	—

① DDGS的补充水平（干物质基础），lb/(头·d)；②判断DDGS补充水平对t统计线性方程和二次项变量的影响；③牧草的替代量根据在0.0lb/d补充水平时的牧草采食量减去各补充水平的牧草采食量来计算；④每补充1lb DDGS相对应牧草的替代量。

注：来源于Griffin等，待发表。

2.4.2 小母牛的发育

在延长放牧的小母牛的发育系统中，试验选用了1353头小母牛用于评价使用DDGS补充物以减少越冬费用的效果（Stalker、Adams和Klopfenstein，2006）。由于DDGS含有较高的能量，用DDGS饲喂育成母牛时，需要饲喂少量干草以满足蛋白质和能量的需要。与饲喂干草的对照组小母牛相比，饲喂DDGS且在冬季放牧可以较好地提高冬季体增重和改善身体条件。两组牛的妊娠率都为97%。最重要的是，与传统的饲喂干草补充系统相比，冬季饲喂DDGS组的每头小母牛的饲料成本节约了10.47美元。一项为期两年的研究（Martin等，2007）评价了DDGS与对照补充料的比较，所谓的对照补充料即是为后备小母牛提供了相似的粗蛋白、能量、脂肪和脂肪酸。不同补充物的蛋白质降解性不同，例如由DDGS所提供的摄入蛋白质数量超过了小母牛的需求，而由对照补充物提供的蛋白质不能满足小母牛的要求。按计划，饲喂小母牛每日增重1.5磅，繁殖时达到成年体重的60%。小母牛的青春期发育和整体妊娠率不受补充物类型的影响，并且每个处理组母牛的妊娠率平均为89%。然而，饲喂添加了DDGS日粮的母牛的人工授精的怀孕率提高了。与对照组相比，在发情期的小母牛，用DDGS饲喂的被检测到进行人工授精成功怀孕的比例较高。这些数据表明，利用DDGS作为蛋白质和能量来源的日粮饲喂后备小母牛，可以适度地促进增重和排卵率，并提高人工授精的怀孕率。

2.4.3 玉米秸秆

最后一种能够与副产品搭配使用的应该是玉米秸秆饲料。越来越多的DDGS被用于与玉米秸秆饲料一起饲喂犊牛。基于对所收集数据的统计和经济分析，饲喂DDGS（每日每头牛5.0～6.5磅，干物质基础）将增加玉米秸秆的载畜量并可减少冬季肉牛饲养成本（Gustad等，2006）。每天饲喂3.5磅的DDGS干物质可以满足犊牛对蛋白质和磷的需要，而每日饲喂量超过6.0磅也不能促进增重。因此，DDGS的饲喂量应为每日每头牛3.5～6.0磅干物质，这样可以使牛的平均日增重达到1.4～1.7磅。

2.5 WDGS的贮存

可能遇到的一个问题就是关于WDGS的贮存。如果没有压力施加于袋子，那么装袋贮存WDGS可能取得成功。根据WDGS的重量决定袋子的尺寸，从而导致袋子的高度较低而宽度较大。而对于MWDGS（45%干物质）和湿玉米蛋白饲料即使有压力，装袋效果也很好。

Erickson等（2008）进行了两次试验，以确定存贮WDGS（34%干物质）的方法，因为在有压力的情况下，WDGS不能贮存在筒仓袋或塞进料仓中。第一项研究评估了三个粗饲料来源，以及DDGS或湿玉米蛋白饲料与WDGS的混合物。该产品使用饲料车进行混合，并置于9英尺[1]直径筒仓袋。袋子所受到的连续压力为300psi（磅/平方英寸）[2]。筒仓袋的高度是耐贮性的一个决定性因素。包括调整饲料水平以改善袋子的形状。推荐袋装

[1] 1英尺（ft）=0.3048米（m）。

[2] $1psi=1lbf/in^2=6894.76Pa$。

WDGS（干物质基础）的饲料水平为：15%牧草干草、22.5%苜蓿干草、12.5%小麦秸秆、50% DDGS、60%的湿玉米蛋白饲料。混合物中各个相应的粗饲料百分比分别为6.3%、10.5%、5.1%、27.5%和53.7%。第二项试验是将牧草干草与WDGS混合后贮存在一个混凝土料仓中。按干物质基础，30%和40%的牧草干草与WDGS混合，都被装于料仓中。这些值相当于原干草混合物的14.0%和20.1%。在这两个试验中，该产品的存贮期超过了45d，而且表观质量没有变化。当与干燥剂或体积较大的粗饲料混合后，湿酒糟可以贮存在筒仓袋或地窖中。更多信息可见 http://beef.unl.edu。

贮存使得拥有较少数量的肉牛饲养者可以使用湿的副产品，而不会因为从工厂运输新鲜材料的时间过长而导致产品变质。WDGS往往在夏季时容易获得，而且更加便宜。贮存也使得可以在夏季购买湿的产品而在冬季继续使用。

以WDGS与麦秸或玉米秸秆的青贮饲料混合物来饲喂育肥犊牛。通过贮存，饲料的适口性似乎也有所改善。饲用价值至少等于WDGS与麦秸在数学上的简单相加的混合价值。此外，贮存后的混合物可以于放牧时在地面上饲喂，饲料块（饼）通常是在地面上饲喂。南达科他州的研究人员（Kalscheur，2002，2003，2004）已经成功地将WDGS与玉米青贮、大豆皮或湿甜菜粕在筒仓袋内制作青贮饲料。以几个特定比例一起发酵的特性非常好。

2.6 副产品经济

当使用副产品时，副产品的类型、日粮添加水平、水分含量、运输成本、饲养成本以及副产品和玉米价格之间的关系影响到肉牛饲养的盈利或亏损。副产品优化决策程序（肉牛CODE，http://beef.unl.edu；Buckner 等，2008）是用来评估这些因素的一个模型，以估计在育肥日粮中添加副产品的盈利或亏损情况。

肉牛CODE需要饲养者输入最终体重以及各自的价格，需要输入饲喂不含副产物的以玉米为基础日粮的肉牛的干物质采食量（DMI）和饲料转化率；肉牛加工和医疗费、死亡损失、栏舍使用费以及贷款利息也需要输入；玉米、副产品、粗饲料和补充物的饲料原料价格、原料占干物质的百分比以及日粮中添加水平（干物质基础）都需要输入；半卡车负荷量、成本/负荷里程以及运输到育肥场的距离的投入都得计入运输费用。

输入这些数据之后，该模型通过解方程组预测了试验中每种副产品的干物质采食量（DMI）和饲料转化率。然后再根据所预测的干物质采食量和饲料转化率计算平均日增重（ADG）。包括副产品的模型中，饲料和肥牛的体重没有变化。因此，饲喂的天数是根据平均日增重（ADG）计算出来的。

栏舍使用费分为两部分。该模型假定三分之一的栏舍使用费为饲喂成本，而其他三分之二是用于非饲养栏舍使用费。饲养栏舍使用费的部分账目与饲喂含有湿副产品的湿饲料有联系。

该模型在日粮中增加了尿素（和相关费用）以补充蛋白质，使之满足日粮中粗蛋白至少13.5%的要求。通过输入的饲料原料干物质以及百分数，该模型计算出了日粮中干物质的含量，这对于计算饲养栏舍使用费是非常重要的。副产品运输费用是通过负荷大小、成本/负荷里程以及运输里程计算的。

对一些副产品喂养情况进行了评价，说明该模型可以对任何特定的输入计算利润及损失。假设输入了包括740磅的肉用阉牛在盈亏平衡点的价格，采食以玉米为基础日粮的肉牛，导致玉米日粮的利润为0，1300磅重的育肥牛成交价为90美元/英担［1英担＝112磅(lb)＝50.802千克（kg)］，以及24磅的干物质采食量（DMI）和0.154的饲料效率。假定为每25吨的副产品运输每公里的运输成本为3.90美元。

当肉牛饲喂WDGS时，乙醇厂和育肥场之间的距离影响肉牛的收益。与只饲喂玉米相比，饲喂WDGS的水平占日粮干物质50%时，饲喂WDGS（价格为玉米价格5.50美元/蒲式耳的70%）的效益以二次方效应（图2.5）。如果育肥场是在乙醇厂附近，那么WDGS的最佳饲喂水平为占干物质的50%，每头育肥牛的收益要比饲喂玉米的高109美元以上。当乙醇厂到育肥场的距离从0提高到100英里[1]时，与饲喂玉米相比，饲喂WDGS的效益下降。随着乙醇厂到育肥场的距离增加，WDGS的最佳饲喂量也相应地降低。如果育肥场到乙醇厂的距离是100英里，那么WDGS的最佳添加量是40%～50%。当日粮水平提高时，育肥场与乙醇厂的距离对经济效益的影响增加。

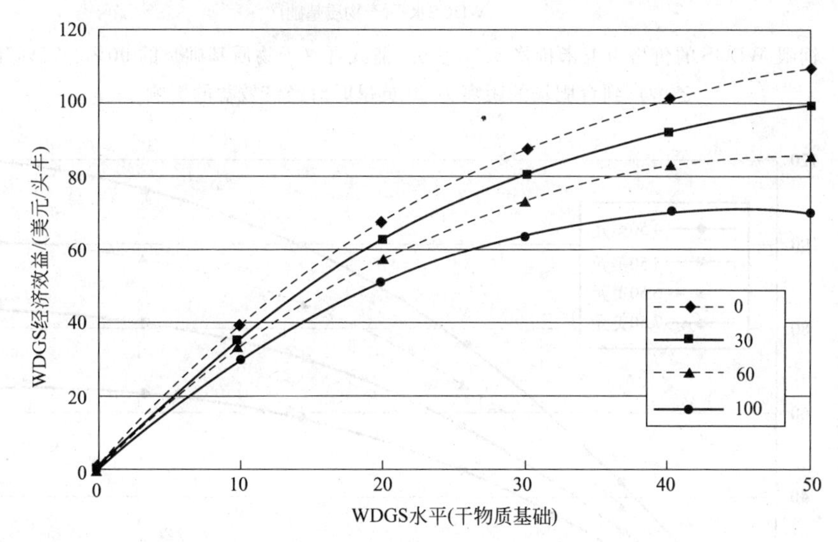

图2.5 饲喂价格为玉米70%（5.50美元/蒲式耳）的WDGS，乙醇厂到育肥场的距离为0、30英里、60英里和100英里时对经济效益的影响

当玉米价格（5.50美元/蒲式耳）和距离（60英里）不变时，经济效益对WDGS相对于玉米的价格是敏感的。当WDGS的售价为玉米价格的90%时，WDGS的最佳添加量是30%～40%（图2.6），每头牛的收益是45美元。当WDGS的价格为玉米的75%时，WDGS的最佳添加量是40%～50%，每头牛的收益为75美元。当WDGS的定价为玉米价格的60%时，WDGS的最佳添加量提高到占日粮干物质的50%，每头牛的收益为105美元。WDGS相对玉米的价格越低，随着WDGS添加量的增加，经济效益也相应增加。

玉米价格为4.50美元、5.50美元、6.50美元和7.50美元，WDGS价格为玉米价格的70%，育肥场与乙醇厂的距离是60英里。不管玉米处于任何价位，随着WDGS添加水平的增加，饲喂WDGS的效益都呈二次方效应增加（图2.7）。然而，由于玉米价格升高，饲喂WDGS的效益增加了。此外，随着玉米价格上升，WDGS的最佳添加量增加，从玉米价格为4.50美元时的40%～50%（%干物质）到玉米价格为5.50～7.50

[1] 1英里＝1609.344米（m）。

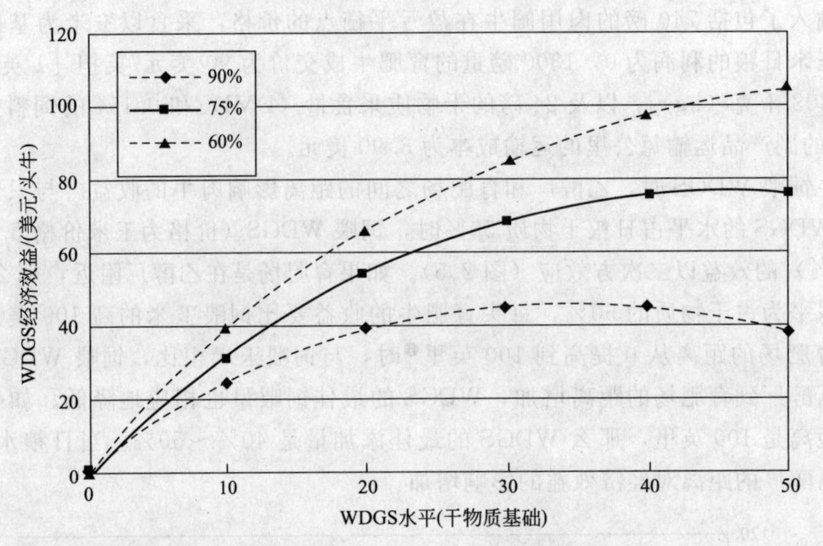

图 2.6 饲喂 WDGS 的价格为玉米价格 5.50 美元/蒲式耳（干物质基础）的 90%、75%和 60%，乙醇厂到育肥场的距离为 60 英里时对经济效益的影响

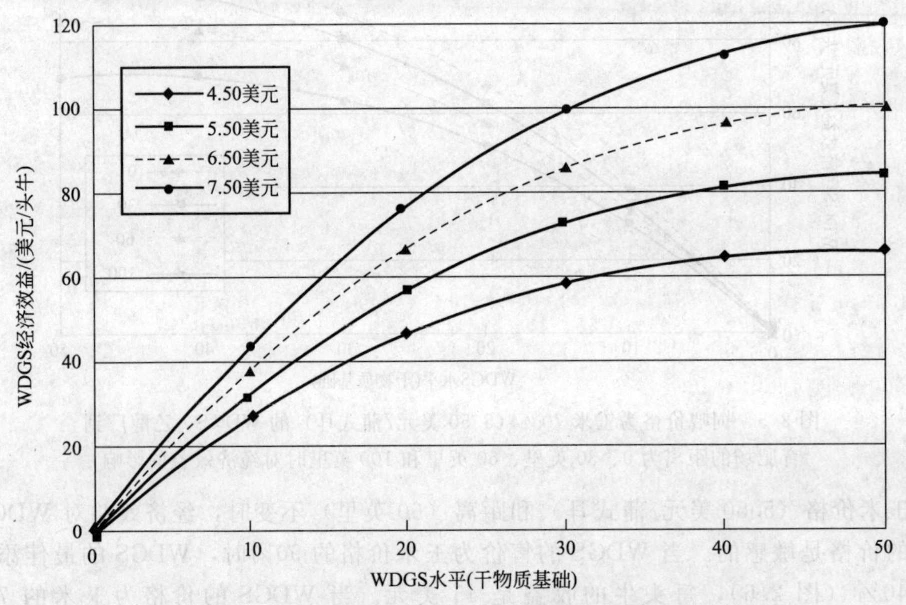

图 2.7 饲喂 WDGS 的价格为玉米价格（4.50 美元/蒲式耳、5.50 美元/蒲式耳、6.50 美元/蒲式耳和 7.50 美元/蒲式耳）的 70%，乙醇厂到育肥场的距离为 60 英里时对经济效益的影响

美元时的 50%（%干物质）。

我们确定了每蒲式耳玉米价格为 3.50 美元、4.50 美元或 5.50 美元，DDGS 价格为玉米价格的 82%，DDGS 的运输距离为 60 英里时对肉牛收益率的影响。随着 DDGS 饲喂量的增加，导致肉牛收益呈二次方效应增加（图 2.8）。由于玉米价格的上升，DDGS 的最佳添加水平相对稳定在 20%～25%（%干物质）。在每个玉米价格，饲喂 DDGS 增加的收益在 27～40 美元之间。玉米价格的提高增加了饲喂 DDGS 的回报率，当 DDGS 添加水平在中间时，可以获得最大的回报率。饲喂 WDGS 和提高玉米价格之间也有类似的关系：玉米价格上涨，饲喂 WDGS 水平越高，获得利润越大。

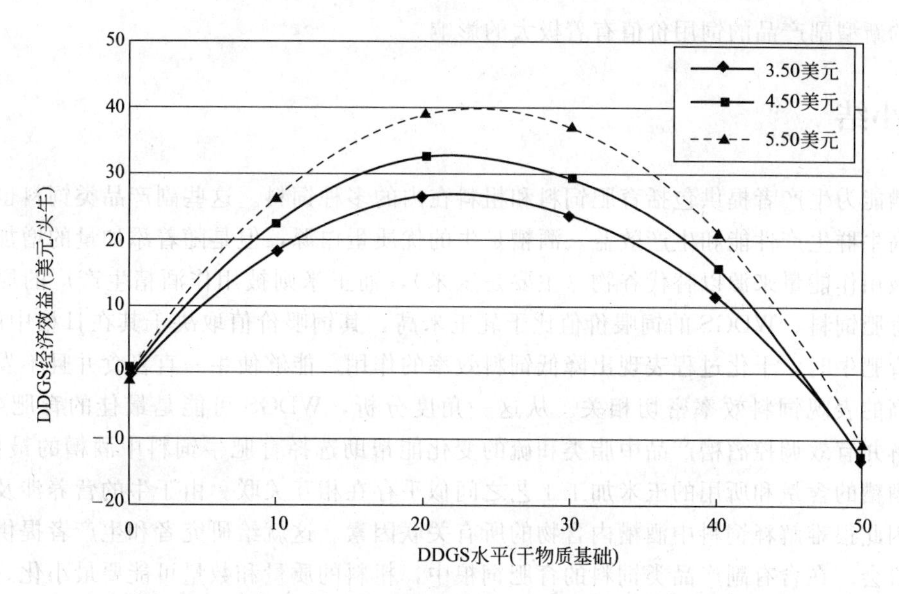

图 2.8 乙醇厂到育肥场的距离为 60 英里时对经济效益的影响

DDGS 为玉米价格的 82%

根据这些有限的例子，与饲喂玉米相比，饲喂副产品可以增加养牛的经济效益。然而，经济效益受到使用副产品的类型、日粮中添加水平、运输距离、玉米价格以及副产品相对玉米价格的影响。这一模型可以使得生产者根据自己的输入来提高他们使用副产品的决策能力。该模型可在内布拉斯加大学肉牛推广网站上下载（http://beef.unl.edu 地址中的“副产品饲料”标签）。

2.7 乙醇工业的新型副产品

不断发展的乙醇工业正在不断努力，以最大程度地提高乙醇生产效率。这些进步与变化将提供新型的副产品饲料，可被生产者当作营养完全不同的饲料饲喂肉牛。一个关于新型副产品的例子就是 Dakota 糠饼。糠饼是酿酒的副产品，主要是在玉米皮另加酒糟残液经初步分馏干制粉过程中生产出来的。在干物质基础上，与 WDGS 或湿玉米蛋白饲料相比，糠饼含有较少的蛋白质、相似的 NDF 以及比 WDGS 略少的脂肪含量。Bremer 等（2006）通过在育肥日粮中添加占干物质 0、15%、30%、45%的 Dakota 糠饼，以评价 Dakota 糠饼的饲用价值。结果表明，与饲喂高水分和干轧玉米混合物相比，添加 Dakota 糠饼提高了动物的最后体重、平均日增重、干物质采食量和饲料效率，表明这一特殊的饲料的饲喂价值是玉米的 100%～108%。Buckner 等（2007）比较了干 Dakota 糠饼与 DDGS 补充料对作为生长犊牛日粮的效果。他们使用占日粮 15%或 30%的这两个产品代替 70∶30 的雀麦草干草和半干苜蓿的混合物（干物质基础）。当添加的副产品增加时，动物的生产性能随之提高。与干 Dakota 糠饼相比，DDGS 在两个添加水平都提高了生产性能。干 Dakota 糠饼对生长阉牛的饲用价值是 DDGS 的 84%。此前有研究表明，在以牧草为基础日粮的情况下，DDGS 的饲用价值大约为玉米饲料的 127%。因此，干 Dakota 糠饼的能量价值约等于玉米的 103%。

Dakota 糠饼只是其中一个说明乙醇行业的新型副产品与传统育肥日粮比较的例子。每一种新型副产品饲料都需要单独分析以修正其饲用价值。改变工厂的生产目标和生产效率对所生产的新型副产品的饲用价值有着极大的影响。

2.8 小结

酒糟能为生产者提供包括育肥饲料和粗料在内的多种饲料。这些副产品类饲料也许可以有效提高牛群生产性能和生产效益。酒糟是牛的优质蛋白源，但是随着添加量的增加，更大的部分被用作能量来源以替代谷物（主要是玉米），而玉米则被用作酒精生产厂的原料。作为肉牛育肥饲料，WDGS的饲喂价值比干轧玉米高，其饲喂价值取决于其在日粮中的水平。当饲喂育肥牛时，干化过程表现出降低饲料效率的作用。能够使牛一直喜食并且不发生酸中毒与较高的表观饲料效率密切相关。从这一角度分析，WDGS可能是最佳的育肥牛饲料。正确理解并有效调控酒糟产品中脂类和硫的变化能帮助选择育肥牛饲料中酒糟的最佳含量。饲料中酒糟的含量和所用的玉米加工工艺之间似乎存在相互关联。由于牛的营养涉及的方面很多，因此很难解释饲料中酒糟内含物的所有关联因素。这就给研究者和生产者提供了一个很好的机会。在含有副产品类饲料的育肥饲粮中，粗料的质量和数量可能要最小化。今后随着副产品饲料添加量的增加，将WDGS和湿玉米蛋白粉联合饲喂的效果会更好。酒糟中较高的非可降解蛋白含量使副产品类饲料成为青年牛、快速生长牛和泌乳牛的优质蛋白源。隔日饲喂（或每周饲喂3次）是可行的。同时，在谷物饲料中，可溶性酒糟液作为良好的非蛋白氮源和可降解蛋白质源更适用于隔日饲喂体系。保存湿料的新方法为小规模生产者提供了利用副产品类饲料的机会。将来，随着利用玉米生产酒精和其他产品的技术的发展，将会出现更多新的副产品类饲料。这些"新"的副产品类饲料将通过生产性能试验来评价其相应的饲料效率。

参考文献

Aines, G., T. Klopfenstein, and R. Stock. 1987. "Distillers Grains." MP51, *Nebraska Agric. Res. Div.*, Lincoln.

Al-Suwaiegh, S., K. C. Fanning, R. J. Grant, C. T. Milton, and T. J. Klopfenstein. 2002. "Utilization of Distillers Grains from the Fermentation of Sorghum or Corn in Diets for Finishing Beef and Lactating Dairy Cattle." *J. Anim. Sci.* 80: 1105-1111.

Benson, C. S., C. L. Wright, K. E. Tjardes, R. E. Nicolai, and B. D. Rops. 2005. "Effects of Feeding Varying Concentrations of Dry Distillers Grains With Solubles to Finishing Steers on Feedlot Performance, Nutrient Management and Odorant Emissions." *South Dakota State University Beef Rep*. 2005-13, pp. 59-67.

Benton, J., G. Erickson, T. Klopfenstein, K. Vander Pol, and M. Greenquist. 2007. "Effect of Roughage Source and Level With the Inclusion of Wet Distillers Grains on Finishing Cattle Performance and Economics." *Nebraska Beef Cattle Rep*. MP-90, p. 29.

Bremer, V. B, G. E. Erickson, T. J. Klopfenstein, M. L Gibson, K. J. Vander Pol, and M. A. Greenquist. 2006. "Feedlot Evaluation of a Low Protein Distillers By-product for Finishing Cattle." *Nebraska Beef Cattle Rep*. MP 88-A: 57-58.

Bruning, C. L., and M. T. Yokoyama. 1988. "Characteristics of Live and Killed Brewer' s Yeast Slurries and Intoxication by Intraruminal Administration to Cattle." *J. Anim. Sci.* 66: 585-591.

Buckner, C., T. Klopfenstein, G. Erickson, K. Vander Pol, K. Karges, and M. Gibson. 2007. "Comparing a Modified Dry By-product to Dry Distillers Grains with Solubles in Growing Calf Diets." *Nebraska Beef Cattle Rep*. MP90, pp. 15-16.

Buckner, C. D., V. R. Bremer, T. J. Klopfenstein, G. E. Erickson, and D. R. Mark. 2008a. "Cattle CODE: Economic Model for Determining Byproduct Returns for Feedlot Cattle." *Nebraska Beef Cattle Rep*. MP91, pp. 42-44.

Buckner, C. D., T. L. Mader, G. E. Erickson, S. L. Colgan, D. R. Mark, V. R. Bremer, K. K. Karges, and M. L. Gibson. 2008b. "Evaluation of Dry Distillers Grains Plus Solubles Inclusion on Performance and Economics of Finishing Beef Steers." *Prof. Anim. Sci-ent.*, forthcoming.

Buckner, C. D., S. J. Vanness, G. E. Erickson, T. J. Klopfenstein, and J. R. Benton. 2008c. "Nutrient Composition and Variation Among Wet and Modified Distillers Grains Plus Solubles." *J. Anim. Sci.* 86 (Suppl. 2) (Abstr. 263).

Buckner, C. D., G. E. Erickson, T. J. Klopfenstein, R. A. Stock, and K. J. Vander Pol. 2006. "Effect of Feeding a By-product Combination at Two Levels or By-product Alone in Feedlot Diets." *J. Anim. Sci.* 84 (Suppl. 2): 48 (Abstr. 15).

CAST (Council for Agricultural Science and Technology). 2006. "Convergence of Agriculture and Energy: Implications for Research and Policy." CAST Commentary: QTA 2006-3. http://www.cast-science.org/websiteUploads/publicationPDFs/QTA2006-3.pdf (accessed July 3, 2007).

Cooper R. J., C. T. Milton, T. J. Klopfenstein, and D. J. Jordon. 2002. "Effect of Corn Processing on Degradable Intake Protein Requirement of Finishing Cattle." *J. Anim. Sci.* 80: 242-247.

Corrigan, M. E., G. E. Erickson, T. J. Klopfenstein, K. J. Vander Pol, M. A. Greenquist, M. K. Luebbe. 2007. "Effect of Corn Processing Method and Wet Distillers Grains Inclusion Level in Finishing Diets." *Nebraska Beef Cattle Rep.* MP90, pp. 33-35.

DeHaan, K., T. Klopfenstein, and R. Stock. 1983. "Corn Gluten Feed-protein and Energy Source for Ruminants." *Nebraska Beef Cattle Rep*ort MP44, pp. 19-21.

DeHaan, K. D., T. J. Klopfenstein, R. A. Stock, S. Abrams, and R. A. Britton. 1982. "Wet Distillers By-products for Growing Ruminants." *Nebraska Beef Cattle Rep.* MP43, pp. 33-35.

De Mello, A. S., Jr., B. E. Jenschke, and C. R. Calkins. 2008a. "Effects of Wet Distillers Grains Finishing Diets on Fat Content and Marbling Score in Steers." *Nebraska Beef Cattle Rep.* MP91, pp. 112-113.

——. 2008b. "Influence of Feeding Wet Distillers Grains on Fatty Acid Composition of Beef." *Nebraska Beef Cattle Rep.* MP91, pp. 108-109.

——. 2008c. "Wet Distillers Grains Plus Solubles Affect Lipid Oxidation and Objective Color of Beef Steaks." *Nebraska Beef Cattle Rep.* MP91, pp. 110-111.

Depenbusch, B. E., J. S. Drouillard, E. R. Loe, and M. E. Corrigan. 2005. "Optimizing Use of Distiller' s Grains in Finishing Cattle Diets." *J. Anim. Sci.* 83: (Suppl. 1): 325 (Abstr. 454).

Depenbusch, B. E., T. G. Nagaraja, J. M. Sargeant. J. S. Drouillard, E. R. Loe, and M. E. Corrigan. 2008. "Influence of Processed Grains on Fecal pH, Starch Concentration and Shedding of *E. coli* O157: H7 in Feedlot Cattle." *J. Anim. Sci.* 86: 632-639.

DeWitt, D., S. Ensley, P. Imerman, B. Dorn, K. Kohl, and P. Summer. 2008. "Evaluation and Observations of Total Sulfur Intake with Corn Co-Product Diets for Feedlot Cattle." *Animal Industry Report* R2295, Iowa State University.

Drouillard, J., R. Daubert, E. Loe, B. Depenbusch, J. Sindt, M. Greenquist, and M. Corrigan. 2005. " Wet Sorghum Distiller' s Grains with Solubles in Flaked Corn Finishing Diets for Heifers." *J. Anim. Sci.* 83 (Suppl. 2): 95 (Abstr. 269).

Erickson, G. E., T. J. Klopfenstein, R. J. Rasby, L. A. Stalker, B. L Plugge, D. E. Bauer, D. R. Mark, et al. 2008. " Storage of Wet Corn Co-Products." Manual, University of Nebraska, Lincoln, http://beef.unl.edu (found under the Byproduct Feeds tab).

Farlin, S. D. 1981. "Wet Distillers Grains for Finishing Cattle." *Anim. Nutr. Health* 36: 35.

Farran, T. B, G. E. Erickson, T. J. Klopfenstein, C. N. Macken, and R. U. Lindquist. 2006. "Wet Corn Gluten Feed and Alfalfa Hay Levels in Dry-Rolled Corn Finishing Diets: Effects on Finishing Performance and Feedlot Nitrogen Mass Balance." *J. Anim. Sci.* 84: 1205-1214.

Firkins, J. L., L. L. Berger, and G. C. Fahey, Jr. 1985. "Evaluation of Wet and Dry Distillers Grains and Wet and Dry Corn Gluten Feeds for Ruminants." *J. Anim. Sci.* 60: 847-860.

Folmer, J., C. Macken, R. Moxley, D. Smith, M. Brashears, S. Hinkley, G. Erickson, and T. Klopfenstein. 2003. "Intervention Strategies for Reduction of *E. coli* O157: H7 in Feedlot Steers." *Nebraska Beef Cattle Rep.* MP 80-A, pp.

22-23.

Fox, J. T., B. E. Depenbusch, J. S. Drouillard, and T. G. Nagaraja. 2007. "Dry-Rolled or Steam-Flaked Grain-Based Diets and Fecal Shedding of *E. coli* O157: H7 in Feedlot Cattle." *J. Anim. Sci.* 85: 1207-1212.

Garrigus, W. P., and E. S. Good. 1942. "Distillery Slop for Beef Cattle." Kentucky Agricultural Experiment Station, Spec. Bul. 280.

Gill, R. K., D. L. Van Overbeke, B. Depenbusch, J. S. Drouillard, and A. DiCostanzo. 2008. "Impact of Beef Cattle Diets Containing Corn or Sorghum Distillers Grains on Beef Color, Fatty Acid Profiles, and Sensory Attributes." *J. Anim. Sci.* 86: 923-935.

Gordon, C. M., J. S. Drouillard, J. Gosch, J. J. Sindt, S. P. Montgomery, J. N. Pike, T. J. Kersen, M. J. Sulpizio, M. F. Spire, and J. J. Higgins. 2002a. "Dakota Gold Brand Dried Distillers Grains with Solubles: Effects on Finishing Performance and Carcass Characteristics." In Research Report SRP 890, p. 27, Kansas State University.

Gordon, C. M., J. S. Drouillard, R. K. Phebus, K. A. Hachmeister, M. E. Dikeman, J. J. Higgins, and A. L. Reicks. 2002b. "The Effect of Dakota Gold Brand Dried Distillers Grains with Solubles of Varying Levels on Sensory and Color Characteristics of Rib Eye steaks." In Research Report SRP 890, p. 72 Kansas State University.

Gould, D. H. 1998. "Polioencephalomalacia." *J. Anim. Sci.* 76: 309-314.

Griffin, W. A., V. R. Bremer, T. J. Klopfenstein, and G. E. Erickson. In press. "Meta-analysis of Grazing Trials Using DDGS Supplementation." *Nebraska Beef Cattle Rep*.

Gustad, K., T. Klopfenstein, G. Erickson, J. MacDonald, K. Vander Pol, and M. Greenquist. 2006. "Dried Distillers Grains Supplementation to Calves Grazing Corn Residue." *Nebraska Beef Cattle Rep*. MP 88-A, p. 36.

Ham, G. A., R. A. Stock, T. J. Klopfenstein, E. M. Larson, D. H. Shain, and R. P. Huffman. 1994. "Wet Corn Distillers By-products Compared with Dried Corn Distillers Grains with Solubles as a Source of Protein and Energy for Ruminant." *J. Anim. Sci.* 72: 3246-3257.

Henry, W. A. 1900. "Dried Distillery Grains Compared With Oats." *Feeds and Feeding*, 2nd ed., p. 421.

Herold, D. W. 1999. "Solvent Extracted Germ Meal for Ruminants." Ph. D. dissertation. University of Nebraska, Lincoln.

Huls, T. J., M. K. Luebbe, G. E. Erickson, and T. J. Klopfenstein. 2008. "Effect of Inclusion Level of Modified Distillers Grains Plus Solubles in Finishing Steers." *Nebraska Beef Cattle Rep*. MP91, pp. 36-38.

Jacob, M. E., J. S. Drouillard, D. G. Renter, J. T. Fox, and T. G. Nagaraja. 2008a. "Effects of Distillers Grains and Dry-Rolled Corn Supplementation in Steam-Flaked Corn Grain-Based Diets on Fecal Shedding of *E. coli* O157: H7 and Salmonella." *J. Anim. Sci.* 86 (E-Suppl): 26.

Jacob, M. E., J. T. Fox, J. S. Drouillard, D. G. Renter, and T. G. Nagaraja. 2008b. "Effects of Dried Distillers' Grains on Fecal Prevalence and Growth of *Escherichia coli* O157 in Batch Culture Fermentations from Cattle." *Appl. Environ. Microbiol.* 74: 38-43.

Jacob, M. E., J. T. Fox, S. K. Narayanan, J. S. Drouillard, D. G. Renter, and T. G. Nagaraja. 2008c. "Effects of Feeding Wet Corn Distiller' s Grains with Solubles With or Without Monensin and Tylosin on the Prevalence and Antimicrobial Susceptibilities of Fecal Food-borne Pathogenic and Commensal Bacteria in Feedlot Cattle." *J. Anim. Sci.* 86: 1182.

Jacob, M. E., G. L. Parsons, M. K. Shelor, J. T. Fox, J. S. Drouillard, D. U. Thomson, D. G. Renter, and T. G. Nagaraja. 2008d. "Feeding Supplemental Dried Distiller' s Grains Increases Fecal Shedding *Escherichia coli* O157 in Experimentally Inoculated Calves." *Zoonoses Publ. Hlth.*, forthcoming.

Jenschke, B. E., J. R. Benton, C. R. Calkins, T. P. Carr, K. M. Eskridge, T. J. Klopfenstein, and G. E. Erickson. 2008. "Chemical and Sensory Properties of Beef of Known Source and Finished on Wet Distillers Grains in Addition to Varying Types and Levels of Roughage." *J. Anim. Sci.* 86: 949-959.

Jenschke, B. E., J. M. James, K. J. Vander Pol, T. J. Klopfenstein, and C. R. Calkins. 2007. "Wet Distillers Grains Plus Solubles Do Not Increase Liver-Like Off-Flavors in Cooked Beef from Yearling Steers." *J. Muscle Foods* 18: 341-348.

Kalscheur, K. F., A. D. Garcia, A. R. Hippen, and D. J. Schingoethe. 2002. "Ensiling Wet Corn Distillers Grains

Alone or in Combination with Soyhulls." *J. Dairy Sci*. 85 (Suppl. 1): 234.

——. 2003. "Fermentation Characteristics of Ensiling Wet Corn Distillers Grains in Combination with Corn Silage." *J. Dairy Sci*. 86 (Suppl. 1): 211.

——. 2004. "Fermentation Characteristics of Ensiling Wet Corn Distillers Grains in Combination with Wet Beet Pulp." *J. Dairy Sci*. 87 (Suppl. 1): 35.

Klopfenstein, T. J., G. E. Erickson, and V. R. Bremer. 2008. "Board-Invited Review: Use of Distillers By-products in the Beef Cattle Feeding Industry." *J. Anim. Sci*. 86: 1223-1231.

Klopfenstein, T. J., Waller, N. Merchen, and L. Petersen. 1978. "Distillers Grains as a Naturally Protected Protein for Ruminants." *Distillers Feed Conference Proceedings* 33: 38.

Krehbiel, C. R., R. A. Stock, D. W. Herold, D. H. Shain, G. A. Ham, and J. E. Carulla. 1995. "Feeding Wet Corn Gluten Feed to Reduce Subacute Acidosis in Cattle." *J. Anim. Sci*. 73: 2931-2939.

Lancaster, R. A., J. B. Corners, L. N. Thompson, K. L. Fitsche, and J. L. Williams. 2007. "Case Study: Distillers Dried Grains with Solubles Affects Fatty Acid Composition of Beef." *Prof. Anim. Scient*. 23: 715-720.

Larson, E. M., R. A. Stock, T. J. Klopfenstein, M. H. Sindt and R. P. Huffman. 1993. "Feeding Value of Wet Distillers By-products for Finishing Ruminants." *J. Anim. Sci*. 71: 2228-2236.

Lodge, S. L., R. A. Stock, T. J. Klopfenstein, D. H. Shain, and D. W. Herold. 1997a. "Evaluation of Corn and Sorghum Distillers By-products." *J. Anim. Sci*. 75: 37-43.

Lodge, S. L., R. A. Stock, T. J. Klopfenstein, D. H. Shain, and D. W. Herold. 1997b. "Evaluation of Wet Distillers Composite for Finishing Ruminants." *J. Anim. Sci*. 75: 44-50.

Loy, T. W., T. J. Klopfenstein, G. E. Erickson, and C. Macken. 2008. "Value of Dry Distillers Grains in High-Fiber Diets and Effect of Supplementation Frequency." *J. Anim. Sci*., forthcoming.

Loy, T. W., J. C. MacDonald, T. J. Klopfenstein, and G. E. Erickson. 2007. "Effect of Distillers Grains or Corn Supplementation Frequency on Forage Intake and Digestibility." *J. Anim. Sci*. 85: 2625-2630.

Loza, P., K. Vander Pol, G. Erickson, T. Klopfenstein, and R. Stock. 2005. "Effect of Feeding a By-product Combination Consisting of Wet Distillers Grains and Wet Corn Gluten Feed to Feedlot Cattle." *Nebraska Beef Cattle Rep*. MP 83-A, pp. 45-46.

Loza, P., K. Vander Pol, M. Greenquist, G. Erickson, T. Klopfenstein, and R. Stock. 2007. "Effects of Different Inclusion Levels of Wet Distiller Grains in Feedlot Diets Containing Wet Corn Gluten Feed." *Nebraska Beef Cattle Rep*. MP90, pp. 27-28.

Luebbe, M. K., G. E. Erickson, T. J. Klopfenstein, and M. A. Greenquist. 2008. "Nutrient Mass Balance and Performance of Feedlot Cattle Fed Wet Distillers Grains." *Nebraska Beef Cattle Rep*. MP91, pp. 53-56.

Macken, C. N., G. E. Erickson, T. J. Klopfenstein, and R. A. Stock. 2006. "Effects of Corn Processing Method and Protein Concentration in Finishing Diets Containing Wet Corn Gluten Feed on Cattle Performance." *Prof. Anim. Scient*. 22: 14-22.

Martin, J., A. Cupp, R. Rasby, K. Moline, J. Bergman. M. Dragastin, and R. Funston. 2007. "Utilization of Dried Distillers Grains for Developing Beef Heifers." *J. Anim. Sci*. 85: 2298-2303.

May, M. L., M. L. Hands, M. J. Quinn, B. E. Depenbusch, J. O. Wallace, C. D. Reinhardt, and J. S. Drouillard. 2007a. "Dry Distillers Grains with Solubles in Steam-Flaked or Dry-Rolled Corn Diets with Reduced Roughage Levels." *J. Anim. Sci*. 85 (Suppl. 1): 411 (Abstr. 528).

May, M. L., M. J. Quinn, J. J. Higgins, and J. S. Drouillard. 2007b. "Wet Distiller' s Grains with Solubles in Beef Finishing Diets with Steam-Flaked or Dry-Rolled Corn." *Proceedings of Plains Nutrition Council Spring Conference, San Antonio, Texas*, p. 99.

Morrison, F. B. 1939. *Feeds and Feeding*, 20th ed. Ithaca, NY: Morrison Publishing Co.

National Research Council. 2005. *Mineral Tolerance of Animals*, 2nd ed. Washington, DC: National Academy Press.

——. 1996. *Nutrient Requirements of Beef Cattle*, 7th ed. Washington, DC: National Academy Press.

Owens, F. N., D. S. Secrist, W. J. Hill, and D. R. Gill. 1997. "The Effect of Grain Source and Grain Processing on Performance of Feedlot Cattle: A Review." *J. Anim. Sci*. 75: 868-878.

Peterson, R. E., T. J. Klopfenstein, G. E. Erickson, J. Folmer, S. Hinkley, R. A. Moxley, and D. R. Smith. 2007a. "Effect of *Lactobacillus* Strain NP51 on *Escherichia coli* O157: H7 Fecal Shedding and Finishing Performance in Beef Feedlot Cattle." *J. Food Prot.* 70 (2): 287-291.

Peterson, R. E., T. J. Klopfenstein, R. A. Moxley, G. E. Erickson. S. Hinkley, G. Bretschneider, E. M. Berberov, D. Rogan, and D. R. Smith. 2007b. "Effect of a Vaccine Product Containing Type Ⅲ Secreted Proteins on the Probability of *E. coli* O157: H7 Fecal Shedding and Mucosal Colonization in Feedlot Cattle." *J. Food Prot.* 70 (11): 2568-2577.

Plascencia, A., G. D. Mendoza, C. Vásquez, and R. A. Zinn. 2003. "Relationship between Body Weight and Level of Fat Supplementation on Fatty Acid Digestion in Feedlot Cattle." *J. Anim. Sci.* 81: 2653-2659.

Quicke, G. V., O. G. Bentley, H. W. Scott, R. R. Johnson, and A. L. Moxon. 1959. "Digestibility of Soybean Hulls and Flakes and the In Vitro Digestibility of the Cellulose in Various Milling By-products." *J. Dairy Sci.* 42: 185-186.

Roeber, D. L., R. K. Gill, and A DiCostanzo. 2005. "Meat Quality Responses to Feeding Distiller' s Grains to Finishing Holstein Steers." *J. Anim. Sci.* 83: 2455-2460.

Sayer, K. M. 2004. "Effects of Corn Bran and Steep Inclusion in Finishing Diets on Cattle Performance, Nutrient Mass Balance, and Diet Digestibility." M. S. Thesis, University of Nebraska, Lincoln, p. 51.

Scott, T. L., C. T. Milton, G. E. Erickson, T. J. Klopfenstein, and R. A. Stock. 2003. "Corn Processing Method in Finishing Diets Containing Wet Corn Gluten Feed." *J. Anim. Sci.* 81: 3182-3190.

Senaratne, L. S., C. R. Calkins, A. S. de Mello Junior, G. A. Sullivan, and G. E. Erickson. In press. "Effect of Wet Distiller' s Grain Feeding Supplemented with Vitamin E on Case-Life of Beef." *Nebraska Beef Cattle Rep.*

Shain, D. H., R. A. Stock, T. J. Klopfenstein, and D. W. Herold. 1999. "The Effect of Forage Source and Particle Size on Finishing Yearling Steer Performance and Ruminal Metabolism." *J. Anim. Sci.* 77: 1082-1092.

Sims, L. E., R. B. Hicks, D. L. Van Overbeke, P. K. Camfield, J. J. Martin, T. K. Dye, B. P. Holland, C. L. Maxwell, C. R. Krehbiel, and C. J. Richards. 2008. "Distillers Grains in Flaked Corn Diets." *Midwest Amer. Sci.*, p. 83.

Stalker, L. A., D. C. Adams, and T. J. Klopfenstein. 2006. "A System for Wintering Beef Heifers Using Dried Distillers Grains." *Nebraska Beef Cattle Rep.* MP 88-A, pp. 13-15.

——. 2007. "Urea Inclusion in Distillers Dried Supplements." *Prof. Anim. Scient.* 23: 390-394.

Stock, R. A., J. M. Lewis, T. Klopfenstein, and C. T. Milton. 2000. "Review of New Information on the Use of Wet and Dry Milling Feed By-products in Feedlot Diets" *J. Anim. Sci.* 78 (E-Suppl.). http: //www. asas. org/symposia/9899proc/0924. pdf (accessed July3, 2007).

Trenkle, A. H. 1996. "Evaluation of Wet Distillers Grains for Finishing Cattle." *Beef Research Rep.* AS632, Iowa State University, pp. 75-80.

Trenkle, A. 1997. "Evaluation of Wet Distillers Grains in Finishing Diets for Yearling Steers." *Beef Research Rep.* AS637: 93-96, Iowa State University.

——. 2008. "Performance of Finishing Steers Fed Low, Moderate, and High Levels of Wet Distillers Grains." *Animal Industry Rep.* R2286, Iowa State University.

——. 2007. "Performance of Finishing Steers Fed Modified Wet Distillers Grains." *Animal Industry Rep.* R2183, Iowa State University.

Vander Pol, K J., G. E. Erickson, T. J. Klopfenstein, M. A. Greenquist, and T. Robb. 2006. "Effect of Dietary Inclusion of Wet Distillers Grains on Feedlot Performance of Finishing Cattle and Energy Value Relative to Corn." *Nebraska Beef Cattle Rep.* MP 88-A, pp. 51-53.

Vander Pol, K. J., M. A. Greenquist, G. E. Erickson, T. J. Klopfenstein, and T. Robb. 2008a. "Effect of Corn Processing in Finishing Diets Containing Wet Distillers Grains on Feedlot Performance and Carcass Characteristics of Finishing Steers." *Prof. Anim. Scient.*, forthcoming.

Vander Pol, K. J., M. K. Luebbe, G. I. Crawford, G. E. Erickson, and T. J. Klopfenstein. 2008b. "Performance and Digestibility Characteristics of Finishing Diets Containing Distillers Grains, a Composite of Corn Coproducts, or

Supplemental Corn Oil." *J. Anim. Sci.*, forthcoming.

Vasconcelos, J. T., and M. L. Galyean. 2007a. "Effects of Proportions of Wet Corn Gluten Feed and Distillers Dried Grains with Solubles in Steam-Flaked, Corn-Based Diets on Performance and Carcass Characteristics of Feedlot Cattle." *Prof. Anim. Scient.* 23: 260-266.

Vasconcelos, J. T., and M. L. Galyean. 2007b. "Nutritional Recommendations of Feedlot Consulting Nutritionists: The 2007 Texas Tech University Survey." *J. Anim. Sci.* 85: 2772-2781.

Vasconcelos, J. T., L. M. Shaw, K. A. Lemon, N. A. Cole, and M. L. Galyean. 2007c. "Effects of Graded Levels of Sorghum Wet Distillers Grains and Degraded Intake Protein Supply on Performance and Carcass Characteristics of Feedlot Cattle Fed Steam-Flaked Corn-Based Diets." *Prof. Anim. Scient.* 23: 467-475.

Zinn, R. A. 1989. "Influence of Level and Source of Dietary Fat on Its Comparative Feeding Value in Finishing Diets for Steers: Feedlot Cattle Growth and Performance." *J. Anim. Sci.* 67: 1029-1037.

3 乙醇加工副产品在奶牛日粮中的应用

David J. Schingoethe[1]

这一章主要是探讨使用乙醇生产过程中产出的副产物饲喂奶牛的效果。虽然重点是讨论对泌乳奶牛的影响，但也对饲喂犊牛、育成牛以及干奶牛乙醇加工副产品作了介绍。这里所说的副产品主要是蒸馏谷物产生的或湿或干的产物，但也提到了其他的副产品，像浓缩玉米酒糟可溶物、玉米胚芽及其他一些潜在的可以应用的新产品。在发酵其他谷物或饲料中所产生的一些副产品，尽管目前的相关研究数据较少，但本章也有提及。

大量的乙醇加工副产品用于家畜饲养中。目前利用的大多是 DDGS 或 WDGS，但今后会有很多新型的蒸馏副产品可供选择。随后我们将介绍一些可以利用并能提高动物生产性能的产品。

3.1 乙醇加工副产品的营养组分

本书的其他章节对乙醇加工副产品的营养组分进行了详细的介绍，本章只是提出了在配制奶牛日粮时需要特别注意的一些细节。乙醇加工副产品用于饲喂家畜已经有 100 多年的历史了，但只是最近才被大量使用并且在价格上也显示出很大的竞争力。另外，目前使用的产品其蛋白质和能量的含量通常都高于过去的产品（Birkelo、Brouk 和 Schingoethe，2004），有些甚至超过了 NRC 所标注的营养成分（NRC，2001）。并且质量也同样好。这反映了新一代乙醇作物的发酵效果有了提高（Spiehs、Whitney 和 Shurson，2002）。相关的内容可以在明尼苏达大学（2008）有关谷物蒸馏的网站（www. ddgs. umn. edu）查阅，在该网站你还可以了解到最新的关于用美国中西部乙醇作物加工得到的 DDGS 的组成成分。

表 3.1 中列出了可溶提取物和 DGS 的营养组分。这些数据反映了 NRC 在奶牛营养标准上所要求的主要营养价值，如 Spiehs、Whitney 和 Shurson（2002）所报道的新一代 DGS，Birkelo、Brouk 和 Schingoethe（2004）的关于谷物提取物的能值。与旧的乙醇作物相比，新一代作物生产得到的副产品含有更多的蛋白质、能量以及可利用磷，这些可能是新一代作物发酵高效率的表现。早期的低效乙醇作物中提取出的 DGS 含有 5%～10%的淀粉，而来自新一代作物中的提取物则几乎不含淀粉。玉米 DGS 中有大量的可消化磷（Mjoun 等，2007），其优点

---

[1] 作者为美国南达科他州立大学奶业科学系教授。

是如果日粮中缺乏磷时可以用它补充，但也有一个缺点，就是如果土壤肥力不再缺磷时，通过粪排出的过量的磷在施肥时就需要进行处理了。含硫量通常不用考虑，但也有报道称某些植物的DGS含有高水平的硫（大约为1%）。最近的调查（Schingoethe等，2008）显示，DGS中平均含硫0.5%～0.6%，比NRC报道的0.44%高。高含量的硫可能是因为在控制pH和清洁过程中添加酸而造成的，也可能是因为使用的水中含硫较高。

表3.1 DDGS和可溶蒸馏物的营养成分

项目	产品(干物质含量)/%		项目	产品(干物质含量)/%	
	DDGS	可溶物		DDGS	可溶物
粗蛋白	30.1	18.5	粗灰分	5.2	12.5
粗蛋白中的RUP①	55.0	30.0	钙	0.22	0.30
维持净能/(Mcal②/kg)	2.07	2.19	磷	0.83	1.35
生长净能/(Mcal/kg)	1.41	1.51	镁	0.33	0.60
产奶净能/(Mcal/kg)	2.26	2.03	钾	1.10	1.70
NDF	39.0	20.0	钠	0.30	0.23
ADF	16.1	5.0	硫	0.44	0.37
粗脂肪	10.7	21.5			

①RUP为瘤胃非降解蛋白；② 1cal=4.1840J。

注：大多数数据来源于NRC，2001；Spiehs、Whitney和Shurson，2002；Birkelo、Brouk和Schingoethe，2004。

事实上目前使用的所有可以利用的乙醇副产品都是DGS的形式，但这种情况在今后会有所改变，因为将来的加工会对DGS做更多的分馏处理。有没有额外添加可溶物，玉米酒糟的组成本质上都是一样的，只不过没有添加可溶物时磷的含量较低（0.4%），因为可溶物的磷含量较高（1.3%～1.5%）。因此对动物生产性能的研究可以通过添加和不添加可溶物的两种饲料交替饲喂进行。如果一种DGS产品中含有的脂肪（>15%）和磷（>1.0%）比表3.1中列出的值要高，那么很可能是超过正常量的可溶物混合到酒糟中或是加工分离可溶物的过程出现了问题。Noll、Brannon和Parsons等（2007）做了一项研究，将同一炉乙醇生产中所得到的可溶物从0～100%逐量添回到酒糟残渣中，结果显示：DDGS中脂肪的干物质含量从8.9%上升到11.7%，磷和硫的含量也有所增加，但蛋白质的含量几乎没有变化。这种变化表明了供应商向买主提供特定产品的营养成分分析数据和始终提供质量一致的达到标准的产品的重要性。

日粮中过瘤胃蛋白（RUP）和瘤胃可降解蛋白（RDP）的比例在奶牛日粮配制中需要重点考虑，尤其对高产奶牛更为重要。玉米DGS是一个很好的RUP来源，通常优质的DGS中过瘤胃蛋白的含量为粗蛋白的47%～64%，WDGS中的含量比DDGS的含量低5%～8%（Firkins等，1984；Kleinschmit等，2007a）。然而如果DGS中的过瘤胃蛋白含量很高（>粗蛋白的80%），那就很有必要检测这些RUP是否会被高温破坏而不能消化。尽管玉米DGS是很好的蛋氨酸来源，但它与其他玉米产品一样，赖氨酸是其第一限制性氨基酸。据有限的数据（Kleinschmit等，2006；2007a，b）表明，高质量的DGS中所含的可利用赖氨酸比低质量的DGS产品中的含量高出很多。事实上，最近有一项调查显示，美国中西部（明尼苏达大学，2008）的大量乙醇作物可以提取出含有丰富赖氨酸的DDGS，其赖氨酸的含量为粗蛋白的3.05%，而最近的NRC（2001）给出的奶牛标准是2.24%。也许有人认为质量好的DGS应该是金黄色的，Belyea、Rausch和Tumbleson（2004）研究表明虽然颜色指标有时也可以用来衡量DGS质量（Powers等，1995），但很多时候颜色并不能准确地反映蛋白质质量（Kleinschmit 等，2007a）。

新一代的 DGS 具有更高的能量。Birkelo、Brouk 和 Schingoethe 等（2004）的研究显示，玉米 WDGS 的净能大约为 2.25Mcal/kg，这比最近 NRC 报道的 DDGS 的能量含量多出 10%～15%。这可能反映了新一代 DGS 的能值较高，但并不一定 WDGS 的能值必定比 DDGS 的能量高，这是两个不同的比较。DGS 的能值较高可能是因为其脂肪含量较高，也有人认为是 DGS 中含有较多的可消化纤维。

DGS 中有大量的中性洗涤纤维（NDF），但木质素的含量却很低。尽管大部分 DGS 含有 38%～40%的 NDF，但是低于这一水平的 DGS 也很常见。这种容易消化的纤维可以部分替代奶牛日粮中的牧草，也可以替代部分精料，但是，对泌乳牛来说，可以用 DGS 替代精料但并不适合替代粗料。因为 DGS 颗粒小，没有有效纤维，物理有效纤维也只有 3.4%～19.8%（Kleinschmit 等，2007a），从而导致牛奶中乳脂率的下降（Cyriac 等，2005）。非粗饲料来源的粗纤维，如 DGS 可以为泌乳和生长期的奶牛提供必要的能量，并且不会因为淀粉的快速发酵而造成瘤胃酸中毒（Ham 等，1994）。

目前关于其他谷物 DGS（如小麦、大麦、黑麦、高粱等作物生产出的 DGS）营养成分的信息较少，但据当前能得到的数据显示：通常所说的营养成分都是指谷物发酵制成乙醇过程中脱去淀粉后的营养组分。因此，不同作物来源的 DGS 中蛋白质、脂肪、纤维和其他营养物质含量与未经发酵处理的原料谷物相比都会有相应的增加，并且其原料谷物中含量较高的养分在脱淀粉后含量也相对较高一些（Lodge 等，1997；Mustafa、McKinnon 和 Christensen，2000）。例如，通常小麦和大麦 DGS 的蛋白高于玉米 DGS，而脂肪和能量低于玉米 DGS，然而同玉米 DGS 相比，高粱 DGS 蛋白含量的高低取决于使用的高粱种类。

3.2 泌乳牛使用酒糟的效果

从 1982 年以来，人们通过 20 多项研究进行了 100 多个试验比较了 DDGS 和 WDGS 饲喂泌乳牛的效果。表 3.2 是 Kalscheur（2005）对其中的数据分析所做的简要概括，其数据与 Hollmann、Beede 和 Allen（2007）使用的类似数据所做结果接近。Kalscheur（2005）之后的其他研究结果在这里也一起讨论，尤其是与他们的结果不同的地方。DGS 的添加量（以其所占日粮干物质的百分比计算）从 4.2%（Broderick、Ricker 和 Driver，1990）到 41.6%（VanHorn 等，1985）。不同添加量的 DGS 以及 DDGS 或 WDGS 对泌乳奶牛的饲喂效果将在随后的章节进行讨论。

表 3.2 饲喂 DGS 对干物质采食量、奶产量、乳脂及乳蛋白含量的影响

含量水平(占干物质的百分含量)	干物质采食量/(kg/d)	奶产量/(kg/d)	乳脂率/%	乳蛋白/%
0	22.1②	33.0①②	3.39	2.95①
4～10	23.7①	33.4①	3.43	2.96①
10～20	23.4①②	33.2①②	3.41	2.94①
20～30	22.8①②	33.5①	3.33	2.97①
>30	20.9③	32.2②	3.47	2.82②
平均标准差	0.8	1.4	0.08	0.06

①②③同一栏中的数值其上标不同差异显著（$P<0.05$）。

注：资料来源为转载于 Kalscheur（2005）的研究。

除了饲喂大量（占日粮干物质的30%或更多）的 WDGS 以外，在限饲试验的日粮中添加适量的 WDGS 可以使奶牛的产奶量保持不变或有所增加（Kalscheur，2005）。产量增加的原因一部分可能是由于添加 DGS 使得日粮的脂肪稍有增加，因为日粮中的脂肪通常不平衡，DGS 通过改变日粮中脂肪的平衡来影响试验结果。尽管如此，Pamp 等（2006）进行试验比较了以 DGS 和大豆分别作为蛋白补充料时奶牛的产奶量，结果显示：两组试验的产奶量接近，或 DGS 组高一些，即使将两组（DGS 组和大豆组）日粮的 RUP 和脂肪配制到相同水平时，其结果也一样。饲喂酒精 DGS 和乙醇 DGS 时奶牛的产奶量相近（Powers 等，1995），这两个处理组的产奶量都高于饲喂大豆型日粮组。然而给奶牛饲喂较黑或可能受到热损害的 DGS 时，其产奶量低于饲喂发亮的金黄色 DGS 的产奶量，但仍和饲喂大豆型日粮组的产量差不多。Kleinschmit 等（2006）使用高质量的 DGS 作为标准，评价了两种特殊工艺生产出来的质量更好的 DGS 产品的效果，发现 3 种 DGS 产品都比豆粕饲喂效果好，产奶量高，但这 3 种 DGS 之间差异不显著。

许多试验都是短期的，像 4×4 拉丁方试验，试验期只有 4～5 周。但牛场主们更关心的是长期的饲喂效果，长期不间断地饲喂 DGS 是否和短期试验的研究结果一致。因此设计试验在整个泌乳期、干奶期直到第 2 个泌乳期，一直用占干物质含量为 15%的 WDGS 日粮饲喂奶牛。一年之后，饲喂 WDGS 处理的奶牛产奶量没有太大的变化（31.7kg/d 和 33.6 kg/d），但其乳脂（3.75%和 4.07%）、乳蛋白（3.29%和 3.41%）和饲料转化率（1.30kg FCM/kg DMI 和 1.57kg FCM/kg DMI）都优于对照组（Mpapho 等，2006）。两个日粮组奶牛的繁殖机能和健康方面几乎都一样，但可能是由于饲喂 DGS 减少了消化方面的问题，饲喂 DGS 的奶牛在采食量和产奶量上更趋于一致。干奶期和下个泌乳期的最初 70d，两个处理组无差异（Mpapho 等，2007）。

尽管 Kleinschmit 等（2007b）观察到与玉米青贮含量高的日粮相比，在苜蓿含量高的日粮中添加 15%的 DDGS 会使产奶量略微提高，但实际各种饲粮中的 DGS 对产奶量的影响基本相同（Kalscheur 等，2005）。这很可能是苜蓿中混入 DGS 后使得其氨基酸平衡好于以玉米为基础的日粮。Hollmann、Beede 和 Allen（2007）经过总结同样得出与以上相同的结论。即使不同来源的 DGS 其所含蛋白质的品质也可能会有所差异，但是对产奶量和乳蛋白的影响却很小，除非是蛋白质受到了热损害。

当用 DGS 代替日粮中的部分淀粉时，奶牛的产奶量相近或饲喂 DGS 组的更高。饲喂 DGS 时，日粮中淀粉含量从通常的 23%～26%降低到 20%。Ranathunga 等（2008）用淀粉含量为 17.5%、DGS 为 21%的日粮代替淀粉含量为 28%并且不含 DGS 的日粮去饲喂奶牛，试验研究证明：这两种日粮对产奶量和奶成分没有明显的影响，但是后者饲料转化率更高。在试验中所有日粮都含有 49%的粗饲料，并且脂肪含量都达到平衡（占干物质含量的 4.7%），这个试验其实是在测试 DGS 纤维和玉米淀粉对奶牛生产性能的不同影响。

其他作物的 DGS 对奶牛奶产量影响的报道很少。Beliveau、McKinnon 和 Racz（2007）的研究报道指出：小麦 DGS 的能值至少和大麦的一样；Greter 等（2007）报道黑小麦 DGS 饲喂奶牛时其产奶量和玉米 DGS 一样。Weiss 等（1989）报道日粮中添加大麦 DGS 的产奶量和大豆型日粮的产奶量一样。饲喂高粱 DGS 的产量（31.9kg/d）比饲喂玉米 DGS 的产量稍微有所下降（$P<0.13$）。这个试验结果与高粱 DGS 的消化率不如玉米 DGS 的报道相一致（Al-Suwaiegh 等，2002）。

3.3 饲喂 DGS 对乳成分的影响

乳成分通常不会受饲喂 DGS 的影响，除非未按照常规推荐的日粮配方进行日粮配制，如奶牛日粮中粗饲料（纤维）不足。日粮中 WDGS 的干物质含量如果超过 10%，乳脂率即下降，但这一说法并未得到相关研究的支持。研究显示，任何水平的 DDGS 或 WDGS 均不会使乳脂率下降，即使添加的 DGS 达到干物质采食量的 40%，结果也一样。事实上，当饲喂日粮中含有 DGS 时，其乳脂的含量是最高的。当然，这些研究大多都是在泌乳的前中期进行的，因此表 3.2 的数据反映的就是这一泌乳阶段奶牛的特点。整个泌乳期饲喂 DGS 的研究（Mpapho 等，2006）表明，荷斯坦牛和瑞士褐牛的平均乳脂率是 4.07%，而 Kleinschmit 等（2006）和 Pamp 等（2006）却发现荷斯坦牛泌乳中期的乳脂是 3.54%～3.60%，后期平均是 3.72%（Kleinschmit 等，2007b）。

只有当日粮中粗饲料比例少于 50%时，乳脂率才会有所下降（Kalscheur，2005），因为粗饲料能补充 22%的 NDF，这就解释了为什么粗饲料比例少于 50%时乳脂率会下降。因为 DGS 中有丰富的 NDF，所以当日粮配方中显示 NDF 含量足够时，人们就会试图降低粗饲料的饲喂量。然而 DGS 的颗粒很小，并不能替代粗饲料中的有效纤维。威斯康辛大学（Leonardi、Bertics 和 Armentano，2005）和南达科他州立大学（Cyriac 等，2005；Hippen 等，2007）的研究支持了这一分析结果。Cyriac 等（2005）研究发现当用 0、7%、14%和 21%的 DDGS 代替玉米青贮饲喂奶牛时，即使日粮 NDF 达到 32%，其产奶量也不会改变，但乳脂率呈直线下降。对照组是由 40%的玉米青贮、15%的苜蓿干草和 45%的精料组成。因此，饲喂足够量的有效粗饲料纤维是保持牛奶脂肪的关键。

饲喂 DGS 的奶牛，乳中脂肪酸含量不会受到太大的影响，但目前已有一些人进行了脂肪酸的评估研究。因为 DGS（尤其是玉米 DGS）中的不饱和脂肪酸含量较高，通常含亚油酸超过 60%，这就可以预测，在所产牛奶中的不饱和脂肪酸含量较高，就如同 Schingoethe、Brouk 和 Birkelo（1999）等观察到的一样。Leonardi、Bertics 和 Armentano（2005）以及 Anderson 等（2006）报道了一些有益于身体健康的脂肪酸含量也会有相应的增加，如 *cis*-9，*trans*-11 共轭亚油酸及其前体 *trans*-1118 烯酸。但他们没有发现 *trans*-10，*cis*-12 共轭亚油酸改变，而通常人们认为这种共轭亚油酸和乳脂的下降有关（Baumgard 等，2002）。

乳蛋白的含量很少受到饲喂 DGS 的影响，除非是日粮中的蛋白质含量不足。饲喂 DGS 日粮时赖氨酸是限制性氨基酸，这会使乳蛋白稍微下降一些（Nichols 等，1998；Kleinschmit 等，2007b）。当日粮中有超过 30%（Kalscheur，2005）的 DGS 时这种效应更加明显，造成日粮 RUP 含量较高但赖氨酸含量却较低。Kalscheur（2005）分析发现，饲喂含有 DGS 的日粮，粗饲料为苜蓿和玉米青贮的混合饲料时，比单饲喂苜蓿或玉米青贮时的产奶量要略微高一些，但乳蛋白含量不变。Kleinschmit（2007b）认为当饲喂 15%的 DDGS 时，日粮中的苜蓿干草换成玉米青贮不会引起乳蛋白率或乳蛋白量的变化。但是使用苜蓿干草的日粮饲喂，则氨基酸平衡得到改善，这就给了人们启示，日粮中如果有苜蓿干草，饲喂玉米青贮、DGS 和玉米的混合日粮可以减少赖氨酸的限制性作用。

饲喂 DGS 不会影响牛奶及其不同加工产品的风味。作者没有找到任何对饲喂 DGS 的乳品质评估的研究。

3.4　DDGS和WDGS的比较

通常认为DDGS和WDGS的饲喂效果是一样的。然而很少有试验真正比较过这两种DGS，大多数试验都只是简单地把DGS与一般日粮做比较。Al-Suwaiegh等（2002）比较了玉米、DDGS、玉米WDGS和高粱DGS对泌乳牛的影响，他们发现饲喂DGS时其产奶量相近，只是玉米DGS组的产奶量比高粱DGS组要高出6%左右（$P<0.13$）。Anderson等（2006）发现无论饲喂DDGS或WDGS，其产奶量（42.5kg/d）都比普通日粮组（39.8 kg/d）高（$P<0.02$），饲喂WDGS的产奶量（43.0kg/d）比DDGS产量（41.7kg/d）稍高（$P=0.13$）。另外，不管是饲喂DDGS或WDGS，添加量为20%时其产奶量（43.0kg/d）比添加10%时的产奶量（41.7kg/d）要高（$P=0.12$）。对照组的乳脂含量（占干物质含量的2.3%）比10%（乳脂率为3.2%）和20%（乳脂率为3.8%）的DGS日粮含量都略微低一些。

人们最应该关注的是WDGS和DDGS如何使用以及它们的成本问题。相对于WDGS，DDGS可以长时期保存，也可以远距离运输，方便经济。WDGS可以省去烘干所需的费用，但是超过5d就会变得不新鲜，适口性下降，一般保有5～7d是比较合适的。一些储存添加剂可以延长WDGS的储存时间（Spangler等，2005）。南达科他州立大学试验结果表明，把WDGS与大豆皮（Kalscheur等，2003）、玉米青贮（Kalscheur等，2002）和甜菜粕（Kalscheur等，2004）混合存放，可以储存WDGS达到六个月。一些牛场报道可以将WDGS在青贮裹包中储存超过一年。

3.5　DGS的适宜添加量

Kalscheur（2005）的研究显示（表3.2）：增加DGS的饲喂量其奶产量保持不变，实际上饲喂DDGS占日粮干物质的30%时，产奶量最高。对于WDGS，饲喂20%时产奶量最高。只有当饲喂量超过40%时，产奶量才会下降。Janicek等（2008）的研究结果表明，当饲喂DDGS量在0～30%时，产奶量呈线性增加。因此，许多生产者使用5%～10%的DGS饲喂动物是很安全的。

饲喂20%的DGS比较符合实际的饲养与营养管理。南达科他州立大学（如Nichols等，1998；Anderson等，2006）和其他地方的研究都证明奶牛可以轻松地采食DGS占20%的日粮。泌乳牛典型的用量是每头牛每天采食4.5～5.5kg DDGS或15～17kg WDGS，不存在适口性的问题，而且DGS饲喂量达到这个水平，粗料和精料有很多组合比例可以达到日粮营养平衡。比如，日粮有25%的玉米青贮、25%的苜蓿干草、50%精料，DGS可以替代大部分蛋白补充料，如日粮中的豆粕和大部分玉米。Anderson等（2006）的试验对比饲喂日粮干物质20%的DDGS或WDGS代替含有25%的玉米和87%的豆粕日粮对照组。日粮中的青贮比例如果较大，甚至DDGS添加量可以更高，但某些蛋白质的补充以及蛋白质质量（如赖氨酸含量）和磷还是需要关注的。如果日粮中的苜蓿含量较高，少于20%的DGS就可以满足日粮需要，但这可能会造成饲喂蛋白和磷的量过多。有些地区对粪便排放或氮磷排放量有规定，这点就需要关注。如果和其他含水量大的饲料一同饲喂，如玉米青贮，再饲喂

WDGS超过干物质的20%～25%，就会增加牛的饱感，从而降低采食量和产奶量（Hippen等，2003；Kalscheur，2005），这些日粮的干物质低于50%，就会限制奶牛干物质的采食量（NRC，2001）。

从经济学上讲，饲喂DGS量越大，效益越大。即使当前饲料价格很高，但若用15%的DGS替代豆粕、玉米、棉籽和动物油脂，则每头牛每天的饲料成本可以降低90美分。每天饲喂30%的DGS每天还会节省14美分。毫无疑问，饲喂大量DGS意味着粪中会有大量氮、磷需要处理。但是这些粪却比化肥便宜而且效果更好。

3.6 犊牛、育成牛、干奶牛对DGS的利用

大多数对青年牛饲喂DGS的研究都是针对肉牛的，尽管如此，对犊牛、育成牛、干奶牛也可以适量使用DGS。给犊牛饲喂干物质含量为0、28%和56%的DDGS时，犊牛的体重增加相近（Thomas等，2006a）。饲喂含28%的DGS时，瘤胃乳头发育最好（Thomas等，2006a）。DGS和其他饲料混合饲喂青年牛效果也很好（Kalscheu等，2002，2003）。目前有人已经开始考虑往饲料中添加一定量的DGS和这一年龄段动物所需的其他饲料，以保证日粮的营养平衡和使动物的生长速度加快。

对于干奶牛来说，10%的DGS是比较合适的。但Mpapho等（2007）的长期试验中，整个干奶期都饲喂15%的WDGS也取得了很好的效果。

3.7 放牧牛对DGS的利用

文献中没有关于放牧体系饲喂DGS的介绍，但是可以大胆地假设这种饲喂是安全的。放牧牛采食量的50%是由大豆、鱼粉或WDGS组成的混合日粮提供的，以补充蛋白质，目前的一项研究（Hippen，2008，未发表的研究数据）指出，牧场放牧饲养中也可以在其全混合日粮中添加3种蛋白质补充物（豆粕、鱼粉和WDGS）中的一种，它们占奶牛每天干物质采食量的50%。

一般而言，放牧牛的日粮配方应该和其他牛的日粮一致。当然，我们并不清楚牛所采食牧草的数量及组成成分，而且牧草的营养成分是随生长阶段变化的。因此放牧奶牛牧草采食量及营养成分都是估算出来的。比如粗饲料的蛋白质低，DGS可以添加超过总量的20%，在很多情况下，粗饲料的蛋白含量很高，15%的DGS就足以满足奶牛蛋白质的需要。因为鲜草的水分很大，通常只有20%的干物质，饲喂DDGS而不是WDGS可以防止填充肠胃而限制干物质的采食。

3.8 其他乙醇加工副产品

除了DGS，还有一些乙醇加工副产品可以被家畜利用，未来还会有更多的副产品被利用。比如蒸馏可溶物，改良的DGS、玉米皮、玉米胚芽、HP-DGS等，还有其他的产品，可能会比现在的产品含有更低或更高的纤维和磷。下面简单介绍这些产品。

可溶物（干物质中有20%蛋白质、20%脂肪和1.4%磷）通常在烘干前和酒糟残渣混合生产DGS，但是可溶物也可以单独饲喂。溶解物比如糖汁经常在混合酒糟前浓缩成含干物

质25%～30%，或者做成浓缩玉米提取物（CCDS）饲喂。牛场用一些玉米浓缩可溶物（CCDS）来降低粉尘和减少饲料分离。DaCruz、Brouk和Schingoethe（2005）在奶牛饲料中添加0、5%、10%的干物质含量为28%的CCDS，随着CCDS添加量的增加，奶产量增加4%，乳脂含量稍微下降一些，但乳蛋白含量不受影响。Sasikala-Appukuttan等（2008）饲喂20%的CCDS（CCDS提供4%脂肪），对乳成分和干物质采食量没有负面影响。饲喂10%、20% CCDS的奶牛比饲喂对照组日粮（以玉米-豆粕为基础的日粮）的奶牛产奶量高。但是在生产实践中并不推荐饲喂20%的CCDS，因为日粮中CCDS含量很高时，其磷的含量超过了0.5%。Bharathan等（2008）饲喂10%的CCDS，混合少量鱼油（占日粮干物质的0.5%），结果发现牛奶中*cis*-9，*trans*-11共轭亚油酸（CLA）含量增加。Whitlock等（2002）报道少量的鱼油混合亚油酸（压榨大豆），乳脂中的共轭亚油酸含量比单独饲喂鱼油或亚油酸的处理组高。试验以CCDS作为亚油酸的来源，鱼油作为额外的来源（Bharathan等，2008），单独饲喂CCDS时每100g乳脂中的*cis*-9，*trans*-11 CLA增加0.59g，饲喂CCDS并且添加鱼油的组增加0.62g。

一些乙醇加工厂提供一种称为“改良DGS”的产品，但目前并没有标准化。在一些例子中，将酒糟部分干燥，比如，干燥到含50%干物质，生产中，向酒糟残渣中加入不同比例的可溶物会直接改变DDGS的营养成分。这些都是非常好的奶牛饲料原料。供应商必须提供准确的组分分析数据，并且保证每一批次的产品成分一致，这样会有利于奶牛养殖者使用。

通过分馏技术，可以生产出一些新型的副产品。传统的生产工艺是把整粒的玉米粉碎、蒸煮、发酵，新型工艺则可以将玉米3个主要成分（玉米皮、胚芽和胚乳）在分离后再发酵。这些生产出的副产品更容易被家畜利用。

玉米皮中大约含有30%的NDF、10%的脂肪、0.7%的磷，这些和DGS差不多，但是玉米皮中的蛋白质含量（13%）低一些，而非纤维性碳水化合物（45%）高一些（Janicek等，2007）。用低量的（如10%、17.5%、25%）玉米皮替代日粮中一部分的玉米青贮和苜蓿干草来饲喂泌乳牛，随着日粮中玉米皮含量的增加，奶产量有升高的趋势（$P<0.07$），并且饲料转化效率升高。然而，牛奶乳脂量有下降的趋势（$P<0.06$），可能是因为饲粮中NDF的量仅有9.9%～15.8%，而日粮中总的NDF的需求量应为31%～33%。

玉米胚芽可以作为奶牛日粮的一种脂肪饲料来源。干法生产得到的胚芽中含有大约20%的脂肪，而湿法生产的胚芽含有45%的脂肪或更多。湿法获得的胚芽脂肪通常用作食品级的玉米油，所以很少用作动物饲料。因此这一领域大多数的研究关注的是动物日粮中如何使用干法生产得到的胚芽。

Abdelqader等（2006）用0、7%、14%和21%的干法生产的胚芽饲喂奶牛，发现7%、14%组奶产量和乳脂含量增加，而21%组奶产量和乳脂量下降，干物质采食量也有下降趋势。因此，给泌乳牛饲喂至少14%的胚芽是安全的，但过量的饲喂也会出现问题。饲喂含21%玉米胚芽的日粮，脂肪含量过高的问题不是由玉米胚芽造成的，而是由日粮总脂肪含量偏高引起，试验中所有的日粮都包含额外的1%的脂肪，这些会导致21%的胚芽日粮含有超过8%的脂肪，这种情况会导致影响瘤胃脂肪消化和采食量（NRC，2001）。Abdelqader等（2008）饲喂牛的日粮含有6%的粗脂肪、2.5%的过瘤胃脂肪、14%的玉米胚芽、30%的DDGS或2.5%的玉米油，玉米胚芽组的干物质采食量（27.2kg/d）高于对照组（24.8 kg/d），但和玉米脂肪日粮组（比如玉米胚芽、DGS、玉米油）的采食量相近（26.2kg/d）。

所有日粮组的奶产量（34.7kg/d）相近。乳脂含量没有随着玉米胚芽而下降，但是随着玉米油下降，DGS组也趋于下降。饲喂油类，例如玉米油，经常会导致乳脂下降，但是饲喂油类作物种子或其他形式的脂肪通常不会出现问题（NRC，2001）。当饲喂玉米胚芽时，牛奶中 *cis*-9，*trans*-11 CLA 含量略有增加，但饲喂玉米油或 DGS 时大量增加。Kelzer 等（2008）发现当饲喂玉米胚芽或其他玉米乙醇副产品时虽然瘤胃乙酸浓度降低，但是总的日粮消化率并没有降低。

剔除玉米胚芽，不向酒糟残渣中添加可溶物，或者从胚芽中萃取出脂肪，均可以生产出高蛋白的 DGS。目前正在评估这两种产品，不久即会上市。玉米胚乳制成的高蛋白酒糟（HP-DG），大约含有 45%的粗蛋白（Hubbard 等，2008；Kelzer 等，2008）；脂肪经过萃取后得到的脱脂 DGS（de-oiled DGS，dDGS）含有 35%的粗蛋白（Mjoun 等，2008）。HP-DG 的一个优点是它和一般的蛋白质补充料（如豆粕）的蛋白质含量差不多，但是 HP-DG 的 RUP 值高而赖氨酸含量低，这些都会影响 HP-DG 的使用。这些 HP-DG 产品的优点是比传统 DGS 含有更多的蛋白质，但是由于脂肪含量低所以能值也低。

最近内布拉斯加州做了两个奶牛日粮中添加 HP-DG 对产奶量影响的研究。Hubbard 等（2008）发现，饲喂 20% HP-DG 替代等量豆粕时，奶产量增加，对乳脂和乳蛋白没有影响。Kelzer 等（2008）发现奶牛饲喂含有 HP-DG 或常规 DDGS 的日粮，干物质采食量和产奶量没有变化。

南达科他州立大学研究结果表明，dDGS 可以作为泌乳牛的很好的蛋白饲料。Mound 等（2008）分别给奶牛饲喂含有 0、10%、20%和 30% dDGS 的日粮，发现各组产奶量（34.9kg/d）接近，而且乳成分受日粮影响很小，增加 dDGS 量乳脂量有上升（$P<0.09$）的趋势。

目前一些肉牛的试验正在研究高纤维的乙醇副产品的饲喂效果。当然这些产品有可能在肥育牛和干奶牛日粮中使用，但很少用于泌乳牛。这是因为奶牛养殖者通常使用高能饲料作为泌乳牛的日粮。但是由于粗饲料供不应求或价格昂贵，所以一些高纤维的乙醇副产品有可能用于泌乳牛的日粮。

3.9 DGS 潜在的问题

这里应该介绍一些奶业生产者和营养师经常遇到（提出）的问题（第 10 章对这一问题进行了详细介绍）。

不同的乙醇生产原料、不同的工厂生产出的产品存在着品质的差异。这一问题常常出现在新型乙醇加工副产品上，不过通过改善加工过程并使之标准化就可以解决这些问题。由于脂肪、蛋白质和磷的含量变化使得很难准确地制定出日粮配方，这会给奶牛养殖者带来经济上的损失。比如，按 DGS 含 29%的蛋白质制定出日粮配方，而实际上 DGS 含有 32%的蛋白质，这些多出来的蛋白质是很大的浪费。另一种情况，如果制定配方时假定 DGS 含 32%蛋白质，而实际上只有 29%，这又会限制产奶量。DGS 中的脂肪和（或）磷含量变化，意味着可溶物回添到酒糟残渣量有变化或者在可溶物存储罐中出现了分层，或多或少会损失一些脂肪，这些方面在工厂管理中都应该注意。

DGS 中高磷或高硫可能主要是由于可溶物含量变化引起的。DGS 中磷含量高，说明有超过正常量的可溶物混合到酒糟残渣中。含硫化合物通常是由于调控 pH 和清洗设备残留下来的，最终都进入可溶物中。饲喂30%的含硫量较高的DGS，再加上使用含硫高的水，或者饲喂其他高硫饲料都会使日粮含硫量达到干物质的0.4%——NRC推荐的最大量，但通常高硫不会造成什么问题。

由于DDGS很难流动，导致连接卡车或有轨车会造成很大噪声。目前，尽量通过更好地控制干燥温度加工乙醇以减少这些问题。

人们每天都在消费一定量的牛奶，从食品安全角度讲，奶牛采食的任何饲料都不能对牛奶产生污染。真菌毒素、霉菌和其他潜在的污染物有时会污染到奶牛饲料，所以要定期对乙醇生产原料进行抽样检测，杜绝污染的谷物混入。这些检测是很重要的，因为植物发酵或者生产乙醇的过程真菌毒素不会被破坏，而这些污染的DGS对人类的健康有危害，因为真菌毒素的代谢产物可能会转移到牛奶中（Garcia等，2008）。乙醇生产过程中可以使用一些抗生素，因为在加工过程中可以使之破坏或失活。

3.10　小结

酒精生产（通常是用玉米）过程中所得到的副产品主要是DGS，可以添加到奶牛和其他家畜的日粮中。DGS是一种很好的蛋白质饲料来源，其过瘤胃蛋白的含量较高，同时它也是奶牛日粮中很好的能量来源，脂肪含量适中而且纤维易消化，使得DGS的能值较高。

尽管有些研究认为WDGS的饲喂效果比DDGS好，但大多数研究发现这两种DGS对动物生产性能的影响相似。DGS可以作为补充料代替奶牛日粮的部分精料和粗料，通常人们将其作为精料补充料。通常用DGS饲喂奶牛，但也可以单独饲喂可溶物。DGS占日粮干物质的20%或更多时，也可以配制出营养平衡的日粮。尽管DGS的饲喂量超过30%时奶牛的生产性能很高，并且从经济效益上来看也很有利，但是通常DGS的饲喂量超过20%时，从营养角度讲就会降低日粮效率。饲喂任何水平的DGS都不会对其他乳成分有影响，但是如果日粮中粗纤维含量不足就会造成乳脂含量下降。DGS中的纤维通常替代高淀粉饲料，虽然不能完全消除酸中毒，但可以缓解这方面的问题。

未来会有更多其他的乙醇副产品得到广泛利用，如玉米浓缩可溶物、玉米胚芽、玉米胚乳和HP-DG。生产工艺的革新可能会提高乙醇加工副产品在家畜饲料上的使用量。

参考文献

Abdelqader, M. M., A. R. Hippen, D. J. Schingoethe, and K. F. Kalscheur. 2008. "Fat from Corn Germ Compared with Corn Distillers Grains and Corn Oil in Dairy Cow Diets." *J. Dairy Sci.* 91 (Suppl. 1): 332-333 (Abstr.).

Abdelqader, M. M., A. R. Hippen, D. J. Schingoethe, K. F. Kalscheur, K. Karges, and M. L. Gibson. 2006. "Corn Germ from Ethanol Production as an Energy Supplement for Lactating Dairy Cows." *J. Dairy Sci.* 89 (Suppl. 1): 156 (Abstr.).

Al-Suwaiegh, S., K. C. Fanning, R. J. Grant, C. T. Milton, and T. J. Klopfenstein. 2002. "Utilization of Distillers Grains from the Fermentation of Sorghum or Corn in Diets for Finishing Beef and Lactating Dairy Cattle." *J. Anim. Sci.* 80: 1105-1111.

Anderson, J. L., D. J. Schingoethe, K. F. Kalscheur, and A. R. Hippen. 2006. "Evaluation of Dried and Wet Distillers Grains Included at Two Concentrations in the Diets of Lactating Dairy Cows." *J. Dairy Sci.* 89: 3133-3142.

Baumgard, L. H., E. Matitashvili, B. A. Corl, D. A. Dwyer, and D. E. Bauman. 2002. "Trans-10, cis-12 Conjugated Linoleic Acid Decreases Lipogenic Rates and Expression of Genes Involved in Milk Lipid Synthesis in Dairy Cows." *J. Dairy Sci.* 85: 2155-2163.

Beliveau, R. M., J. J. McKinnon, and V. J. Racz. 2007. "Effect of Wheat Base Distillers Grains in a Barley Ration on the Performance and Carcass Quality Characteristics of Feedlot Steers." *J. Anim. Sci.* 85 (Suppl. 1): 411 (Abstr.).

Belyea, R. L., K. D. Rausch, and M. E. Tumbleson. 2004. "Composition of Corn and Distillers Dried Grains with Solubles from Dry Grind Ethanol Processing." *Biores. Technol.* 94: 293-298.

Bharathan, M., D. J. Schingoethe, A. R. Hippen, and K. F. Kalscheur. 2008. "Conjugated Linoleic Acid (CLA) in Milk Increases in Cows Fed Condensed Corn Distillers Solubles." *J. Dairy Sci.* 91: 2796-2808.

Birkelo, C. P., M. J. Brouk, and D. J. Schingoethe. 2004. "The Energy Content of Wet Corn Distillers Grains for Lactating Dairy Cows." *J. Dairy Sci.* 87: 1815-1819.

Broderick, G. A., D. B. Ricker, and L. S. Driver. 1990. "Expeller Soybean Meal and Corn Byproducts versus Solvent Soybean Meal for Lactating Dairy Cows Fed Alfalfa Silage as the Sole Silage." *J. Dairy Sci.* 73: 453-462.

Cyriac, J., M. M. Abdelqader, K. F. Kalscheur, A. R. Hippen, and D. J. Schingoethe. 2005. "Effect of Replacing Forage Fiber with Non-Forage Fiber in Lactating Dairy Cow Diets." *J. Dairy Sci.* 88 (Suppl. 1): 252 (Abstr.).

DaCruz, C. R., M. J. Brouk, and D. J. Schingoethe. 2005. "Utilization of Condensed Corn Distillers Solubles in Lactating Dairy Cow Diets." *J. Dairy Sci.* 88: 4000-4006.

Firkins, J. L., L. L. Berger, G. C. Fahey, Jr., and N. R. Merchen. 1984. "Ruminal Nitrogen Degradability and Escape of Wet and Dry Distillers Grains and Wet and Dry Corn Gluten Feed." *J. Dairy Sci.* 67: 1936-1944.

Garcia, A., K. Kalscheur, A. Hippen, and D. Schingoethe. 2008. "Mycotoxins in Corn Distillers Grains: A Concern in Ruminants?" South Dakota State University *Extension Extra*, ExEx4038, March.

Greter, A. M., E. C. Davis, G. B. Penner, and M. Oba. 2007. "The Effect of Replacing Corn Dry Distillers Grains with Triticale Dry Distillers Grains on Milk Yield and Composition." *J. Dairy Sci.* 90 (Suppl. 1): 451 (Abstr.).

Ham, G. A., R. A. Stock, T. J. Klopfenstein, E. M. Larson, D. H. Shain, and R. P. Huffman. 1994. "Wet Corn Distillers Byproducts Compared with Dried Corn Distillers Grains with Solubles as a Source of Protein and Energy for Ruminants." *J. Anim. Sci.* 72: 3246-3257.

Hippen, A. R., K. N. Linke, K. F. Kalscheur, D. J. Schingoethe, and A. D. Garcia. 2003. "Increased Concentration of Wet Corn Distillers Grains in Dairy Cow Diets." *J. Dairy Sci.* 86 (Suppl. 1): 340 (Abstr.).

Hippen, A. R., D. J. Schingoethe, K. F. Kalscheur, P. Linke, K. Gross, D. Rennich, and I. Yoon. 2007. "Interaction of Yeast Culture and Distillers Grains plus Solubles in Diets of Dairy Cows." *J. Dairy Sci.* 90 (Suppl. 1): 452 (Abstr.).

Hollmann, M., D. K. Beede, and M. S. Allen. 2007. "Increased Diet Fermentability Reduces Production Response to Corn Distiller's Grains in Lactating Cows." *J. Dairy Sci.* 90 (Suppl. 1): 452 (Abstr.).

Hubbard, K. J., A. M. Gehman, P. J. Kononoff, K. Karges, and M. L. Gibson. 2008. "The Effect of Feeding High Protein Dried Distillers Grains on Milk Production." *J. Dairy Sci.* 91 (Suppl. 1): 189 (Abstr.).

Janicek, B. N., P. J. Kononoff, A. M. Gehman, and P. H. Doane. 2008. "The Effect of Feeding Dried Distillers Grains plus Solubles on Milk Production and Excretion of Urinary Purine Derivatives." *J. Dairy Sci.* 91: 3544-3553.

Janicek, B. N., P. J. Kononoff, A. M. Gehman, K. Karges, and M. L. Gibson. 2007. "Short Communication: Effect of Increasing Levels of Corn Bran on Milk Yield and Composition." *J. Dairy Sci* 90: 4313-4316.

Kalscheur, K. F. 2005. "Impact of Feeding Distillers Grains on Milk Fat, Protein, and Yield." *Proceedings of the Distillers Grains Technology Council*, 10th Annual Symposium, Louisville, KY.

Kalscheur, K. F., A. D. Garcia, A. R. Hippen, and D. J. Schingoethe. 2002. "Ensiling Wet Corn Distillers Grains Alone or in Combination with Soyhulls." *J. Dairy Sci.* 85 (Suppl. 1): 234 (Abstr.).

——. 2003. "Fermentation Characteristics of Ensiling Wet Corn Distillers Grains in Combination with Corn Silage." *J. Dairy Sci.* 86 (Suppl. 1): 211 (Abstr.).

——. 2004. "Fermentation Characteristics of Ensiled Wet Corn Distillers Grains in Combination with Wet Beet Pulp." *J. Dairy Sci.* 87 (Suppl. 1): 53 (Abstr.).

Kelzer, J. M., P. J. Kononoff, A. M. Gehman, K. Karges, and M. L. Gibson. 2008. "Effects of Feeding Three Types of Corn Milling Co-products on Ruminal Fermentation and Digestibility in Lactating Holstein Dairy Cattle." *J. Dairy Sci.* 91 (Suppl. 1): 530 (Abstr.).

Kleinschmit, D. H., J. L. Anderson, D. J. Schingoethe, K. F. Kalscheur, and A. R. Hippen. 2007a. "Ruminal and Intestinal Digestibility of Distillers Grains plus Solubles Varies by Source. *J. Dairy Sci.* 90: 2909-2918.

Kleinschmit, D. H., D. J. Schingoethe, A. R. Hippen, and K. F. Kalscheur. 2007b. " Dried Distillers Grains plus Solubles with Corn Silage or Alfalfa Hay as the Primary Forage Source in Dairy Cow Diets. " *J. Dairy Sci.* 90: 5587-5599.

Kleinschmit, D. H., D. J. Schingoethe, K. F. Kalscheur, and A. R. Hippen. 2006. " Evaluation of Various Sources of Corn Distillers Dried Grains plus Solubles for Lactating Dairy Cattle. " *J. Dairy Sci.* 89: 4784-4794.

Leonardi, C., S. Bertics, and L. E. Armentano. 2005. " Effect of Increasing Oil from Distillers Grains or Corn Oil on Lactation Performance. " *J. Dairy Sci.* 88: 2820-2827.

Lodge, S. L., R. A. Stock, T. J. Klopfeinstein, D. H. Shain, and D. W. Herold. 1997. " Evaluation of Corn and Sorghum Distillers Byproducts. " *J. Anim. Sci.* 75: 37-43.

Mjoun, K., K. F. Kalscheur, A. R. Hippen, D. J. Schingoethe, and D. E. Little. 2008. " Lactation Performance and Amino Acid Utilization of Cows Fed Increasing Amounts of De-oiled Dried Distillers Grains with Solubles. " *J. Dairy Sci.* 91 (Suppl. 1): 121-122 (Abstr.).

Mjoun, K., K. F. Kalscheur, B. W. Pamp, D. J. Schingoethe, and A. R. Hippen. 2007. " Phosphorus Utilization in Dairy Cows Fed Increasing Amounts of Dried Distillers Grains with Solubles. " *J. Dairy Sci.* 90 (Suppl. 1): 451 (Abstr.).

Mpapho, G. S., A. R. Hippen, K. F. Kalscheur, and D. J. Schingoethe. 2006. " Lactational Performance of Dairy Cows Fed Wet Corn Distillers Grains for the Entire Lactation. " *J. Dairy Sci.* 89: 1811 (Abstr.).

——. 2007. " Production Responses of Dairy Cows Fed Wet Distillers Grains during the Transition Period and Early Lactation. " *J. Dairy Sci.* 90: 100 (Abstr.).

Mustafa, A. F., J. J. McKinnon, and D. A. Christensen. 2000. " Chemical Characterization and In Situ Nutrient Degradability of Wet Distillers' Grains Derived from Barley-Based Ethanol Production. " *Anim. Feed Sci. Technol.* 83: 301-311.

National Research Council (NRC). 2001. *Nutrient Requirements for Dairy Cattle*, 7th rev. ed. Washington, DC: National Academies of Science.

Nichols, J. R., D. J. Schingoethe, H. A. Maiga, M. J. Brouk, and M. S. Piepenbrink. 1998. "Evaluation of Corn Distillers Grains and Ruminally Protected Lysine and Methionine for Lactating Dairy Cows." *J. Dairy Sci.* 81: 482-491.

Noll, S. L., J. Brannon, and C. Parsons. 2007. " Nutritional Value of Corn Distiller Dried Grains with Solubles (DDGs): Influence of Solubles Addition. " *Poultry Sci.* 86 (Suppl. 1): 68 (Abstr.).

Pamp, B. W., K. F. Kalscheur, A. R. Hippen, and D. J. Schingoethe. 2006. " Evaluation of Dried Distillers Grains versus Soybean Protein as a Source of Rumen-Undegraded Protein for Lactating Dairy Cows. " *J. Dairy Sci.* 89 (Suppl. 1): 403 (Abstr.).

Powers, W. J., H. H. Van Horn, B. Harris, Jr., and C. J Wilcox. 1995. " Effects of Variable Sources of Distillers Dried Grains plus Solubles or Milk Yield and Composition. " *J. Dairy Sci.* 78: 388-396.

Ranathunga, S. D., K. F. Kalscheur, A. R. Hippen, and D. J. Schingoethe. 2008. " Replacement of Starch from Corn with Non-Forage Fiber from Distillers Grains in Diets of Lactating Dairy Cows. " *J. Dairy Sci.* 91 (Suppl. 1): 531 (Abstr.).

Sasikala-Appukuttan, A. K., D. J. Schingoethe, A. R. Hippen, K. F. Kalscheur, K. Karges, and M. L. Gibson. 2008. " The Feeding Value of Corn Distillers Solubles for Lactating Dairy Cows. " *J. Dairy Sci.* 91: 279-287.

Schingoethe, D., A. Garcia, K. Kalscheur, A. Hippen, and K. Rosentrater. 2008. " Sulfur in Distillers Grains for Dairy Cattle. South Dakota State University *Extension Extra*, ExEx 4039, June.

Schingoethe, D. J., M. J. Brouk, and C. P. Birkelo. 1999. "Milk Production and Composition from Cows Fed Wet Corn Distillers Grains." *J. Dairy Sci.* 82: 574-580.

Spangler, D., S. Gravert, G. Ayangbile, and D. Casper. 2005. "Silo-King Enhances the Storage Life and Digestibility of Wet Distillers Grains." *J. Dairy Sci.* 88: 1922 (Abstr.).

Spiehs, M. J., M. H. Whitney, and G. C. Shurson. 2002. "Nutrient Data Base for Distillers Dried Grains with Solubles Produced from New Generation Ethanol Plants in Minnesota and South Dakota." *J. Anim. Sci.* 80: 2639-2645.

Thomas, M., A. R. Hippen, K. F. Kalscheur, and D. J. Schingoethe. 2006a. "Growth and Performance of Holstein Dairy Calves Fed Distillers Grains." *J. Dairy Sci.* 89: 1864 (Abstr.).

——. 2006b. "Ruminal Development in Holstein Dairy Calves Fed Distillers Grains." *J. Dairy Sci.* 89 (Suppl. 1): 437 (Abstr.).

4 乙醇加工副产品在猪日粮中的应用

Hans H. Stein[1]

蒸馏副产品在猪日粮中应用已经超过了50年，但是近几十年乙醇燃料工业的出现极大地增加了对畜禽产业有效利用蒸馏副产品的总数量。新的技术使得谷物中很大比例的碳水化合物转变为乙醇，从而导致蒸馏副产品与早期产品在成分上有很大的不同。由于生产中使用前端或后端分馏法两种不同的生产技术，所以产生大量不同的副产品。因为养猪产业可以有效使用该类副产品，所以开展了一系列研究，即根据能量水平和消化率来衡量副产品的营养价值。并进一步研究日粮中适宜添加比例。如果在猪日粮中所含的蒸馏副产品有其他效果，那么需要对每一个产品进行证明。

4.1 蒸馏副产品在猪日粮中的应用

根据用来发酵的谷物的来源不同，从谷物蒸馏得到的副产品也在改变。在美国，大多数蒸馏副产品是从玉米中得到的，也有用高粱作为原料的（Urriola 等，2007）。蒸馏副产品可能从乙醇燃料生产或饮料生产中得到；其营养价值不受所用植物类型的影响（Pahm 等，2008）。同样地，在美国生产的副产品也不会因地区不同而影响副产品的成分或质量（Pahm 等，2008）。

最常见的副产品是DDGS，它定义为一种包含所有蒸馏谷物和至少70%的经发酵后产生的浓缩可溶物的产品。如果没有加入可溶物，则称之为DDG。如果发酵前去壳灭菌，就会产生高蛋白DDGS（high protein distillers dried grains with solubles，HP-DDGS），这种产品的脂肪和纤维含量比常规的DDGS要低，但含有更多的蛋白质。如果可溶物没有加回到蒸馏谷物中，则称为高蛋白DDG（HP-DDG）（Widmer、McGinnis 和 Stein，2007）。玉米在无菌条件下培养，经萃取得到的玉米胚芽也可以喂猪，但是这种产品的非淀粉多糖相对浓度较高（Widmer、McGinnis 和 Stein，2007）。如果脂肪从DDGS中萃取出来，那么，得到的产品就是脱油DDGS（Jacela 等，2007）。脱油的DDGS比常规的DDGS含有更少的乙醚浸出物，也因此含有更低的能量。如果脱油DDGS生产之后从DDGS中剔除纤维，那么一种称作加强型DDGS的产品将会产生（Soares 等，2008）。这种产品比常规的DDGS中的

---

[1] 作者为美国伊利诺伊州大学副教授。

非淀粉多糖少大约10%。

4.2　蒸馏副产品的营养和能量组成以及消化率

4.2.1　碳水化合物含量及消化率

大多数谷类作物包含60%～70%的淀粉，它们很容易被猪消化并且以葡萄糖的形式被吸收。然而乙醇生产工艺要将谷物原料进行发酵处理，而且谷物中的大多数淀粉通过这个过程转化为乙醇，因此，所有蒸馏副产品中淀粉含量低，然而，大多数其他营养素的含量比原

表4.1　玉米、高粱以及从玉米和高粱生产的蒸馏副产品的化学成分

项　目	谷物或副产物							
	玉米	高粱	玉米DDGS	高粱DDGS	玉米DDG	玉米HP-DDG	脱油玉米DDGS	强化玉米DDGS	玉米胚芽
样本数	4	1	34	3	1	1	1	2	1
总能/(kcal/kg)	3891	3484	4776	4334		4989		4742	4919
粗蛋白/%	8.0	9.8	27.5	31.0	28.8	41.1	31.2	29.1	14.0
钙/%	0.01	0.01	0.03			0.01	0.05	0.27	0.03
磷/%	0.22	0.24	0.61	0.64		0.37	0.76	0.86	1.09
粗脂肪/%	3.3		10.2	7.7		3.7	4.0	10.8	17.6
粗纤维/%				7.2					
淀粉/%			7.3		3.83	11.2			23.6
NDF/%	7.3	7.3	25.3	34.7	37.3	16.4	34.6	29.7	20.4
ADF/%	2.4	3.8	9.9	25.3	18.2	8.7	16.1	8.7	5.6
总纤维/%			42.1					25.2	
灰分/%	0.9		3.8	3.6		3.2	4.64		3.3
必需氨基酸/%									
精氨酸	0.39	0.32	1.16	1.10	1.15	1.54	1.31	1.34	1.08
组氨酸	0.23	0.23	0.72	0.71	0.68	1.14	0.82	0.75	0.41
异亮氨酸	0.28	0.37	1.01	1.36	1.08	1.75	1.21	1.04	0.45
亮氨酸	0.95	1.25	3.17	4.17	3.69	5.89	3.64	3.26	1.06
赖氨酸	0.24	0.20	0.78	0.68	0.81	1.23	0.87	0.93	0.79
蛋氨酸	0.21	0.18	0.55	0.53	0.56	0.83	0.58	0.58	0.25
苯丙氨酸	0.38	0.47	1.34	1.68	1.52	2.29	1.69	1.38	0.57
苏氨酸	0.26	0.29	1.06	1.07	1.10	1.52	1.10	1.03	0.51
色氨酸	0.09	0.07	0.21	0.35	0.22	0.21	0.19	0.19	0.12
缬氨酸	0.38	0.48	1.35	1.65	1.39	2.11	1.54	1.40	0.71
非必需氨基酸/%									
丙氨酸	0.58	0.86	1.94	2.90	2.16	3.17	2.13	1.99	0.91
天冬氨酸	0.55	0.60	1.83	2.17	1.86	2.54	1.84	1.80	1.05
半胱氨酸	0.16	0.18	0.53	0.49	0.54	0.78	0.54	0.52	0.29
谷氨酸	1.48	1.92	4.37	6.31	5.06	7.11	4.26	4.06	1.83
甘氨酸	0.31	0.29	1.02	1.03	1.00	1.38	1.18	1.11	0.76
脯氨酸	0.70	0.77	2.09	1.40	2.50	3.68	2.11	1.99	0.92
丝氨酸	0.38	0.37	1.18	2.50	1.45	1.85	1.30	1.25	0.56
酪氨酸	0.27	0.25	1.01			1.91	1.13	1.04	0.41

注：数据来源于Bohlke、Thaler和Stein，2005；Feoli等，2007；Jacela等，2007；Pedersen、Boersma和Stein，2007a，b；Urriola等，2007；Widmer、McGinnis和Stein，2007；Pahm等，2008以及Soares等，2008。

始谷物高（表 4.1）。因此，蒸馏副产品中的碳水化合物浓度比谷类作物低，而且大多数碳水化合物是非淀粉多糖（纤维）。在 DDG 或 DDGS 中，纤维含量（中性洗涤纤维、酸性洗涤纤维和粗纤维）大约是玉米中 DDG 和 DDGS 浓度的 3 倍还多。但是 HP-DDG 和 HP-DDGS 比 DDG 和 DDGS 的纤维含量较低，因为玉米在发酵前去皮。与玉米相比，DDG 或 DDGS 的纤维消化率在小肠低 20%，在整个胃肠道低 50%，因此纤维构成体对这些产品中的能量价值贡献较少。在其他蒸馏副产品中，纤维的消化率也较低，尽管还没有检测。

由于蒸馏副产品中纤维消化率较低，导致猪排泄的粪便增多，总体来说，含有蒸馏副产品的日粮中的干物质消化率比以玉米为原料的日粮的消化率低。目前，人们正在研究能够提高蒸馏副产品中纤维消化率的饲料添加剂，例如，酶和酵母之类的产品。如果消化率提高了，这些产品的能量价值也会相应提高。

4.2.2 氨基酸的消化率

DDGS 中大多数氨基酸的消化率（表 4.2）大约比玉米低 10 个单位（Fastinger 和 Mahan，2006；Stein 等，2006；Pahm 等，2008）。与玉米相比，DDGS 较低的氨基酸消化率可能是由于 DDGS 中的纤维比玉米中的纤维含量高，因为日粮中的纤维会降低氨基酸的消化率。由玉米 DDGS 来源的氨基酸消化率的变异程度比玉米来源的变异程度大，这可能归因于生产 DDGS 所用的原料和生产工艺的差别（Pahm 等，2008）。然而，氨基酸消化程度的变异性与在美国生产 DDGS 的地域不相关（Pahm 等，2008）。

表 4.2 玉米、高粱及其蒸馏副产品中的氨基酸在回肠中的标准消化率

项 目	玉米	高粱	玉米 DDGS	高粱 DDGS	玉米 DDG	玉米 HP-DDG	玉米胚芽	脱油玉米 DDGS
样本数	2	1	34	1	1	1	1	1
必需氨基酸/%								
精氨酸	87	70	81	78	83	83	83	823
组氨酸	83	65	78	71	84	81	69	75
异亮氨酸	81	66	75	73	83	81	57	75
亮氨酸	87	70	84	76	86	91	68	84
赖氨酸	72	57	62	62	78	64	58	50
蛋氨酸	85	69	82	75	89	88	68	80
苯丙氨酸	84	68	81	76	87	87	64	81
苏氨酸	74	64	71	68	78	77	53	66
色氨酸	70	57	70	70	72	81	67	78
缬氨酸	79	64	75	72	81	80	62	74
非必需氨基酸/%								
丙氨酸	83	69	78	73	82	86	64	77
天冬氨酸	80	66	69	68	74	76	60	61
半胱氨酸	82	64	73	66	81	82	64	64
谷氨酸	80	52	80	76	87	88	72	78
甘氨酸	84	71	63	67	66	75	76	53
脯氨酸	96	50	74	83	55	73	84	73
丝氨酸	83	72	76	73	82	84	65	73
酪氨酸	82	67	81			88	59	81

注：数据来源于 DatafromBohlke、Thaler 和 Stein，2005；Jacelaetal，2007；Pedersen、Boersma 和 Stein，2007b；Stein，2007；Urriolaet，2007；Widmer、McGinnis 和 Stein，2007 以及 Pahm 等，2008。

DDGS中赖氨酸含量和消化率的变异性比大多数其他氨基酸变异性大，主要原因是一些生产企业在干燥过程中使温度过高，引起了美拉德反应而破坏了赖氨酸（Pahm 等，2008），这就导致了赖氨酸总含量的下降，除此以外，消化率也降低，但是粗蛋白的浓度并没有改变。在非热损伤的DDGS中，赖氨酸含量作为粗蛋白的百分比介于3.1%～3.3%之间。但是，在热损伤DDGS中这个百分比会降低到2.10%（Stein，2007）。因此，赖氨酸的含量应该在DDGS使用前进行检测，如果赖氨酸含量低于2.80%，那么DDGS就不能在猪日粮中使用（Stein，2007）。

氨基酸消化率会有一些变化，尤其是赖氨酸的消化率，这是由于蒸馏谷物残渣中添加了可溶物引起的（可溶物中含有一些发酵过程中不能被微生物利用的还原糖）。这些可溶物中糖的存在会增加蒸馏谷物干燥时美拉德反应发生的可能性。因为在生产DDG的工艺中没有向蒸馏谷物中添加可溶物，所以DDG中氨基酸的消化率比DDGS中的要高（Pahm等，2008）。

从仅有的一个发表数据来看，HP-DDG中的氨基酸消化率在DDGS测量值范围内（Widmer、McGinnis和Stein，2007）。然而在玉米胚芽中氨基酸的消化率比DDG和DDGS中氨基酸的消化率都低。这个试验结果可能是因为玉米胚芽中的蛋白质与谷物的其他成分的蛋白质组成不同（Widmer、McGinnis和Stein，2007）。

虽然高粱氨基酸的消化率比玉米的低（Pedersen、Boersma和Stein，2007b），但是高粱DDGS有着与玉米DDGS相当的氨基酸消化率（Urriola等，2007）。还没有高粱DDGS作为唯一来源的氨基酸消化率的数据。脱油玉米DDGS中氨基酸的消化率已被测量，而且报道过的测量值全部都在报道过的传统玉米DDGS值的范围内（Jacela等，2007）。

4.2.3　磷的消化率

发酵导致玉米中肌醇-6-磷酸修饰蛋白磷的部分释放，进而导致发酵复合饲料中磷的消化率高于玉米中磷的消化率（表4.3）。因此，在DDGS和HP-DDG中磷的总表观消化率要比在玉米中的高，而在玉米胚芽中磷的消化率和玉米中的相似（Stein、Pedersen和Boersma，2005；Pedersen、Boaersma和Stein，2007a；Widmer、McGinnis和Stein，2007）。还没有来自玉米和高粱DDGS生产的其他蒸馏副产品中磷的总表观消化率的数据。

表4.3　在玉米和由玉米生产的蒸馏副产品中磷的浓度和磷的消化率

项　目	玉米	DDGS	HP-DDG	玉米胚芽
样本数	2	10	1	1
总磷/%	0.22	0.61	0.37	1.09
干物质中的总磷/%	0.25	0.70	0.40	1.18
总表观消化率/%	24.1	59.0	59.6	28.6
磷的消化率/%	0.05	0.36	0.22	0.31

注：数据来源于Bohlke、Thaler和Stein，2005；Pedersen、Boersma和Stein，2007a以及Widmer、McGinnis和Stein，2007。

4.2.4　乙醚浸出物的消化率

DDGS中乙醚浸出物的总表观消化率仅在一个试验中报道过。试验结果表明，在DDGS中乙醚浸出物的总表观消化率大约为70%（Stein，2005）。然而，在这方面还需要更多的信息。一些在研项目正直接测定DDGS和其他蒸馏副产品中乙醚浸出物的表观和真实消化率。

4.2.5　能量的消化率

因为蒸馏副产品中纤维含量比玉米中的高，所以大多数蒸馏副产品的总表观能量消化率要低于玉米（表4.4）。DDGS中的纤维在小肠中的消化率低，大肠中纤维酵解不足50%，这就是蒸馏副产品总表观能量消化率低的原因。DDGS中总表观能量消化率为82.9%，玉米为90.4%（Pedersen、Boaersma和Stein，2007a）。然而因为DDGS与玉米相比有更高的油脂含量，所以DDGS相应的也有更高的总能量含量（5434kcal/kg干物料和4496kcal/kg干物料）。DDGS中可消化能与玉米中的相似（4088kcal/kg干物料和4140kcal/kg干物料）（Stein、Pedersen和Boaersma，2005；Pedersen、Boaersma和Stein，2007a）。玉米胚芽中可消化能（3979kcal/kg干物料）也与玉米中的相似，但是HP-DDG比玉米拥有更高的可消化能（4763kcal/kg干物料）（Widmer、McGinnis和Stein，2007）。相反地，脱油DDGS与玉米相比（3093kcal/kg，Jacela等，2007）可消化能低。高粱DDGS中可消化能大约为220kcal/kg（基于不做任何处理的前提），比玉米DDGS（Feoli等，2007）中的要低。这可能是高粱DDGS与玉米DDGS相比乙醚浸出物含量更低导致的。

表4.4　玉米和由玉米与高粱生产的蒸馏副产品中能量的浓度

项目	玉米	玉米DDGS	高粱DDGS	玉米HP-DDG	玉米胚芽	脱油玉米DDGS
样本数	2	10	2	1	1	1
总能/(kcal/kg)	4458	5434	4908	5399	5335	4655
总表观消化率/%	90.0	76.8	76.0	88.2	74.6	
消化量/(kcal/kg)	4072	4140	3459	4763	3979	3093
代谢能/(kcal/kg)	3981	3897		4476	3866	2851

注：数据来源于Feoli等，2007；Jacela等，2007；Pedersen、Boersma和Stein，2007a以及Widmer、McGinnis和Stein，2007。

4.3　蒸馏副产品在猪日粮中的使用

4.3.1　母猪日粮中蒸馏副产品添加量

给怀孕母猪饲喂含有50%的DDGS饲料未见不良反应（Wilson等，2003），但是还没有其他蒸馏副产品饲喂怀孕母猪效果的相关报道。哺乳期的饲料摄入量、幼仔的增重量和返情率均不受日粮中DDGS添加量的影响（Wilson等，2003）。然而，经历连续两次生产的母猪在妊娠期和哺乳期喂食DDGS，与对照组喂食玉米大豆粕的母猪比，第2次生产时会产下更多幼仔（Wilson等，2003）。产生这个现象的原因还不清楚，但可能是含有DDGS的日粮中纤维含量较高的缘故。因为母猪在妊娠期饲喂高纤维的日粮，有时产仔量会提高（Ewan等，1996；Grieshop、Reese和Fahey，2001）。妊娠期母猪饲喂含有DDGS日粮是否会提高产仔数的缘故还需要更多的试验来验证。

共有5个有关DDGS用于饲喂哺乳期母猪的报道，但是没有添加其他蒸馏副产品的数据。这些试验中DDGS的添加量为日粮的15%（Hill等，2008b）、20%（Wilson等，2003）和30%（Song等，2007a；Greiner等，2008），这些试验都未观察到哺乳期母猪饲喂DDGS会引起不良反应。DDGS对乳成分、表观氮消化率和氮沉积都没有影响。然而，母猪采食含有20%或30% DDGS的日粮比对照组血浆中尿素氮更低（Song等，2007b），这意味着采食DDGS日粮的氨基酸平衡更优化。另一个试验（Greiner等，2008）也表明母猪采食含有DDGS的日粮有利于增加哺乳期而缩短断奶到发情的过渡时间，但是这些结果都没有在其他试验中报道过。然而，目前还没有关于采食DDGS母猪产下的幼仔的表现性能的报道，也不知道这些猪仔的生长表现性能是否受到了日粮中含有DDGS的影响。

结论是，如果日粮是基于可消化能量、氨基酸和磷的浓度来配方的，那么DDGS可以添加到妊娠期母猪的日粮中，且添加量可以达到50%，哺乳母猪添加量达到30%。哺乳母猪日粮中，DDGS的添加量也许可以超过30%，但是还没有相关的研究证实。

4.3.2 断奶仔猪日粮中蒸馏副产品的添加量

目前有8个试验研究了断奶仔猪饲料中添加DDGS的效果。向断奶2～3周后的仔猪日粮中添加30%的DDGS不会对仔猪引起不良作用（Gaines等，2006；Spencer等，2007；Burkey等，2008）。断奶两周后可以添加25%（Whitney和Shurson，2004）的DDGS，断奶当日可以添加7.5%的DDGS（Spencer等，2007）。有几个试验（Gaines等，2006；Spencer等，2007）报道了饲料中添加DDGS能够提高饲料转化率，但是这个结果没有在其他试验中观察到。

有3个试验研究了向断奶仔猪日粮中添加高粱DDGS的效果。其中一个试验结果显示：向断奶仔猪日粮中添加30%的高粱DDGS不会降低仔猪的生长性能（Senne等，1996）。然而，后来有试验（Feoli等，2008）表明日粮中添加30%的高粱DDGS可能会降低仔猪的生长性能。这可能是由于在这些试验中选用的高粱DDGS品质不同所反映出的不同试验结果，但是鉴于高粱DDGS饲喂效果的数据有限，我们建议高粱DDGS在断奶仔猪日粮中的使用量最好不要超过20%。

目前还没有人研究除了DDGS之外的其他蒸馏副产品添加于断奶仔猪日粮中的试验效果。因此，HP-DDG、玉米胚芽和其他副产品是否可以用于日粮中还不清楚。

4.3.3 育肥猪日粮中蒸馏副产品的添加量

4.3.3.1 蒸馏副产品对生猪生产性能的影响

有25个试验研究了向育肥猪饲料中添加DDGS的效果。大多数试验结果未观察到生产性能的变化，但是也有一些试验中观察到，日粮中添加玉米DDGS导致猪的生产性能下降。

向育肥猪的日粮饲料中添加30%的DDGS不会对猪的生产性能产生不良影响（Cook、Paton和Gibson，2005；DeDecke等，2005；Xu等，2007a）。更低的添加量也对猪的生产性能没有影响（Gowans等，2007；Jenkin等，2007；Linneen等，2008）。然而，其他试验数据表明10%、20%、30%的DDGS添加量与猪生产性能的下降呈线性关系（Fu等，2004；Whitney等，2006；Linneen等，2008；Weimer等，2008）。一些试验结果表明，生长性能的下降可能是饲料采食量下降的结果（Fu等，2004；Linneen等，2008），但其他一些试验（Whitney等，2006；Weimer等，2008）并未发现类似结果。采食量降低的原因可能是含有DDGS的日粮适口性比玉米-豆粕型日粮要差（Hastad等，2005）。也可能是因为不同的试验选用了不同品质的DDGS而影响了试验结果。例如，如果选用含有低消化率赖氨酸的DDGS，猪的生产性能可能会降低，因为赖氨酸可能会限制蛋白质的分解。另外，有些试验观察到猪生产性能有所下降，其日粮配制方法是，日粮中总粗蛋白含量随着DDGS

添加量的增加而增加。日粮中粗蛋白含量的增加可能导致猪较差的生产性能，所以，在这样的日粮中，就无法衡量猪生产性能的下降是由于饲料中的DDGS还是粗蛋白含量的提高而导致的。然而，添加DDGS的日粮中如果再添加适量的结晶赖氨酸，就不会引起粗蛋白水平的增加。因此，在含有DDGS的日粮中，每10%的DDGS须添加0.10%的赖氨酸（Stein，2007）。如果日粮中DDGS用量超过20%时，也有必要添加结晶色氨酸（Stein，2007）。

有8个关于给育肥猪饲喂高粱DDGS的报告，结果表明30%的高粱DDGS添加于育肥猪日粮饲料中不会降低平均日增重、日均饲料采食量以及增重/饲料的比率（Senne等，1996）。然而，当添加更多的DDGS时，猪的生产性能会降低（Senne等，1996；Feoli等，2008）。基于这些研究结果，可以得出育肥猪对高粱DDGS的耐受能力和玉米DDGS基本相同。

Widmer等(2008)报道了育肥猪日粮中添加HP-DDG的试验效果。在这个试验中分别向生长期（22～60kg）、育成初期（60～95kg）和育成后期（95～125kg）的猪日粮中添加40%、30%、20%的HP-DDG。以这些添加量的HP-DDG分别替代了以玉米为基础的日粮中的全部豆粕。结果表明，给育肥猪饲喂含有HP-DDG的日粮与饲喂玉米-豆粕型日粮的对照组相比，生长性能没有变化。然而，在生长期饲喂含HP-DDG为40%的日粮时，观察到猪的采食量和生长性能均下降。但在生长后期和整个肥育期并没有观察到这种负效应（Widmer等，2008）。综上所述可以得到如下结论：以玉米为基础的日粮若要添加HP-DDG以饲喂育肥猪时，HP-DDG的添加量应该能全部替代豆粕。然而在含HP-DDG的日粮饲料中有必要添加相应浓度的结晶氨基酸来补偿这种配方中赖氨酸和色氨酸的不足，并且日粮应根据氨基酸的回肠真消化率来配制。

Widmer等（2008）研究了在育肥猪日粮中添加玉米胚芽的效果。在猪育肥生长的3个阶段，向其日粮中添加5%或10%的玉米胚芽，而不添加其他任何蒸馏副产品。结果表明，随着日粮中添加玉米胚芽量的增加，猪出栏重成线性增加，同时还观察到添加了玉米胚芽的日粮，猪的日增重有增加的趋势。因此，研究人员得到如下结论：向日粮中添加10%的玉米胚芽能够提高育肥猪的生长性能（Widmer等，2008）。或许在育肥猪日粮中还可以添加更多的玉米胚芽，但是还没有相关研究来证实这一假设。当前还没有其他蒸馏副产品用于育肥猪的研究报道。

4.3.3.2　蒸馏副产品对胴体结构和品质的影响

一些试验研究报道了向育肥猪的日粮中添加DDGS会使猪的净肉率下降（Cook、Paton和Gibson，2005；Whitney等，2006；Feoli等，2007；Gaines等，2007a，b；Hinson等，2007；Xu等，2007a；Linneen等，2008；Weimer等，2008）。这可能是由于添加DDGS的日粮中纤维含量增加的结果，因为有报道指出，纤维含量的增加可能会增加肠内组织的重量以及食糜量（Kass、van Soest和Pond，1980）。这也可能是，如前面提到的在添加了DDGS的猪日粮中增加总粗蛋白的量，可以引起肠道组织重量的增加，这也会导致育肥猪的净肉率降低（Ssu、Brumm和Miller，2004）。然而，给猪饲喂添加DDGS的日粮，其净肉率并不总是下降的。在进行净肉率测量的试验中，大约只有50%的试验发现净肉率有所下降（Fu等，2004；Xu等，2007b；McEwen，2006，2008；Drescher等，2008；Hill等，2008a；Stender和Honeyman，2008；Widmer等，2008）。向育肥猪饲料中添加高粱DDGS，观察到其净肉率或提高、或降低、或不变（Senne等，1996，1998；Feoli等，

2007)。目前还不清楚向猪饲料中添加DDGS会使其净肉率下降的原因，但这种降低作用在其他的一些试验中并未体现出来。DDGS的质量和日粮的配制技术可能是引起各个试验结果不同的原因，因此还有必要进行进一步的研究以阐明DDGS的饲喂效果。

背膘厚度、瘦肉率以及腰部深度不受日粮中玉米DDGS的影响。但是在一些添加玉米或高粱DDGS试验中发现腹部厚度会减少一些，但并不是全部试验都观察到了此现象。不过有报道指出，日粮中添加玉米DDGS可以降低腹部硬度（Whitney等，2006；Xu等，2007a；Widmer等，2008）以及提高胴体脂肪中的碘价（Whitney等，2006；White等，2007；Xu等，2008；Hill等，2008a）。出现以上试验结果的原因可能是因为玉米DDGS中存在着大量的不饱和脂肪酸，这种不饱和脂肪酸未被氢化而不能形成胴体脂肪，这种混合型不饱和脂肪酸会减少脂肪的硬度和增加碘价。然而，在育肥的最后十天饲喂含有1%共轭亚油酸的DDGS日粮有可能降低碘价和避免胴体脂肪过软（White等，2007）。另外，在生长肥育的早期向猪日粮中添加DDGS，而在肥育的最后3～4周不添加DDGS，也可观察到脂肪碘价在可接受的范围内（Hill等，2008a；Xu等，2008）。

与玉米-豆粕型日粮相比，给猪饲喂含有HP-DDGS的日粮其腹部脂肪较软并且碘价较高（Widmer等，2008）。相反，给猪饲喂含有玉米胚芽的日粮能使腹部脂肪变硬并降低碘价（Widmer等，2008）。对于其他蒸馏副产品在胴体组成和品质方面的影响还未见报道。有人对饲喂添加DDGS、HP-DDGS和玉米胚芽的日粮的猪肉的适口性进行了研究（Widmer等，2008），结果显示：给猪饲喂含有蒸馏副产品的日粮所生产的猪肉与饲喂玉米-豆粕型日粮所生产的猪肉在适口性方面总体上没有什么差别。因此，消费者不可能分辨出他们所吃的猪肉是否是来源于饲喂蒸馏副产品的猪。

4.4 小结

蒸馏副产品营养物质的消化率随其来源的不同而变化。其变化与其他副产品的多样性一样大。赖氨酸经常会受到热损害，这就导致了总的和可消化的赖氨酸的含量比其他所有营养物质含量具更大的多样性。因此，在将蒸馏副产品添加到猪的日粮中之前，必须先测量赖氨酸的含量。对于玉米DDGS，总赖氨酸的平均含量大约是0.78%；源于赖氨酸含量低于平均赖氨酸含量的DDGS，其可消化赖氨酸的含量也低于平均值。这种品质的DDGS不应在没有额外加入晶体赖氨酸之前就用于饲喂猪。

在含有DDGS的日粮中无机磷的含量可适度减少，所以在所有已发酵的蒸馏副产品中，磷的消化率比在玉米中要高，但对于未发酵的副产品情况则不是这样。在所有蒸馏副产品中，淀粉的浓度均较低，而大部分副产品中纤维的含量则相对较高。副产品中可消化能的变异比其他营养素的小，但不同的生产工艺得到的副产品之间也存在着差异。

在泌乳期母猪、断奶仔猪和肥育猪的饲料中可以添加30%的普通或优质DDGS，而在怀孕母猪的日粮中可以添加到50%左右。断奶仔猪日粮中高粱DDGS的添加量应控制在20%以内，但在肥育猪的日粮中添加量可以达到30%。在肥育猪的日粮中可以添加足量的玉米HP-DDG以完全替代豆粕，但还没有向母猪和断奶仔猪饲料中添加玉米HP-DDG的相关数据。玉米胚芽在肥育猪日粮中的添加量至少可以达到10%。

胴体的成分和适口性不会受到在肥育猪的日粮中添加DDGS、HP-DDG或玉米胚芽的影响。然而，饲喂含有DDGS和HP-DDG的日粮的猪腹部脂肪硬度有所降低，脂肪碘价会增加。因此，有必要在屠宰前的最后3～4周减少这些副产品在日粮中的添加量。

所有添加蒸馏副产品的日粮，在其配制过程中一定要保证粗蛋白浓度不会超过传统的玉米-豆粕型日粮。这就需要添加额外的结晶氨基酸以使日粮中的氨基酸达到平衡。

参考文献

Bohlke, R. A., R. C. Thaler, and H. H. Stein. 2005. "Calcium, Phosphorus, and Amino Acid Digestibility in Low-Phytate Corn, Normal Corn, and Soybean Meal by Growing Pigs." J. Anim. Sci. 83: 2396-2403.

Burkey, T. E., P. S. Miller, R. Moreno, S. S. Shepherd, and E. E. Carney. 2008. "Effects of Increasing Levels of Distillers Dried Grains with Solubles (DDGS) on Growth Performance of Weanling Pigs." J. Anim. Sci. 86 (Suppl. 2): 50 (Abstr.).

Cook, D., N. Paton, and M. Gibson. 2005. "Effect of Dietary Level of Distillers Dried Grains with Solubles (DDGS) on Growth Performance, Mortality, and Carcass Characteristics of Grow-Finish Barrows and Gilts." J. Anim. Sci. 83 (Suppl. 1): 335 (Abstr.).

DeDecker, J. M., M. Ellis, B. F. Wolter, J. Spencer, D. M. Webel, C. R. Bertelsen, and B. A. Peterson. 2005. "Effects of Dietary Level of Distiller Dried Grains with Solubles and Fat on the Growth Performance of Growing Pigs." J. Anim. Sci. 83 (Suppl. 2): 79 2004. "Effect of Corn Distiller's Dried Grains with Solubles (DDGS) on Growth, Carcass Characteristics, and Fecal Volume in Growing Finishing Pigs." J. Anim. Sci. 82 (Suppl. 2): 80 (Abstr.).

Gaines, A., B. Ratliff, P. Srichana, and G. Allee. 2006. "Use of Corn Distiller's Dried Grains and Solubles in Late Nursery Pig Diets." J. Anim. Sci. 84 (Suppl. 2): 120 (Abstr.).

Gaines, A. M., G. I. Petersen, J. D. Spencer, and N. R. Augspurger. 2007a. "Use of Corn Distillers Dried Grains with Solubles (DDGS) in Finishing Pigs." J. Anim. Sci. 85 (Suppl. 2): 96 (Abstr.).

Gaines, A. M., J. D. Spencer, G. I. Petersen, N. R. Augspurger, and S. J. Kitt. 2007b. "Effect of Corn Distillers Dried Grains with Solubles (DDGS) Withdrawal Program on Growth Performance and Carcass Yield in Grow-Finish Pigs." J. Anim. Sci. 85 (Suppl. 1): 438 (Abstr.).

Gowans, J., M. Callaahan, A. Yusupov, N. Campbell, and M. Young. 2007. "Determination of the Impact of Feeding Increasing Levels of Corn Dried Distillers Grains on Performance of Growing-Finishing Pigs Reared under Commercial Conditions." Adv. Pork Prod. 18: A-22 (Abstr.).

Greiner, L. L., X. Wang, G. Allee, and J. Connor. 2008. "The Feeding of Dry Distillers Grain with Solubles to Lactating Sows." J. Anim. Sci. 86 (Suppl. 2): 63 (Abstr.).

Grieshop, C. M., D. E. Reese, and G. F. Fahey. 2001. "Nonstarch Polysaccharides and Oligosaccharides in Swine Nutrition." In Swine Nutrition, 2nd ed., A. J. Lewis and L. L. Southern, eds., pp. 107-130. New York: CRC Press.

Hastad, C. W., J. L. Nelssen, R. D. Goodband, M. D. Tokach, S. S. Dritz, J. M. DeRouchey, and N. Z. Frantz. 2005. "Effect of Dried Distillers Grains with Solubles on Feed Preference in Growing Pigs." J. Anim. Sci. 83 (Suppl. 2): 73 (Abstr.).

Hill, G. M., J. E. Link, D. O. Liptrap, M. A. Giesemann, M. J. Dawes, J. A. Snedegar, N. M. Bello, and R. J. Tempelman. 2008a. "Withdrawal of Distillers Dried Grains with Solubles (DDGS) Prior to Slaughter in Finishing Pigs." J. Anim. Sci. 86 (Suppl. 2): 52 (Abstr.).

Hill, G. M., J. E. Link, M. J. Rincker, D. L. Kirkpatrick, M. L. Gibson, and K. Karges. 2008b. "Utilization of Distillers Dried Grains with Solubles and Phytase in Sow Lactation Diets to Meet the Phosphorus Requirement of the Sow and Reduce Fecal Phosphorus Concentrations." J. Anim. Sci. 86: 112-118.

Hinson, R., G. Allee, G. Grinstead, B. Corrigan, and J. Less. 2007. "Effect of Amino Acid Program (Low vs. High) and Dried Distillers Grains with Solubles (DDGS) on Finishing Pig Performance and Carcass Characteristics." J. Anim. Sci. 85 (Suppl. 1): 437 (Abstr.).

Jacela, J. Y., J. M. DeRouchey, S. S. Dritz, M. D. Tokach, R. D. Goodband, J. L. Nelssen, R. C. Sulabo, and R. C. Thaler. 2007. "Amino Acid Digestibility and Energy Content of Corn Distillers Meal for Swine." In Kansas State University Swine Day Report 2007, pp. 137-141, Kansas State University.

Jenkin, S., S. Carter, J. Bundy, M. Lachmann, J. Hancock, and N. Cole. 2007. "Determination of P-Bioavailability in Corn and Sorghum Distillers Dried Grains with Solubles for Growing Pigs." J. Anim. Sci. 85 (Suppl. 2): 113 (Abstr.).

Kass, M. L., P. J. van Soest, and W. G. Pond. 1980. "Utilization of Dietary Fiber from Alfalfa by Growing Swine. I. Apparent Digestibility of Diet Components in Specific Segments of the Gastrointestinal Tract." J. Anim. Sci. 50: 175-191.

Linneen, S. K., J. M. DeRouchy, S. S. Dritz, R. D. Goodband, M. D. Tokach, and J. L. Nels (Abstr.).

Drescher, A. J., L. J. Johnston, G. C. Shurson, and J. Goihl. 2008. "Use of 20% Dried Distillers Grains with Solubles (DDGS) and High Amounts of Synthetic Amino Acids to Replace Soybean Meal in Grower-Finisher Swine Diets." J. Anim. Sci. 86 (Suppl. 2): 28 (Abstr.).

Ewan, R. C., J. D. Crenshaw, T. D. Crenshaw, G. L. Cromwell, R. A. Easter, J. L. Nelssen, E. R. Miller, J. E. Pettigrew, and T. L. Veum. 1996. "Effect of Adding Fiber to Gestation Diets on Reproductive Performance of Sows." J. Anim. Sci. 74 (Suppl. 1): 190 (Abstr.).

Fastinger, N. D., and D. C. Mahan. 2006. "Determination of the Ileal Amino Acid and Energy Digestibilities of Corn Distillers Dried Grains with Solubles Using Grower-Finisher Pigs." J. Anim. Sci. 84: 1722-1728.

Feoli, C., J. D., Hancock, T. L. Gugle, and S. D. Carter. 2008. "Effects of Expander Conditioning on the Nutritional Value of Diets with Corn-and Sorghum-Based Distillers Dried Grains with Solubles in Nursery and Finishing Diets." J. Anim. Sci. 86 (Suppl. 2): 50 (Abstr.).

Feoli, C., J. D. Hancock, C. Monge, T. L. Gugle, S. D. Carter, and N. A. Cole. 2007. "Digestible Energy Content of Corn- vs. Sorghum-Based Dried Distillers Grains with Solubles and Their Effects on Growth Performance and Carcass Characteristics in Finishing Pigs." In *Kansas State University Swine Day Report* 2007, pp. 131-136, Kansas State University.

Fu, S. X., M. Johnston, R. W. Fent, D. C. Kendall, J. L. Usry, R. D. Boyd, and G. L. Alleesen. 2008. "Effects of Dried Distillers Grains with Solubles on Growing and Finishing Pig Performance in a Commercial Environment." J. Anim. Sci. 86: 1579-1587.

McEwen, P. 2008. "Canadian Experience with Feeding DDGS." In Proc. 8th London Swine Conference, pp. 115-120, London, ON, April 1-2.

McEwen, P. L. 2006. "The Effects of Distillers Dried Grains with Solubles Inclusion Rate and Gender on Pig Growth Performance." Can. J. Anim. Sci. 86: 594 (Abstr.).

Pahm, A. A., C. Pedersen, D. Hoehler, and H. H. Stein. 2008. "Factors Affecting the Variability in Ileal Amino Acid Digestibility in Corn Distillers Dried Grains with Solubles Fed to Growing Pigs." J. Anim. Sci. doi: 102527/jas. 2008-0868.

Pedersen, C., M. G. Boersma, and H. H. Stein. 2007a. "Digestibility of Energy and Phosphorus in 10 Samples of Distillers Dried Grains with Solubles Fed to Growing Pigs." J. Anim. Sci. 85: 1168-1176.

Senne, B. W., J. D. Hancock, R. H. Hines, D. W. Dean, I. Mavromichalis, and J. R. Froetschner. 1998. "Effects of Whole Grain and Distillers Dried Grains with Solubles from Normal and Heterowaxy Endosperm Sorghums on Growth Performance, Nutrient Digestibility, and Carcass Characteristics of Finishing Pigs." In Kansas State University Swine Day Report, pp. 148-152, Kansas State University.

Senne, B. W., J. D. Hancock, I. Mavromichalis, S. L. Johnston, P. S. Sorrell, I. H. Kim, and R. H. Hines. 1996. "Use of Sorghum-Based Distillers Dried Grains in Diets for Nursery and Finishing Pigs." In Kansas State University Swine Day Report, pp. 140-145, Kansas State University.

Soares, J. A., H. H. Stein, J. V. Singh, and J. E. Pettigrew. 2008. "Digestible and Metabolizable Energy in Distillers Dried Grains with Solubles (DDGS) and Enhanced DDGS." J. Anim. Sci. 86 (Suppl. 1): 522 (Abstr.).

Song, M., S. K. Baidoo, G. C. Shurson, and L. J. Johnson. 2007a. "Use of Dried Distillers Grains with Solubles in Diets for Lactating Sows." J. Anim. Sci. 85 (Suppl. 2): 97 (Abstr.).

Song, M., S. K. Baidoo, M. H. Whitney, G. C. Shurson, and L. J. Johnson. 2007b. "Effects of Dried Distillers Grains with Solubles on Energy and Nitrogen Balance, and Milk Composition of Lactating Sows." J. Anim. Sci. 85

(Suppl. 2): 100-101 (Abstr.).

Spencer, J. D., G. I. Petersen, A. M. Gaines, and N. R. Augsburger. 2007. "Evaluation of Different Strategies for Supplementing Distillers Dried Grains with Solubles (DDGS) to Nursery Pig Diets." *J. Anim. Sci.* 85 (Suppl. 2): 96-97 (Abstr.).

Ssu, K. W., M. C. Brumm, and P. S. Miller. 2004. "Effect of Feather Meal on Barrow Performance." J. Anim. 82: 2588-2595.

Stein, H. H. 2007. "Distillers Dried Grains with Solubles (DDGS) in Diets Fed to Swine." Swine Focus #001, University of Illinois, Urbana-Champaign.

Stein, H. H., C. Pedersen, and M. G. Boersma. 2005. "Energy and Nutrient Digestibility in Dried Distillers Grain with Solubles." J. Anim. Sci. 83 (Suppl. 2): 79 (Abstr.).

Stein, H. H., C. Pedersen, M. L. Gibson, and M. G. Boersma. 2006. "Amino Acid and Energy Digestibility in Ten Samples of Dried Distillers Grain with Solubles by Growing Pigs" J. Anim. Sci. 84: 853-860.

Stender, D., and M. S. Honeyman. 2008 "Feeding Pelleted DDGS-Based Diets for Finishing Pigs in Deep-Bedded Hoop Barns." *J. Anim. Sci.* 86 (Suppl. 2): 50 (Abstr.).

Urriola, P. E., D. Hoehler, C. Pedersen, H. H. Stein, L. J. Johnston, G. C. Shurson. 2007. "Amino Acid Digestibility by Growing Pigs of Distillers Dried Grain with Solubles Produced from Corn, Sorghum, or a Corn-Sorghum Blend." J. Anim. Sci. 85 (Suppl. 2): 71 (Abstr.).

Weimer, D., J. Stevens, A. Schinckel, M. Latour, and B. Richert. 2008. "Effects of Feeding Increasing Levels of Distillers Dried Grains with Solubles to Grow-Finish Pigs on Growth Performance and Carcass Quality." J. Anim. Sci. 86 (Suppl. 2): 51 (Abstr.).

White, H., B. Richert, S. Radcliffe, A. Schinckel, and M. Latour. 2007. "Distillers Dried Grains Decreases Bacon Lean and Increases Fat Iodine Values (IV) and the Ratio of n6: n3 but Conjugated Linoleic Acids Partially Recovers Fat Quality." J. Anim. Sci. 85 (Suppl. 2): 78 (Abstr.).

Whitney, M. H., and G. C. Shurson. 2004. "Growth Performance of Nursery Pigs Fed Diets Containing Increasing Levels of Corn Distillers Dried Grains with Solubles Originating from a Modern Midwestern Ethanol Plant." J. Anim. Sci. 82: 122-128.

Whitney, M. H., G. C. Shurson, L. J. Johnson, D. M. Wulf, and B. C. Shanks. 2006. "Growth Performance and Carcass Characteristics of Grower-Finisher Pigs Fed High-Quality Corn Distillers Dried Grain with Solubles Originating from a Modern Midwestern Ethanol Plant." *J. Anim. Sci.* 84: 3356-3363.

Widmer, M. R., L. M. McGinnis, and H. H. Stein. 2007. "Energy, Phosphorus, and Amino Acid Digestibility of High-Protein Distillers Dried Grains and Corn Germ Fed to Growing Pigs." J. Anim. Sci. 85: 2994-3003.

Widmer, M. R., L. M. McGinnis, D. M. Wulf, and H. H. Stein. 2008. "Effects of Feeding Distillers Dried Grains with Solubles, High-Protein Distillers Dried Grains, and Corn Germ to Growing-Finishing Pigs on Pig Performance, Carcass Quality, and the Palatability of Pork." J. Anim. Sci. 86: 1819-1831.

Wilson, J. A., M. H. Whitney, G. C. Shurson, and S. K. Baidoo. 2003. "Effects of Adding Distillers Dried Grains with Solubles (DDGS) to Gestation and Lactation Diets on Reproductive Performance and Nutrient Balance in Sows." J. Anim. Sci. 81 (Suppl. 2): 47-48 (Abstr.).

Xu, G., S. K. Baidoo, L. J. Johnston, J. E. Cannon, D. Bibus, and G. C. Shurson. 2008. "Effects of Dietary Corn Dried Distillers Grains with Solubles (DDGS) and DDGS Withdrawal Intervals, on Pig Growth Performance, Carcass Traits, and Fat Quality." J. Anim. Sci. 86 (Suppl. 2): 52 (Abstr.).

Xu, G., S. K. Baidoo, L. J. Johnston, J. E. Cannon, and G. C. Shurson. 2007a. "Effects of Adding Increasing Levels of Corn Dried Distillers Grains with Solubles (DDGS) to Corn-Soybean Meal Diets on Growth Performance and Pork Quality of Growing-Finishing Pigs." J. Anim. Sci. 85 (Suppl. 2): 76 (Abstr.).

Xu, G., G. C. Shurson, E. Hubby, B. Miller, and B. de Rodas. 2007b. "Effects of Feeding Corn-Soybean Meal Diets Containing 10% Distillers Dried Grains with Solubles (DDGS) on Pork Fat Quality of Growing-Finishing Pigs under Commercial Production Conditions." J. Anim. Sci. 85 (Suppl. 2): 113 (Abstr.).

5 乙醇加工副产品在家禽日粮中的应用

Kristjan Bregendahl[1]

谷物蒸馏副产品用以饲喂畜禽已经有很长的历史。这种副产品纤维含量相对较高，一直以来都被看作是良好的反刍动物饲料。Morrison（1954）提出：肉仔鸡日粮使用7%～8%，产蛋母鸡日粮使用10%的DDGS，都不会影响其生产性能。日粮中添加高达20%的DDGS对肉仔鸡的生长性能以及产蛋母鸡的生产性能均无负面影响（Matterson、Tlustohowicz和Singsen，1966；Waldroup等，1981），但当添加量增加到25%时，饲料利用率即有下降趋势（Waldroup等，1981）。酒糟除可提供蛋白质和能量外，还是良好的水溶性维生素来源（Morrison，1954；Matterson、Tlustohowicz和Singsen，1966）。

自20世纪90年代末起，发酵玉米生产的燃料乙醇的产量大幅提高，其生产工艺与饮料酒精稍有差别。因此，目前所使用的副产品中，98%是玉米生产燃料乙醇得到的（明尼苏达大学，2008a）。2007年美国的玉米产量是130.74亿蒲式耳（3.32亿吨）（USDA-ERS，2008），其中约32亿蒲式耳（8128万吨）被用于生产乙醇（USDA，2007）。大部分燃料乙醇的副产品——可溶物和湿酒糟（或半干酒糟）被用作反刍动物饲料，每年可以提供320万吨玉米DDGS，用于饲喂反刍和非反刍动物（明尼苏达大学，2008a）。

通常情况下，燃料乙醇是按以下步骤生产的。首先，使用锤片式粉碎机将玉米磨碎，加水使其成为浆状物，再加入碳水化合物分解酶，并调整pH值，经90～165℃（194～329 ℉[2]）喷气煮熟，去除乳酸菌，然后冷却，加酶使淀粉进一步转化为葡萄糖（“液化”）。葡萄糖在酵母菌（酿酒酵母）的作用下发酵成为酒精（乙醇）和二氧化碳。通过蒸馏和分子筛提取出乙醇（分子筛的作用是去除蒸馏物中的水分）。蒸馏出乙醇后，离心使酒糟中的固相湿滤渣和液相滤液分离。蒸发、凝缩滤液得到其中的可溶物（糖浆）。将部分或全部的可溶物和湿滤渣混合，在127～621℃（260～1150 ℉）的高温下，用回转窑或环形干燥器进行干燥得到DDGS。生产乙醇的具体温度视作物种类不同而定。更详尽的乙醇生产工艺由美国谷物协会（2008）提供。

生产乙醇的作物种类不同，其具体工艺各异：有的在发酵前首先要去除富含油脂的胚芽或富含纤维的外壳，有的略过了喷气蒸煮过程，有的去除了酒糟滤液

[1] 编写此书时Kristjan Bregendahl是美国爱荷华大学动物科学系的副教授，现任职于爱荷华达拉斯中心的海兰国际公司。

[2] $t/℃=\frac{5}{9}(t/℉-32)$。

中的油脂等。而不同的工艺技术生产出的副产品也不同。例如，在发酵前去除不可发酵的麸皮、果皮纤维及玉米籽实胚芽，可生产出不含可溶物的高蛋白干酒糟（HP-DDG）和玉米胚芽副产品。玉米DDGS（国际饲料编号5-02-843）的精确定义是指至少含75％的酒糟固形物（AAFCO，2007），包含湿谷物滤渣和（大部分）可溶物的副产品。玉米干酒糟（DDG）（国际饲料编号5-02-842）是指只含有湿谷物滤渣（AAFCO，2007）的副产品。因此，DDG不含有富含营养的可溶物部分，其营养价值与DDGS不同。除了大部分的淀粉被发酵产生乙醇和二氧化碳之外，DDGS含有玉米所含有的全部营养成分。除了淀粉，玉米中的其他营养成分在加工DDGS的过程中被浓缩了3倍，一般地，DDGS含有27％粗蛋白、10％脂肪和0.8％的磷（表5.1）。经过预处理玉米得到的高蛋白干酒糟（HP-DDG）约含40％粗蛋白，而脱水玉米胚芽含15％的粗蛋白（表5.1）。分馏后的玉米籽实经发酵得到的可溶

表5.1 玉米籽实和生产燃料乙醇的副产品的化学组成（在饲喂基础上） 单位：％

项 目	玉米籽实①	玉米DDGS②	玉米HP-DDG③	玉米胚芽③
干物质	89.0	89.0	91.7	91.1
氮校正代谢能④/(kcal/kg)	3350	2770⑤	2682	—
氮校正真代谢能⑥/(kcal/kg)	3470	2851	2682	3881
粗蛋白	8.5	26.5	39.6	14.9
粗脂肪	3.8	10.1	3.6	15.8
亚油酸	2.2	—	—	—
粗纤维	2.2	7.0	7.5	5.1
中性洗涤纤维	9.63	32.22⑦	22.20	21.10
酸性洗涤纤维	2.83	11.90⑦	11.20	7.50
钙	0.02	0.07	0.02	0.02
总磷	0.28	0.77	0.44	1.35
非植酸磷	0.08	—	—	—
有效磷	—	0.48	0.26	0.34⑧
钠	0.02	0.20	0.13	0.01
氯	0.04	—	—	—
钾	0.30	0.85	0.43	1.48
硫	0.08	0.84⑨	0.81	0.19
精氨酸	0.38	1.09	1.41	1.13
组氨酸	0.23	0.68	1.08	0.42
异亮氨酸	0.29	0.96	1.35	0.44
赖氨酸	1.00	3.00	5.09	1.04
蛋氨酸	0.26	0.73	1.12	0.79
胱氨酸	0.18	0.50	0.93	0.25
总蛋氨酸＋胱氨酸	0.36	1.04	2.25	0.61
苯丙氨酸	0.38	1.31	2.15	0.60
苏氨酸	0.29	0.96	1.53	0.57
色氨酸	0.06	0.21	0.33	0.19
缬氨酸	0.40	1.30	1.93	0.67

① 数据来自NRC（1994）。
② 数据来自Waldroup等（1997），除非有特殊说明。
③ 数据来自Poet营养（2008），除非有特殊说明。
④ 氮校正表观代谢能。
⑤ 数据来自Roberson等（2005）。
⑥ 氮校正真代谢能。
⑦ 其是Fastinger、Latshaw和Mahan（2006）报道的5个样品的平均数。
⑧ HP-DDG和玉米胚芽分别以58％和25％的生物利用率计算（Kim等，2008）。
⑨ 数据来自Batal和Dale（2003）。

注：由于营养成分和能量含量存在变异（文中将讨论），应该根据所使用的特定副产品样品的营养成分和能量含量配制日粮。

物与玉米皮混合后可作为反刍动物饲料销售。在营养成分和能量含量已知，且合理配合的前提下，DDGS、HP-DDG和脱水玉米胚芽均是良好的家禽饲料原料，与玉米、豆粕和菜籽粕等一样，可以用来配制日粮。玉米DDG可以用来饲喂家禽，但因其纤维含量较高，所以营养价值较低（Morrison，1954）。

5.1 DDGS对家禽的能量和营养成分含量及其生物利用率

5.1.1 能量

在美国，氮校正代谢能（ME_n）被用来计算饲料能值，等于饲料总能减去粪能和尿能，然后经体内存留氮校正（NRC，1994）。氮校正真代谢能（TME_n）考虑了粪中内源能（即非饲料）的损失。校正了内源能之后的氮校正真代谢能值TME_n大于相应的氮校正表观代谢能值。禽类自由采食饲料时，二者是接近的（NRC，1994）。DDGS（无特殊说明均指玉米DDGS）的能值通过精细的公鸡饲养试验测定。成年公鸡禁食24h后，饲喂少量（25～30g）DDGS，收集24h或48h内的粪样，内源能量损失由禁食24～48h内的粪样测得（Sibbald，1976，1986）。

Lumpkins、Batal和Dale（2004）报道了一个DDGS样品的TME_n是2905kcal/kg。之后的研究中，该团队又测定了6个不同乙醇生产厂的17个DDGS样品的TME_n值（Batal和Dale，2006）。所测得的TME_n值分布于2490～3190kcal/kg，平均值为2820kcal/kg，变异系数为6.4%。Fastinger、Latshaw和Mahan（2006）研究表明：来自5个不同乙醇厂的5个DDGS样品的平均TME_n值是2871kcal/kg，样品间存在变异（5个样品间最大变异是563kcal/kg）。Parsons等（2006）测得的20种DDGS样品的平均TME_n值为2863kcal/kg，分布跨度为447kcal/kg，同样存在较大差异。Waldroup等（2007）综合前人报道的TME_n值，最终选用了2851kcal/kg作为推荐平均值（表5.1）。Roberson等（2005）测定了DDGS对产蛋母鸡一个单一DDGS样品的氮校正表观代谢能值为2770kcal/kg。这个能值比用公鸡测得的TME_n值低4%，这与玉米籽实氮校正表观代谢能和氮校正真代谢能之间的关系类似（表5.1）。Roberson（2003）发现火鸡日粮中的DDGS代谢能值使用2870kcal/kg有些偏高，所以在之后的试验中使用了2805kcal/kg，后者比Waldroup等（2007）推荐的TME_n值低3%（表5.1）。

Fastinger、Latshaw和Mahan（2006）报道了5个DDGS样品的总能和TME_n值（平均值分别为4900kcal/kg和2871kcal/kg）。此数值表明DDGS的TME_n值约占总能的60%，与其他富含蛋白质原料中二者的关系类似，例如豆粕（Leske等，1991）。但，有一个DDGS样品明显偏低（51%）（Fastinger、Latshaw和Mahan，2006），由此可见，根据DDGS的总能推测其TME_n值是不可取的，尽管测定总能更简单、快速、便宜。而依据DDGS的化学组成估计其TME_n值，虽然同样不稳定，但要更加准确一些，Batal和Dale（2006）做了DDGS的TME_n值与蛋白质、油脂、纤维和灰分等成分含量间的相关分析，得出了TME_n值，但是最高的相关系数（r^2）仅为0.45。美国国家委员会（NRC，1994）给出了依据各种饲料原料，包括DDGS的化学组成估计TME_n值的公式。将Batal和Dale报道的分析值代入NRC推荐的公式（图5.1）计算得到的DDGS的TME_n值与Batal和Dale测定的相应的TME_n值相比，明显偏低。即使考虑到DDGS的ME_n值比其相应的TME_n值低

4%～5%，仍然偏低（Roberson 等，2005）。使用 Batal 和 Dale 给出的预测公式得到的 TME_n 值与实际测得的 TME_n 值更加接近，优于 NRC 推荐的公式所计算的 ME_n（图 5.1）。Batal 和 Dale 给出的 TME_n 预测公式是基于 TME_n 测量值的基础之上。因此，在广泛使用 Batal 和 Dale 给出的 TME_n 预测公式前，应该先用一组独立的 DDGS 样品进行验证（Black，1995）。

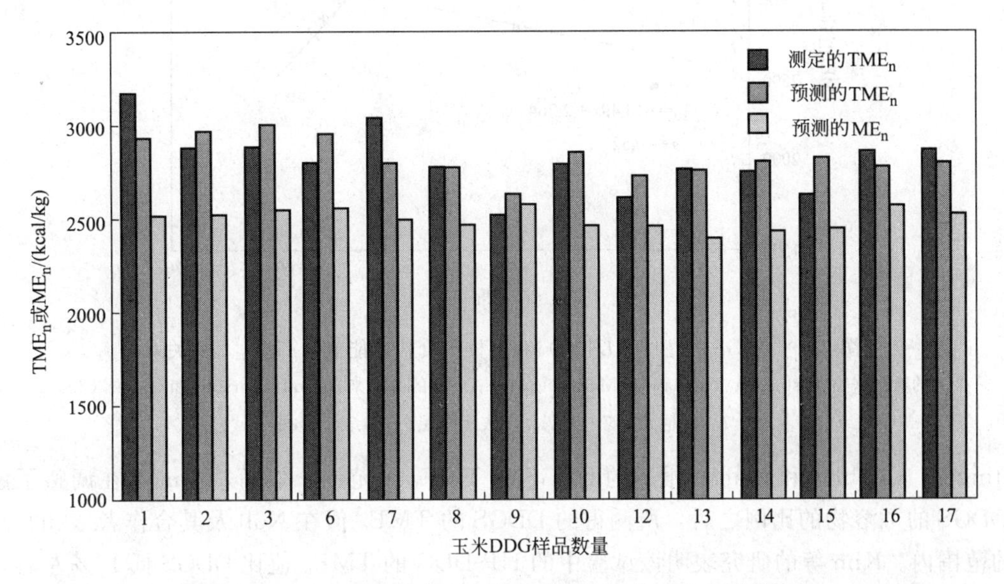

图 5.1　DDGS 的氮校正表观代谢能和氮校正真代谢能值

经 Batal 和 Dale 数据校正而得，2006。预测 TME_n＝2732.7＋36.4×粗脂肪－76.3×粗纤维＋14.5×粗蛋白－26.2×粗灰分（Batal 和 Dale，2006）；预测 ME_n＝39.15×干物质－39.15×粗灰分－9.72×粗蛋白－63.81×粗纤维（NRC，1994）；在预测公式中使用的 14 个 DDGS 样品的化学组成数据来自 Batal 和 Dale（2006）

在 Batal 和 Dale 的研究中，估计 DDGS 的 TME_n 值的最佳单项指标是油脂含量（r^2＝0.29）。因为可溶物中的油脂含量是湿滤渣中的 3 倍以上，所以 DDGS 加工过程中添加可溶物的比例与 DDGS 的 TME_n 值直接相关（Noll、Brannon 和 Parsons，2007；Noll、Parsons 和 Dozier，2007）。据报道，玉米 DDGS 样品中的油脂含量分布于 2.5%～16%（Batal 和 Dale，2006；Parsons 等，2006；明尼苏达大学，2008b），这是造成 TME_n 值变异的主要原因。2007 年 Noll 及其合作者（Noll、Bran-non 和 Parsons，2007；Noll、Parsons 和 Dozier，2007）的两项研究表明，DDGS 的亮度（色差仪的 L^* 值）和添加可溶物的比例呈显著的负相关（相关系数 r＝－0.98），DDGS 的颜色越深，TME_n 值越大。但是，Fastinger、Latshaw 和 Mahan（2006）报道称 DDGS 的亮度和 TME_n 值呈中等线性关系（r^2＝0.52）（图 5.2）。在 Noll 的研究中，用来测定 TME_n 值和亮度的 DDGS 来自一个乙醇生产厂，该厂所添加的可溶物的比例有变异，而 Fastinger、Latshaw 和 Mahan 是从不同的乙醇厂家获得的商品 DDGS 样品。另外，Noll 的研究中样品间的变异较小，这些变异可能会导致结果的不同。从 Noll 和 Fastinger、Latshaw、Mahan 所报道的亮度和 TME_n 值之间不同的关系可以看出颜色并不是估计 DDGS 能值的可靠指标。

最近的一个研究中，Kim 等（2008）测定了常规方法加工的 DDGS、HP-DDG 和玉米胚芽的 TME_n 值。HP-DDG 和玉米胚芽的 TME_n 值分别为 2694kcal/kg 和 4137kcal/kg。但是，同一试验测得的 DDGS 的 TME_n 值为 3266kcal/kg——超出了 Batal 和 Dale 以及

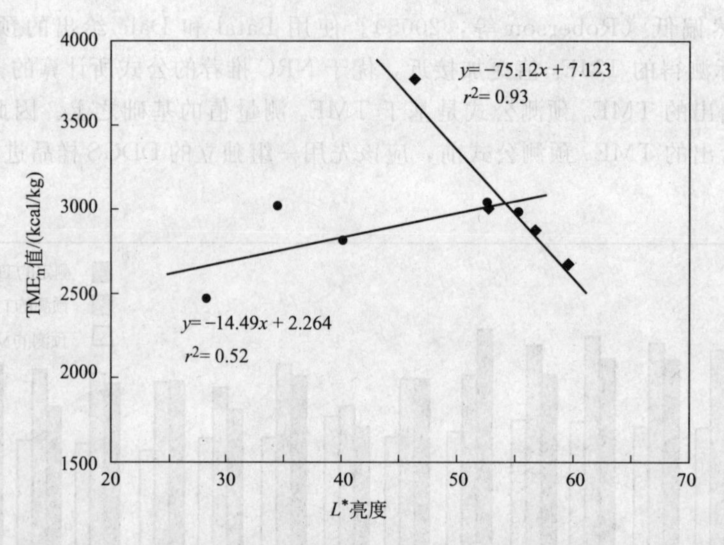

图 5.2 DDGS 的亮度（L^* 值）和氮校正真代谢能值（TME_n）的关系

标●的数据来自 Fastinger、Latshaw 和 Mahan（2006）；标◆的数据来自 Noll、Parsons 和 Dozier（2007）

L^* 值越大，颜色越浅，0 表示全黑，100 表示全白

Fastinger、Latshaw 和 Mahan 报道的 DDGS 的 TME_n 值范围。然而，Kim 等在调整了添加入 DDGS 的可溶物的比例之后，所测得的 DDGS 的 TME_n 值在 Noll 及其合作者（2007）报道的范围内。Kim 等的研究表明该试验中的 HP-DDG 的 TME_n 值比 DDGS 低 17%左右，可能是由于油脂含量低而蛋白质含量高的缘故。然而脱水玉米胚芽的 TME_n 值比 DDGS 高 22%左右，同样是由于两种副产品油脂和蛋白质含量不同造成的。Thacker 和 Widyaratne（2007）使用一种生产燃料乙醇的小麦 DDGS 副产品样品饲喂生长肉仔鸡，测得其总能和代谢能值分别为 4724kcal/kg 和 2387kcal/kg。

5.1.2 氨基酸

玉米籽实含有 7%～8%的蛋白质，由于玉米籽实蛋白质没有被酵母菌发酵，所以 DDGS 的蛋白含量大约是玉米籽实的 3 倍，一般在 27%左右（表 5.1）。据报道，DDGS 的蛋白质含量分布于 23%～32%（Spiehs、Whitney 和 Shurson，2002；Evonik Degussa，2005；Batal 和 Dale，2006；Fastinger、Latshaw 和 Mahan，2006）。变异的原因可能是用于生产 DDGS 的玉米籽实的蛋白质含量存在差异，也可能是不同的发酵效率导致残留的淀粉含量存在变异（残留的淀粉会稀释蛋白质和其他营养成分的浓度）。尽管一些 DDGS 供应商在尽力减小其营养成分含量的变异（Stein 等，2006），一般情况下，DDGS 的氨基酸含量变异仍然较大。例如，据报道家禽的第一限制性氨基酸蛋氨酸的含量分布于 0.42%～0.65%（Spiehs、Whitney 和 Shurson，2002；Evonik Degussa，2005；Fastinger、Latshaw 和 Mahan，2006）。然而，在家禽日粮中添加 DDGS，在很大程度上是因为其氨基酸含量高。

据报道，各个乙醇生产厂的 DDGS 氨基酸的真消化率也存在较大变异（Batal 和 Dale，2006；Fastinger、Latshaw 和 Mahan，2006），且在同一厂家内部不同批次产品之间也有变异。引起变异的关键程序是干燥过程（Fontaine 等，2007）。不同的干燥方式（例如回转窑干燥或环形干燥器干燥）、干燥温度以及干燥时间可能导致不连续干燥（例如“热点”）或过度干燥。对玉米籽实进行预加工来杀死有害微生物的过程也可能引起热损害。这些加工过程也是造成DDGS氨基酸消化率低于玉米籽实的原因（表5.2）。因为赖氨酸在干燥过程中对高温损伤极其敏感，其消化性变化很大。在美拉德反应中，ε-氨基赖氨酸会与还原糖发生反应（Stein等，2006；Fontaine等，2007）。因为家禽体内不含有切断赖氨酸和残糖之间键的酶，所以美拉德反应的产物既不能被吸收又不能被利用。Batal和Dale（2006）采用了公鸡饲养试验，测量了8个DDGS样品赖氨酸的真消化率，分布于46%～78%，平均值为70%。值得注意的是，DDGS中赖氨酸含量变化也存在很大变异，分布于0.39%～0.86%，前者赖氨酸的消化率最低，后者最高。DDGS赖氨酸含量低，其消化率也低，可能是赖氨酸受热造成的（Cromwell、Herkelman和Stahly，1993；Fontaine等，2007；Martinez Amezcua等，2007）。DDGS样品含有的各种氨基酸的消化率均有变异，但赖氨酸的消化率变异最大，这与不同乙醇生产厂之间干燥温度和时间造成的热损伤程度不同是相一致的。Fastinger、Latshaw和Mahan（2006）测得的5个DDGS样品的氨基酸的真消化率也有变异。赖氨酸的真消化率分布于65%～82%，与DDGS的赖氨酸含量有相关性。Batal和Dale（2006）测得胱氨酸的真消化率也存在极大变异，但赖氨酸消化率的变异还是最大的。Waldroup等（2007）在查阅了大量文献的基础上，报道了DDGS氨基酸消化率的加权平均值（表5.2）；Evonik Degussa（2005）和Ajinomoto（2006）同样报道了DDGS氨基酸消化率。NRC（1994）给出的DDGS氨基酸消化率主要是基于使用生产饮料酒精的副产品DDGS的试验数据，并不适用于生产燃料乙醇的副产品DDGS，因为二者在生产工艺（尤其是干燥过程）上存在差异。

表5.2 玉米籽粒和生产燃料乙醇的副产品的氨基酸真（或标准）消化率 单位：%

氨基酸	玉米籽粒①	玉米DDGS②	玉米HP-DDG③	玉米胚芽③
精氨酸	89	85	91	97
组氨酸	94	85	86	86
异亮氨酸	88	82	86	91
亮氨酸	93	89	94	93
赖氨酸	81	69	73	91
蛋氨酸	91	87	90	91
胱氨酸	85	77	92	97
苯丙氨酸	91	88	91	92
苏氨酸	84	75	83	90
色氨酸	—	84	90	—
缬氨酸	88	81	87	91

①数据来自NRC（1994）；②数据来自Waldroup等（2007）；③数据来自Kim等（2008）。

生物利用率可以用消化率来估计，它是指饲料原料中的氨基酸在消化吸收后能被用于蛋白质合成的比例。生物利用率采用比率表示，即一种饲料原料中的某种氨基酸的生物利用率与另一种饲料原料中该氨基酸生物利用率的比值（Batterham、Murison和Lewis，1979）。Lumpkins和Batal（2005）将L-赖氨酸盐酸盐晶体的生物利用率视为100%（Izquierdo、Parsons和Baker，1988），利用肉仔鸡的体重作为评价指标，测定了DDGS中赖氨酸的相对生物利用率。一个试验测得的DDGS中真可消化赖氨酸的相对生物利用率是80%，另一试验测得的则是100%。作者们经过讨论得出DDGS中真可消化赖氨酸的相对生物利用率是L-赖氨酸盐酸盐的80%。Lumpkins和Batal（2005）给出DDGS赖氨酸真消化率为75%之后，又得出DDGS样品中生物可利用的赖氨酸含量占总赖氨酸含量的60%。Fontaine等（2007）

测量了80个DDGS样品的活性赖氨酸含量，估计了生物可利用赖氨酸含量，并表示DDGS中10%～40%的赖氨酸被高温破坏，有些经过更高温度处理的批次损失比例高达59%，这与Lumpkins和Batal测得的低生物可利用赖氨酸含量的结果相一致。

干燥程度（即干燥温度和高温持续时间的综合）反映了DDGS氨基酸的消化率，因为氨基酸和糖类会发生美拉德反应，该反应一般以颜色变黑为特征，可以作为判断氨基酸的高温破坏和消化率下降程度的粗略指标（Cromwell、Herkelman和Stahly，1993；Batal和Dale，2006；Fastinger、Latshaw和Mahan，2006）。一般情况下，颜色较浅、更黄的DDGS样品（色浅说明色差仪L^*值读数较大，较黄说明b^*值较大）氨基酸消化率高，真可消化赖氨酸含量高（图5.3）。DDGS中可溶物的添加比例与产品颜色有关——即添加量越大，颜色越深且不发黄（即L^*和b^*值低），并与氨基酸的真消化率相关，其部分原因是由于添加可溶物的比例越高，干燥温度就越高（Noll、Brannon和Parsons，2007；Noll、Parsons和Dozier，2007）。但与此同时，Martinez Amezcua等（2007）却并未证明添加可溶物比例和DDGS氨基酸真消化率之间的相关关系。在含DDGS的日粮中添加植酸酶可以提高磷的生物利用率，但它几乎没有提高氨基酸的消化率的作用（Martinez Amezcua、Parsons和Baker，2006）。

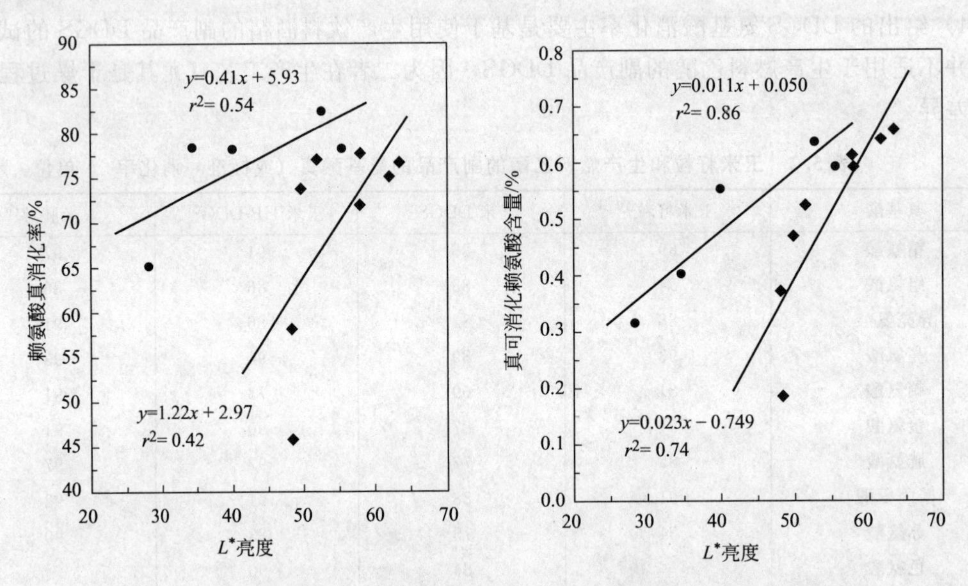

图5.3 酒精糟及其可溶物的亮度（L^*值）和赖氨酸消化率的关系

标●的数据来自Batal和Dale（2006）；标◆的数据来自Fastinger、Latshaw和Mahan（2006）

L^*值越大，颜色越浅，0表示全黑，100表示全白

Kim等（2008）报道了玉米蒸馏的两种副产品——玉米胚芽和HP-DDG的氨基酸消化率，指出通常玉米胚芽与HP-DDG的氨基酸的真消化率相似，尽管前者的某些必需氨基酸（即精氨酸、异亮氨酸、赖氨酸和苏氨酸）含量高于后者。一般情况下，HP-DDG的氨基酸真消化率大于未经分馏、用常规方法生产的DDGS，但是，二者的赖氨酸的真消化率没有差别。Martinez Amezcua等（2007）生产了玉米籽实经过分馏的四种类型的DDGS副产品，蛋白质含量分布于24%～41%，并且与未经分馏、用常规方法加工的DDGS的氨基酸消化率进行比较。除了赖氨酸，其他氨基酸的真消化率没有差别。未经分馏，用常规方法加工的DDGS的赖氨酸真消化率是66%，低于4种以上产品中的3种（赖氨酸真消化率分布于

77%～83%)。剩下的那一种经过分馏的副产品——“干燥—去胚芽—去纤维”的赖氨酸的真消化率和未经分馏、用常规方法加工的 DDGS 类似。由此可见，分馏过程能极大地影响氨基酸组成及其生物利用率，应用经专门分馏的副产品的营养成分价值及消化率数值时需要慎重考虑。

5.1.3 磷

玉米胚芽中的磷含量约为 0.3%，但大多是植酸磷，不能被家禽利用，因为禽类缺乏活化植酸磷的植酸酶。相反，DDGS 含有 0.7%～0.8%的磷（表 5.1），且大部分是有效磷。同其他营养成分一样，DDGS 的磷含量也存在变异，据报道分布于 0.59%～0.95%（Spiehs、Whitney 和 Shurson，2002；Batal 和 Dale，2003；Martinez Amezcua、Parsons 和 Noll，2004；Stein 等，2006）。磷含量的变异一方面是因为玉米籽实和 DDGS 中残留淀粉的磷含量的变异，另一方面，在干燥前向湿滤渣中添加可溶物的比例同样会影响磷含量，因为可溶物的磷含量相当于湿滤渣的 3 倍之多（Martinez Amezcua 等，2007；Noll、Brannon 和 Parsons，2007；Noll、Parsons 和 Dozier，2007）。同氨基酸消化率一样，DDGS 的总磷含量在某种程度上也可以根据颜色判断。Noll（2007）的两项研究表明 DDGS 中添加的可溶物比例越大，其颜色越深（L^* 值低），磷含量越高（r^2 分别为 0.96 和 0.98）。

玉米籽实中磷的生物利用率仅约为 30%（Lumpkins 和 Batal，2005），而 DDGS 中磷的生物利用率要高得多，可能是由于干燥过程中植酸受到高温破坏的缘故（Martinez Amezcua、Parsons 和 Noll，2004；Martinez Amezcua 和 Parsons，2007）。Martinez Amezcua、Parsons 和 Noll（2004）在将磷酸氢二钾中磷的生物利用率视为 100%的前提下，测定了商业饲料厂的 DDGS 样品的磷的相对生物利用率，得到两种“优质”的相对生物利用率为 69%和 75%的样品。Lumpkins 和 Batal（2005）做了两个对比 DDGS 和磷酸氢二钾磷的生物利用率的试验。第一个试验中，DDGS 的磷生物利用率为 68%，而第二个中则为 54%。两个试验是否使用了同一个样品不是很清楚。Martinez Amezcua、Parsons 和 Noll（2004）测得 DDGS 样品的磷的生物利用率分布于 75%～102%，和赖氨酸消化率的变异范围类似。磷的生物利用率与赖氨酸消化率呈负相关，研究人员指出高温破坏程度越高（降低赖氨酸消化率），磷的生物利用率也就越高。此假说被随后的研究进一步证明，通过控制压热器或干燥烘炉的温度和时间可以对 DDGS 的高温破坏程度加以控制（Martinez Amezcua 和 Parsons，2007）。提高 DDGS 的干燥温度可以将对照组 DDGS 的磷生物利用率从 69%提高到 91%，具体操作为 55℃干燥 3d，121%干燥 60min。和预期的一样，赖氨酸消化率随着干燥温度的升高而降低。Waldroup 等（2007）在综合了大量文献的基础上，提出 DDGS 中磷的生物利用率约为 62%（见表 5.1），这种保守估计，为的是在 DDGS 提供大量日粮磷的基础上，避免磷缺乏的发生。Martinez Amezcua、Parsons 和 Baker（2006）的研究表明 DDGS 日粮中添加柠檬酸能提高磷的生物利用率，和添加商品植酸酶有相同的效果。但是，作者注意到植酸酶提高磷生物利用率的效率与 DDGS 的植酸磷含量有关，此会受到加工工艺的影响。

在发酵之前经过分馏的玉米副产品的磷含量主要与分馏方法有关（Martinez Amezcua 等，2007；Kim 等，2008），磷生物利用率也可能与其有关。HP-DDG 的磷含量低于 DDGS，而玉米胚芽的磷含量则更高（表 5.1）。但是，HP-DDG 的磷相对生物利用率和 DDGS 相同，脱水胚芽的磷生物利用率相对于磷酸氢二钾只有 25%（Kim 等，2008）。

5.1.4 其他矿物元素

玉米籽实的钙、钾、硫和钠的含量都相当低（见表 5.1）。和预期的一样，DDGS 中钙和钾含量大约相当于玉米籽实的 3 倍，但硫和钠含量则比根据玉米籽实矿物元素含量估计的要稍高（表 5.1）。DDGS 的“额外”硫来源包括酵母中的硫以及水和乙醇生产过程中添加的硫酸。几个不同阶段的调整碳水化合物和酵母的 pH 到不同最佳水平的过程中都要添加硫酸。DDGS 的含硫量根据水质和调整 pH 值需要的不同而变化，分布于 0.3%～1.0%（Spiehs、Whitney 和 Shurson，2002；Batal 和 Dale，2003；明尼苏达大学，2008b）。牛配合日粮中含 0.4%硫即可发生中毒（NRC，1980），引起脑灰质软化症。因此，DDG 或 DDGS 的含硫量会限制其在牛用饲料中的使用比例。肉仔鸡对日粮硫的耐受水平在 0.5%左右，产蛋母鸡甚至更高（Leeson 和 Summers，2005），因此，在家禽饲料中可以使用含硫量高的 DDGS。然而，硫可能会影响钙和微量元素在小肠的吸收，进而影响骨骼生长和蛋壳强度（Leeson 和 Summers，2001，2005）。

像硫一样，DDGS 的钠含量比预期的高且存在变异，分布于 0.09%～0.52%（Spiehs、Whitney 和 Shurson，2002；Batal 和 Dale，2003；明尼苏达大学，2008b）。对 DDGS 中的比预期高的钠含量的变异来源未知（Batal 和 Dale，2003），但至少部分是来自乙醇厂水质的变异。家禽对日粮钠有较高的耐受水平（Klasing 和 Austic，2003），但当饲喂大量高钠 DDGS 时，仍需对钠水平进行检测和调整（例如调整盐的添加比例）。高钠日粮会使饮水量增加，进而产生湿粪，污染禽蛋（Leeson 等，1995；Klasing 和 Austic，2003）。

5.1.5 类胡萝卜素

玉米籽实含有类胡萝卜素，其中有重要营养价值的是叶黄素类——玉米黄素和叶黄素。叶黄素类被家禽摄取后进一步被吸收，沉积于皮肤、脂肪组织和卵黄，使其呈好看的黄色或红色（Ouart 等，1988；Leeson 和 Caston，2004）。食用富含叶黄素的卵黄可以有效防止视网膜黄斑变性，此是一种与年龄有关的慢性眼病（Leeson 和 Caston，2004）。玉米籽实约含 20ppm(μg/g)叶黄素类（NRC，1994；Leeson 和 Summers，2005），DDGS 因为在发酵过程中去除了淀粉，叶黄素类浓度被浓缩了 3 倍。但是，因为受到干燥过程中的高温破坏，叶黄素类的真实含量可能会低一些。Roberson 等（2005）分析了 2 个 DDGS 样品，其中一个叶黄素类含量为 30ppm，而另一个受到高温破坏的颜色较深的样品叶黄素类含量仅为 3ppm。

5.2 酒糟及其可溶物在家禽饲料中的应用

5.2.1 禽蛋生产（蛋鸡）

Lumpkins、Batal 和 Dale（2005）饲喂 22～43 周龄的白来航产蛋母鸡含有 0 或 15% DDGS 的日粮，发现日粮中添加 DDGS 不影响产蛋量、蛋重、饲料采食以及饲料利用率。试验中部分母鸡同时饲喂能量、氨基酸和养分能量比值较低的低浓度日粮，用来增加饲喂 15% DDGS 组可能存在的问题被观测到的可能性。和对照组相比，低密度的 15% DDGS 日粮导致产蛋量略微下降和较差的饲喂效果。日粮是在总氨基酸基础上配制并且赖氨酸和蛋氨酸含量类似，这表明由于如上讨论的 DDGS 氨基酸消化率较低的原因，添加 15% DDGS 的日粮缺乏一种或更多种氨基酸。Roberson 等（2005）给产蛋母鸡饲喂含有 0、5%、10%和 15% DDGS 的日粮。日粮从 48 周龄开始饲喂白来航母鸡共 8 周，试验期间 DDGS 对产蛋量的作用不一致，8 周中有两周产蛋量下降。蛋重不受影响，但产蛋量在产蛋率下降的两周内下降。在试验二中——用同样的鸡只在 58～67 周龄内饲喂不同的、颜色较深的 DDGS——尽管蛋重在其中一周内线性下降，产蛋率和产蛋量不受影响。两个试验中的饲料消耗和饲料利用率都不受影响。Roberson 等认为，DDGS 在蛋鸡饲粮中的添加水平可高达 15%，而 Lumpkins、Batal 和 Dale 推荐 DDGS 的添加水平不能超过 10%～12%。然而，两个试验的日粮是使用总氨基酸而不是可消化氨基酸配制的。Roberson 等（2007b）在 23～58 周龄饲喂白来航蛋鸡含有 0 或 10% DDGS 的日粮，没有观察到对产蛋量和蛋质量所有参数的影响。此研究所使用的日粮是按可消化氨基酸基础配制的，含有相等的表观 ME_n。

自 Lumpkins、Batal、Dale（2005）和 Roberson 等（2005）发表其研究报告之后，美国中西部蛋鸡养殖场普遍使用添加 5%～20%（平均约 9%）DDGS 的饲料。但此添加量主要是受到了经济因素的制约，因为商业饲料是按最低成本基础配制的，需要考虑到所有成分的相对价格。饲料价格和供给每天都在变化，所以 15%～20% DDGS 的最大添加量不太可能反映能够限制蛋产量和蛋质量的添加量。不考虑饲料成分的成本，Pineda 等（2008）进行了一个试验来研究蛋产量和蛋质量是否会受高水平 DDGS 添加量的影响。此试验中，经过 4 周的过渡期之后，0～69%梯度水平的 DDGS 被饲给 53 周龄的白来航蛋鸡共 8 周，期间日粮 DDGS 含量按每周约 12 个百分点逐渐变化。8 周试验期中产蛋率线性下降，相反蛋重增加。结果，产蛋量不受日粮 DDGS 添加量的影响。饲料消耗伴随着日粮 DDGS 的含量的增加而增加，但饲料利用率不受影响。蛋品质（包括哈夫单位、蛋成分和密度）不受 DDGS 添加量的影响。Pineda 等的试验表明，只要考虑到所有饲料组分（包括 DDGS）的能量和营养含量并且日粮是按可消化氨基酸基础配制的，产蛋母鸡可以饲给添加高水平 DDGS 的日粮而不会影响其产蛋量和蛋品质。Pineda 等所使用的日粮是不实用的，此日粮中添加了高水平的（昂贵的）植物油以弥补 DDGS 相对低的能量含量，以至于添加 DDGS 的饲粮的流动性不能满足使用自动饲喂器的商业农场的要求。Scheideler、Masa'dah 和 Roberson（2008）报道的试验中使用了更加实用的添加水平，试验中 24 周龄的白来航蛋鸡饲给含 0～25%梯度水平的 DDGS 的日粮 22 周，其蛋产量、饲料消耗和体增重不受 DDGS 添加的影响。然而，当饲粮含有 20%～25%的 DDGS 时蛋重较低，作者认为这是由于饲粮中的氨基酸缺乏。

作为测量鸡蛋内部质量的哈夫单位不受日粮 DDGS 含量的影响，用蛋壳切断强度或鸡蛋密度表示的蛋壳质量也不受影响（Lumpkins、Batal 和 Dale，2005；Roberson 等，2005；Pineda 等，2008）。有研究表明，从富含硫的 DDGS 中摄入硫可能干扰小肠对日粮钙的吸收（Leeson 和 Summers，2001，2005），因此会降低蛋壳质量。然而，蛋黄颜色受富含叶黄素的 DDGS 的影响，因此伴随日粮 DDGS 的含量增加，L^* 值减少以及 a^* 值增加（分别表示更暗和更红的蛋黄）（Roberson 等，2005；Roberts 等，2007b；Pineda 等，2008）。

也有玉米 DDGS 对育雏育成蛋鸡饲喂效果的报道。然而，在美国中西部蛋禽业中，DDGS 在育雏育成鸡饲料中的添加水平和产蛋鸡的常规添加水平相同（例如达到 15%，取决于供给和相对价格）。因为育雏育成鸡的日龄体重是培育高质量产蛋鸡的重要标准（Leeson 和 Summers，2005），肉仔鸡的研究可以大致指导 DDGS 在育雏育成鸡饲料中的使用。类似地，DDGS 对种鸡和雌火鸡的饲喂效果也没有报道。尽管如此，对蛋鸡的研究可以大致指导在肉鸡和火鸡种鸡饲料中如何使用DDGS。

5.2.2 禽肉生产（肉鸡和火鸡）

Lumpkins、Batal和Dale（2004）饲给1～18日龄的科宝-500肉仔鸡含0或15% DDGS的日粮，发现对体增重和饲料利用率没有不利影响。然而，当日粮配方含有较低的能量和蛋白质含量，以用来区分DDGS引起的生长性能的差异时，15% DDGS饲粮显著降低肉仔鸡对饲料的利用率。这种效果在前两周龄达到显著水平，但添加DDGS在18日龄时没有影响。在接下来的试验中，Lumpkins、Batal和Dale饲给1日龄的科宝-500仔鸡0、6%、12%和18%的DDGS到42日龄。此试验中，体增重和饲料利用率不受添加高达12% DDGS的影响，但当肉仔鸡饲喂18% DDGS日粮时其增重和饲料利用率降低，作者认为这是由于雏鸡料中某种氨基酸的缺乏（如赖氨酸）。以此试验为基础，Lumpkins、Batal和Dale推荐雏鸡料中DDGS的添加量不能超过12%，而生长和肥育料中可以添加12%～15%。然而，Lumpkins、Batal和Dale试验的所有日粮是总氨基酸基础上的平衡饲粮。鉴于DDGS相对低的氨基酸消化率，高水平的DDGS导致的生长性能的降低可能是由于某种氨基酸缺乏引起的（例如赖氨酸或精氨酸）。

Wang等（2007c）在可消化氨基酸基础上，使用DDGS推荐营养成分含量（见表5.1）和行业平均水平的日粮可消化氨基酸供给水平对肉鸡日粮进行平衡。此研究中，在1～49日龄饲给雄性科宝-500仔鸡0～25%梯度水平的DDGS，处理对体增重没有效果。然而，和对照组相比，当日粮含有25% DDGS时，0～35日龄和0～49日龄的累积饲料消耗增加。结果，在相同日龄阶段累计饲料利用率降低。仔细分析饲粮的（总）氨基酸浓度表明，25% DDGS日粮精氨酸临界缺乏，其中精氨酸-赖氨酸比在102%～104%。理想的精氨酸-赖氨酸比（虽然表示为可消化基础）是105%～111%（Baker和Han，1994；Mack等，1999；Baker，2003），而Wang等（2007c）提供的数据计算的精氨酸-赖氨酸比更大。

肉鸡的雏鸡对饲料成分的质量敏感，因为它们的消化系统在14日龄之前没有发育完全（Batal和Parsons，2002a，b）。由于DDGS的高纤维含量和低氨基酸消化率，孵化后前两周的雏鸡饲料中不推荐添加25%～30%的DDGS。事实上，Wang等（2007b）发现，与饲喂0或15% DDGS组相比，饲喂30% DDGS日粮的雏鸡在孵化后2周内体重有降低的趋势，在为期42d的研究中鸡只的体重一直低于对照组。试验过程中，饲喂30% DDGS日粮的肉鸡的饲料利用率显著低于饲喂0和15% DDGS组。当雏鸡料中不添加DDGS（1～14日龄），在生长料（14～35日龄）中添加15%，并随后在屠宰前7d的肥育料中维持不变或进一步增加（即0—15%—15%或0—15%—30% DDGS），42日龄的体重、饲料消耗和饲料利用率和不添加DDGS的肉鸡相似。然而，不管是在1日龄还是在生长料或肥育料中添加30%的DDGS，鸡的生长性能均受到抑制。类似地在第3个试验中，Wang等（2007a）在1～42日龄的生长期给科宝-500肉鸡饲喂含5%、15%或30% DDGS的日粮，没有观察到15% DDGS的饲喂效果，但饲喂30% DDGS的日粮生长性能受抑制。两个研究中，精氨酸缺乏可能是主要原因（由报道中的日粮总氨基酸值计算，含30% DDGS日粮的精氨酸-赖氨酸比在82%～93%之间）（Wang等，2007a，b）。较差的颗粒质量会导致差的生长性能并与饲粮蛋白质量相互作用，因此颗粒质量差的饲粮必须含有更多的平衡（或理想）蛋白质来获得与颗粒质量好的饲粮相同的生长性能（Greenwood、Clark和Beyer，2004；Lemme等，2006）。Wang等（2007a，b）的研究日粮是制粒的，随着DDGS含量的增加颗粒质量下降。

因此，饲喂30％DDGS日粮的肉鸡较差的生长性能可能是或至少部分是由于颗粒质量所致。

部分关于猪的研究表明日粮添加DDGS降低屠宰率（Whitney等，2006；Linneen等，2008)，这大概是由于空的胃肠道和日粮纤维增加食糜含水力（Linneen等，2008)。但是大多数研究表明，日粮添加高达30％的DDGS对肉鸡屠宰率没有影响（Lumpkins、Batal和Dale，2004；Wang等，2007a，b)。而Wang等（2007c）的研究表明，随着DDGS含量的增加屠宰率线性降低。与对照组相比，肉鸡日粮添加15％和25％的DDGS屠宰率降低，但日粮添加5％、10％和20％DDGS屠宰率并没有降低。尽管添加18％DDGS肉鸡生长性能下降（Lumpkins、Batal和Dale，2004)，不论是按g/只还是按胴体重百分率的基础计算，胸肉产量和其他分割块不受日粮处理的影响。类似地，Wang等（2007a，b）观察到肉鸡饲喂高达15％的DDGS对胴体质量没有影响。而饲喂30％的DDGS时，肉鸡胸肉产量降低（Wang等，2007a，b)，可能是由于如前所述的精氨酸的缺乏（Corzo、Moran和Hoehler，2003)。

Roberson（2003）进行了一个雌性火鸡的试验，火鸡从56～105日龄饲给含DDGS的日粮。日粮是按可消化氨基酸基础配制且含有高达27％的DDGS。随着DDGS含量的增加体增重线性下降，这归因于可消化赖氨酸的缺乏，可能是由其消化率低于期望值所引起的。第2个试验中，在日粮中添加高达10％的DDGS对火鸡体增重和饲料消耗没有影响。Roberson的试验中对胴体质量没有研究，而Noll等（2002）的研究表明，只要满足所需氨基酸水平，雄性火鸡饲喂DDGS对胸肉产量没有不利影响。

5.2.3 家禽饲料中使用DDGS对环境的影响

由于DDGS相对低的氨基酸消化率，以及不同于豆粕的氨基酸组成，含DDGS日粮的蛋白质水平应该高于纯玉米豆粕型日粮。随着日粮中DDGS的添加量增加，禽类的氮摄入量和排出量都将增加（Roberts等，2007b；Pineda等，2008)（图5.4)。尽管粪便中的氨（NH_3)排出量与氮排泄量有关（Summers，1993；Kerr和Easter，1995；Keshavarz和Austic，2004)，但是日粮添加DDGS有降低氨排出的作用（Roberts等，2007a)（图5.5)。这可能是因为禽类不能消化纤维，部分纤维在大肠中被微生物发酵产生短链脂肪酸，这样反过来降低了粪便的pH值。而较低的pH值导致NH_3平衡向挥发性更低的铵根离子（$NH_3+H^+ \rightleftharpoons NH_4^+$）移动。因此，饲喂DDGS的家禽可能排泄更多的氮，但由于粪便pH值更低的原因，氮不会发生挥发。使用DDGS日粮，Canh等（1998a，b）首先证明了日粮纤维对猪粪便酸化和NH_3排泄的影响，Roberts等（2007a）后来证明了对产蛋鸡也有影响。因此，表面看来，含DDGS的日粮粗蛋白水平的增加可能导致氮排泄量增加，从而可能会对空气质量和

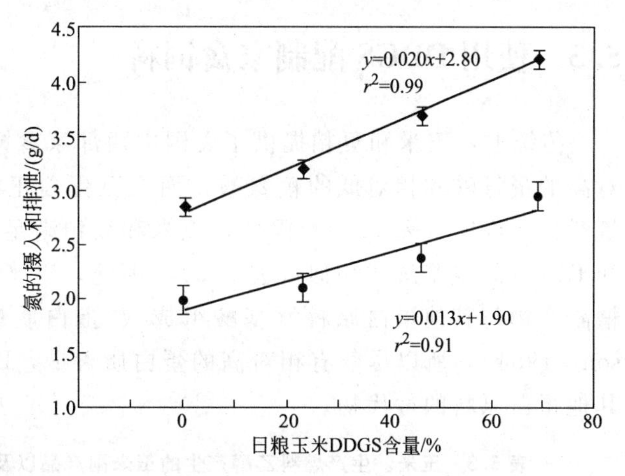

图5.4 饲喂添加高达69％玉米DDGS日粮的蛋鸡的氮摄入（◆）和排泄（●）

数据来源于Pineda等（2008）

点代表平均数±6个观察值合并的SEM

环境有负面影响。但是实际上，氮只是存留在粪便中，当肥料被正确地施用到田地中时，不会对环境产生负面影响而只会增加肥力，因此会增加肥料的经济价值。

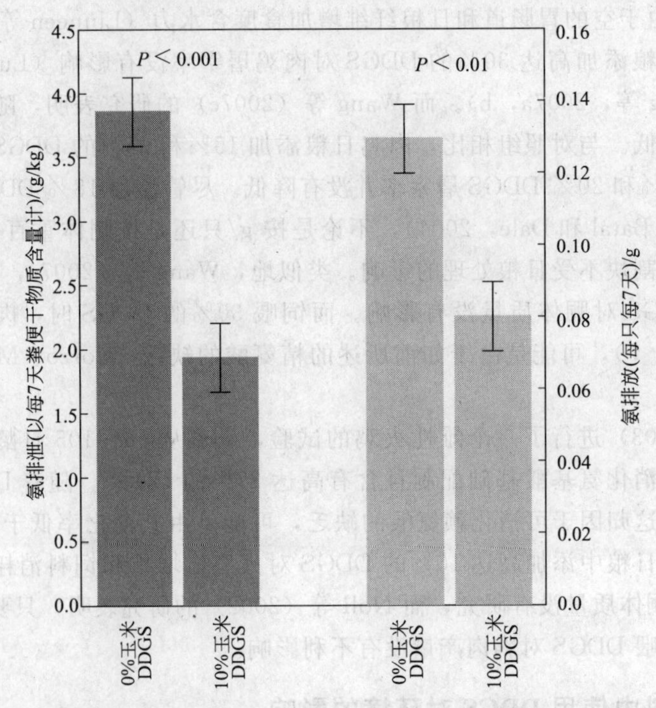

图 5.5 饲喂含 0 或 10% DDGS 日粮的蛋鸡的氨排放

数据来源于 Roberts 等（2007a）。柱条表示平均值±32 个观察值的合并 SEM

5.3 使用 DDGS 配制家禽饲料

传统上，玉米和豆粕提供了美国中西部家禽饲料中的主要氨基酸。玉米蛋白含有相对高的蛋氨酸和相对低的赖氨酸，而大豆蛋白正好相反，这可由它们不同的蛋氨酸-赖氨酸比来说明（表 5.3）。因此，玉米和豆粕满足家禽氨基酸需要的互补性很好。玉米和 DDGS 的氨基酸比相似（表 5.3）。因此，玉米和 DDGS 的氨基酸不具有互补性。酒糟副产物与其他蛋白原料氨基酸组成（“蛋白质量”）的差异很早就已被认识（Morrison，1954），所以尽管有相对高的蛋白质含量，DDGS 也不能看作为家禽饲料中豆粕和其他蛋白原料的替代物。

表 5.3 玉米、生产燃料乙醇产生的玉米副产品以及豆粕的氨基酸组成（赖氨酸＝100%）

单位：%

氨基酸	玉米①	玉米DDGS②	玉米HPDDGS③	玉米胚芽饼③	豆粕①	氨基酸	玉米①	玉米DDGS②	玉米HPDDGS③	玉米胚芽饼③	豆粕①
赖氨酸	100	100	100	100	100	胱氨酸	69	74	118	46	24
精氨酸	146	149	126	143	118	蛋氨酸＋胱氨酸	138	142	201	77	47
组氨酸	88	93	96	53	43	苯丙氨酸	146	179	192	76	79
异亮氨酸	112	132	121	56	72	苏氨酸	112	132	137	72	63
亮氨酸	385	411	454	132	126	色氨酸	23	29	29	24	25
蛋氨酸	69	68	83	32	23	缬氨酸	154	178	172	85	75

①根据 NRC（1994）计算；②根据 Waldroup（2007）等计算；③根据 Poet Nutrition（2008）等计算。

从本章列出的研究结果可知，只要日粮提供适量且比例合适的全部营养素，生产燃料乙醇产生的DDGS可以在肉鸡、火鸡和蛋鸡饲料中广泛地使用。如果含DDGS的饲料不能满足产蛋量、生长性能或胴体质量的要求，那么应该主要归因于日粮氨基酸的缺乏，即DDGS和豆粕氨基酸组成的差异以及氨基酸消化率的差异。营养学家可以进行细致的计算来监测饲料中所有氨基酸的含量是否适宜，例如使用理想的氨基酸比例。肉鸡（Baker和Han，1994；Mack等，1999；Baker，2003；Rostagno，2005）、火鸡（Firman和Boling，1998）和蛋鸡（Coon和Zhang，1999；Rostagno，2005；Bregendahl等，2008）的理想氨基酸比例已经发表，或者可由营养需要和推荐表计算而来（例如，NRC，1994；Centraal Veevoederbureau，1996；Leeson和Summers，2005）。

因为DDGS氨基酸消化率相对较低，饲料中使用DDGS时，在真可消化氨基酸基础上配制禽类饲料是非常重要的。如果添加DDGS的饲料是在总氨基酸基础上配制的，在不影响生产性能的前提下，DDGS只能在禽类饲料中使用相对较低的比例（0～5%）。为了说明在真可消化基础上配制饲料的重要性，使用最低17%的粗蛋白（总含硫氨基酸最小）基础，或使用总氨基酸基础（不要求最小粗蛋白含量）或使用真可消化氨基酸基础（不要求最小粗蛋白含量），配制了三组不同的蛋鸡料（表5.4）。饲料又以添加或不添加15%的DDGS来配制，以说明DDGS中较低的氨基酸消化率的影响。按总氨基酸配制的饲料赖氨酸含量设定为0.80%总赖氨酸，按真可消化氨基酸基础配制的饲料设定为0.72%真可消化赖氨酸；使用Bregendahl等（2008）报道的理想氨基酸组成来确定其他氨基酸的需要。除了DDGS使用Poet Nutrition（2007）报道的营养含量和总磷54%的保守有效磷含量（Lump-kins和Batal，2005）外，所有其他原料使用NRC（1994）所列的营养含量。所有原料使用Ajinomoto（2006）报道的真氨基酸消化值。尽管饲料没有按“最低成本饲料”配制，使用2007-12-10版本的“Feedstuffs”杂志上的饲料原料价格（明尼阿波利斯价格）对饲料成本进行计算。如果认为母鸡氨基酸需要的最佳估计是真可消化氨基酸需要，那么从表5.4可以明显看出，当考虑氨基酸消化率时，用玉米、豆粕和肉骨粉配制的含17%粗蛋白的饲料将会出现蛋氨酸＋胱氨酸和苏氨酸临界缺乏。当饲料中使用DDGS时这些缺乏将会加剧。当考虑消化率时，按总氨基酸配制也导致临界缺乏，当然伴随饲料成本的降低会带来一些益处（尽管这些益处可能会被氨基酸缺乏导致的生产性能的降低所抵消）。避免出现氨基酸缺乏的解决方案是按可消化氨基酸基础配制饲料。在母鸡饲喂对照日粮或含69% DDGS的日粮对蛋产量和蛋质量没有影响的试验中，Pineda等（2008）也得出了类似的结论。相应地，Rostagno和Pupa（1995）、Hoehler等（2005）证明了按可消化氨基酸基础而不是总氨基酸基础配制肉鸡饲料的优越性。

不同的谷物（例如，玉米、小麦、高粱、大麦和黑麦）都可用作燃料乙醇生产的底物，谷物化学成分的差异可以反映在DDGS上。然而，考虑到这些差异，考虑到饲料配制原则、营养利用或生长和生产性能，源自不同谷物的DDGS似乎不存在主要差异（Nyachoti等，2005；Thacker和Widyaratne，2007）。

5.3.1　DDGS在家禽饲料中使用的可能实际限制

当不考虑价格因素，只有饲料成分的能量和营养含量及其理想浓度限制了饲料配方，蛋鸡饲料中可以添加70%的DDGS（Pineda等，2008）。尽管饲料中添加如此高水平的DDGS对营养和生产没有影响，然而其他因素可能限制DDGS在饲料中使用的比例。例如，DDGS

表 5.4 在粗蛋白、总氨基酸或真可消化氨基酸基础上使用或不使用玉米酒糟及其可溶物（DDGS）配制蛋鸡料举例 单位：%

项　目	最小推荐含量	使用最低粗蛋白配制		使用总氨基酸配制		使用真可消化氨基酸配制	
		玉米 DDGS		玉米 DDGS		玉米 DDGS	
		0	15%	0	15%	0	15%
原料							
玉米 DDGS	—	—	15.00	—	15.00	—	15.00
玉米	—	63.25	54.65	64.70	53.87	63.53	52.26
豆粕	—	18.27	11.78	17.00	12.50	18.00	14.00
肉骨粉	—	5.50	5.10	5.50	5.00	5.50	4.75
植物油	—	1.86	2.29	1.64	2.40	1.82	2.65
DL-蛋氨酸	—	0.19	0.14	0.21	0.13	0.20	0.14
L-赖氨酸・HCl	—	—	—	—	0.03	—	0.06
L-苏氨酸	—	—	—	0.02	0.02	0.02	0.01
碳酸钙	—	10.18	10.29	10.18	10.30	10.18	10.38
氯化钠	—	0.25	0.25	0.25	0.25	0.25	0.25
微量元素预混料	—	0.25	0.25	0.25	0.25	0.25	0.25
维生素预混料	—	0.25	0.25	0.25	0.25	0.25	0.25
总计	—	100.00	100.00	100.00	100.00	100.00	100.00
化学成分计算值 ME_n/(kcal/kg)	2850	2850	2850	2850	2850	2850	2850
粗蛋白	—	17.00	17.00	16.55	17.27	16.92	17.74
粗脂肪	—	4.96	6.46	4.79	6.54	4.93	6.71
亚油酸	2.00	2.40	3.27	2.31	3.31	2.38	3.40
钙	4.45	4.45	4.45	4.45	4.45	4.45	4.45
可利用磷	0.44	0.44	0.44	0.44	0.44	0.44	0.44
总氨基酸①							
精氨酸	0.86	1.06	0.98	1.02	1.00	1.05	1.04
组氨酸	—	0.43	0.45	0.42	0.45	0.43	0.46
异亮氨酸	0.63	0.66	**0.62**	0.63	0.63	0.65	0.65
赖氨酸	0.80	0.85	**0.76**	0.81	0.80	0.84	0.86
蛋氨酸	0.38	0.46	0.43	0.48	0.42	0.47	0.44
蛋氨酸＋胱氨酸	0.75	0.75	0.75	0.75	0.75	0.75	0.77
苏氨酸	0.62	0.62	**0.61**	0.62	0.64	0.64	0.65
色氨酸	0.18	0.19	**0.17**	0.18	0.18	0.19	0.19
缬氨酸	0.74	0.79	0.79	0.77	0.80	0.78	0.82
真可消化氨基酸①							
精氨酸	0.77	0.97	0.91	0.93	0.91	0.96	0.95
组氨酸	—	0.38	0.38	0.37	0.38	0.38	0.39
异亮氨酸	0.57	0.59	**0.56**	0.57	**0.56**	0.59	0.59
赖氨酸	0.72	0.75	**0.66**	0.72	**0.66**	0.74	0.72
蛋氨酸	0.34	0.44	0.39	0.45	0.39	0.45	0.41
蛋氨酸＋胱氨酸	0.68	**0.67**	**0.66**	0.68	**0.66**	0.68	0.68
苏氨酸	0.55	**0.54**	0.55	**0.54**	0.55	0.55	0.56
色氨酸	0.16	0.16	**0.15**	**0.15**	**0.15**	0.16	0.16
缬氨酸	0.67	0.70	0.70	0.68	0.70	0.70	0.72
饲料成本/(美元/907kg)	—	175	165	173	167	175	171

① 粗体的氨基酸值在推荐值之下。

相对低的能量含量要求添加大量的油脂或脂肪，这可能增加饲料成本和降低饲料流动性，因此导致拮抗的问题（Waldroup 等，1981；Pineda 等，2008）。尽管来自不同乙醇工厂的样本存在一些变异，DDGS 的密度平均为 570g/L（35.7lb/ft³）（美国谷物协会，2008）。对比一下，粉碎玉米的密度大约是 580g/L（36.2lb/ft³）、豆粕大约是 630g/L（39.4lb/ft³）（Jurgens 和 Bregendahl，2007），这意味着随着 DDGS 含量的增加饲料密度有降低的趋势（Wang 等，2007a，b，c）。添加 DDGS 的饲料有较低的密度意味着从饲料厂到养禽场每车次只能运输更少的饲料（重量基础），并且禽类消化道可能会限制饲料的消耗。结果，以上因素对 DDGS 在粉料和粒料中使用的实际限制添加量约为 20%～25%，更高的水平需要制粒、添加流动剂或抗氧化剂。添加 DDGS 的饲料的制粒是可行的，但如果饲料含有超过 5%～7%的 DDGS 就会出现困难（Behnke，2007）。制粒困难的部分原因是因为饲料含油量的增加（部分来自 DDGS），或是因为 DDGS 中缺乏有助于黏合饲料的淀粉（Behnke，2007）。然而添加高水平 DDGS 的制粒问题是可以解决的。尽管这些研究中饲料颗粒的持久性没有经过特殊的测试，Wang 等（2007a，b）报道含 15% DDGS 饲料的颗粒质量与对照组相似，而且尽管添加了颗粒黏合剂，含 30% DDGS 的饲料制粒效果仍较差且含有大量粉末。

几乎所有的家禽商业饲料都是在最低成本基础上配制的，通常每周都会对原料及其添加水平的选择进行重新评估。因此 DDGS 价格和供给的较大波动可能导致饲料 DDGS 使用量的类似波动。可以说某种饲料本周含有 0 的 DDGS，下周就可能含有 20%。由于饲料颗粒质量、气味、味道或物理外观的变化，原料如此快速和大范围的变动可能导致家禽饲料消耗的暂时性降低，进而会引起生长率和饲料利用率的下降。为了研究饲料 DDGS 含量的波动是否会影响肉鸡的生长性能和胴体质量，Wang 等（2007a）进行了一个肉鸡饲给含 0、15% 或 30% DDGS 日粮的试验。在 6 周的试验中，日粮 DDGS 含量每周都在 0～15%或 0～30% 之间变动，其生长性能与六周内固定饲喂 0、15%或 30% DDGS 日粮的肉鸡进行了比较。饲喂 15% DDGS 对肉鸡生长性能没有负面影响，DDGS 水平每周变动或持续稳定，或试验中日粮在第一周或最后一周含有 0%或 15%的 DDGS，都不存在影响。然而，如果屠宰前最后一周日粮含有 30%的 DDGS，和饲喂 0 DDGS 的肉鸡相比，饲喂 0 或 30% DDGS 波动水平的肉鸡体增重和胸肉产量下降。如果日粮 DDGS 含量波动情况是最后一周饲料含有 0%的 DDGS，体增重和胸肉产量与试验中饲喂 0 DDGS 的肉鸡相似。饲喂 30% DDGS 的肉鸡生产性能下降的可能原因包括精氨酸缺乏，或许也包括如上讨论的颗粒质量较差。不过，肉鸡似乎能适应日粮 DDGS 含量的剧烈和快速变动。Pineda 等（2008）也观察到了蛋鸡对日粮 DDGS 每周变动的类似适应性，试验中 DDGS 起始含量是 10%、结束水平是 69%，每周增加 12 个百分点，没有观察到对蛋产量的负面影响。

5.4 小结

玉米 DDGS 和其他酒糟副产物是家禽饲料中有价值的能量和营养资源。然而，一定程度上由于各种酒糟副产物或一种副产物本身能量和营养素的变异，配制饲料时要加以注意。这些副产物最好是单一来源以使变异最小化，并要进行化学分析来检测营养成分和估计营养素利用率。虽然建议家禽生产者在幼禽中使用低水平的添加量，并随着禽类的成熟逐渐提高添加水平，但是如果饲料是按可消化氨基酸基础配制的，酒糟副产物可以在肉鸡、火鸡和蛋鸡饲料中添加到 15%的水平或更高。

参考文献

Ajinomoto. 2006. “True Digestibility of Essential Amino Acids for Poultry,” (revision 7, table). http: //www. lysine. com/new/Technical%20Reports/Poultry/ PoultryDigTableV7. pdf (accessed December 10, 2007).

Association of American Feed Control Officials (AAFCO). 2007. AAFCO Official Publi-cation. Reference manual. Oxford, IN: AAFCO.

Baker, D. H. 2003. “Ideal Amino Acid Patterns for Broiler Chicks.” In *Amino Acids in Ani-mal Nutrition*, pp. 223-235. J. F. P. D'Mello, ed. Oxon, UK: CABI Publishing.

Baker, D. H., and Y. Han. 1994. “Ideal Amino Acid Profile for Chicks during the First Three Weeks Posthatching.” *Poult. Sci.* 73: 1441-1447.

Batal, A., and N. Dale. 2003. “Mineral Composition of Distillers Dried Grains with Solubles.” *J. Appl. Poult. Res.* 12: 400-403.

Batal, A. B., and N. M. Dale. 2006. “True Metabolizable Energy and Amino Acid Digest-ibility of Distillers Dried Grains with Solubles.” *J. Appl. Poult. Res.* 15: 89-93.

Batal, A. B., and C. M. Parsons. 2002a. “Effects of Age on Development of Digestive Organs and Performance of Chicks Fed a Corn-Soybean Meal versus a Crystalline Amino Acid Diet.” *Poult. Sci.* 81: 1338-1341.

——. 2002b. “Effects of Age on Nutrient Digestibility in Chicks Fed Different Diets.” *Poult. Sci.* 81: 400-407.

Batterham, E. S., R. D. Murison, and C. E. Lewis. 1979. “Availability of Lysine in Protein Concentrates as Determined by the Slope-Ratio Assay with Growing Pigs and Rats and by Chemical Techniques.” *Br. J. Nutr.* 41: 383-391.

Behnke, K. C. 2007. “Feed Manufacturing Considerations for Using DDGS in Poultry and Livestock Diets.” In *Proceedings of the 5th Mid-Atlantic Nutrition Conference*, pp. 77-81. N. G. Zimmerman, ed. College Park, MD: Maryland Feed Industry Council and Dept. of Animal and Avian Sciences, University of Maryland.

Black, J. L. 1995. “The Testing and Evaluation of Models.” In *Modeling Growth in the Pig*, pp. 23-31. EAAP Publication No. 78. P. J. Moughan, M. W. A. Verstegen, and M. I. Visser-Reyneveld, eds. Wageningen: Wageningen Press.

Bregendahl, K., S. A. Roberts, B. Kerr, and D. Hoehler. 2008. “Ideal Ratios of Isoleucine, Methionine, Methionine plus Cystine, Threonine, Tryptophan, and Valine Relative to Lysine for White Leghorn-Type Laying Hens of Twenty-Eight to Thirty-Four Weeks of Age.” *Poult. Sci.* 87: 744-758.

Canh, T. T., A. J. A. Aarnink, J. B. Schutte, A. Sutton, D. J. Langhout, and M. W. A. Verste-gen. 1998a. “Dietary Protein Affects Nitrogen Excretion and Ammonia Emission from Slurry of Growing-Finishing Pigs.” *Livest. Prod. Sci.* 56: 181-191.

Canh, T. T., A. J. A. Aarnink, M. W. A. Verstegen, and J. W. Schrama. 1998b. “Influence of Dietary Factors on the pH and Ammonia Emission of Slurry from Growing-Finish-ing Pigs.” *J. Anim. Sci.* 76: 1123-1130.

Centraal Veevoederbureau. 1996. “Aminozurenbehoefte van Leghennen en Vleeskuik-ens” [Amino acid requirements for laying hens and broiler chickens]. Documentation Report nr. 18 (in Dutch). Lelystad, The Netherlands.

Coon, C., and B. Zhang. 1999. “Ideal Amino Acid Profile for Layers Examined.” *Feed-stuffs* 71 (14): 13-15, 31.

Corzo, A., E. T. Moran, Jr., and D. Hoehler. 2003. “Arginine Need of Heavy Broiler Males: Applying the Ideal Protein Concept.” *Poult. Sci.* 82: 402-407.

Cromwell, G. L., K. L. Herkelman, and T. S. Stahly. 1993. “Physical, Chemical, and Nutri-tional Characteristics of Distillers Dried Grains with Solubles for Chicks and Pigs.” *J. Anim. Sci.* 71: 679-686.

Evonik Degussa. 2005. AminoDat 3. 0., platinum version. Evonik Degussa, Hanau-Wolf-gang, Germany.

Fastinger, N. D., J. D. Latshaw, and D. C. Mahan. 2006. “Amino Acid Availability and True Metabolizable Energy Content of Corn Distillers Dried Grains with Solubles in Adult Cecectomized Roosters.” *Poult. Sci.* 85: 1212-1216.

Firman, J. D., and S. D. Boling. 1998. “Ideal Protein in Turkeys.” *Poult. Sci.* 77: 105-110.

Fontaine, J., U. Zimmer, P. J. Moughan, and S. M. Rutherfurd. 2007. “Effect of Heat Damage in an Autoclave on the Reactive Lysine Contents of Soy Products and Corn Distillers Dried Grains with Solubles: Use of the Results to Check on Lysine Damage in Common Qualities of these Ingredients.” *J. Agric. Food Chem.* 55: 10737-10743.

Greenwood, M. W., P. M. Clark, and R. S. Beyer. 2004. "Effect of Feed Fines Level on Broilers Fed Two Concentrations of Dietary Lysine from 14 to 30 Days of Age." *Int. J. Poult. Sci.* 3: 446-449.

Hoehler, D., A. Lemme, V. Ravindran, W. L. Bryden, and H. S. Rostagno. 2005. "FeedFormulation in Broiler Chickens Based on Standardized Ileal Amino Acid Digestibil-ity." In *Proceedings of the 3rd Mid-Atlantic Nutrition Conference*, pp. 78-91. N. G. Zimmer-man, ed. College Park, MD: Maryland Feed Industry Council and Dept. of Animal and Avian Sciences, University of Maryland.

Izquierdo, O. A., C. M. Parsons, and D. H. Baker. 1988. "Bioavailability of Lysine in l-Ly-sine HCl." *J. Anim. Sci.* 66: 2590-2597.

Jurgens, M. H., and K. Bregendahl. 2007. *Animal Feeding and Nutrition*, 10th ed. Dubuque, IA: Kendall/Hunt Publishing Company.

Kerr, B. J., and R. A. Easter. 1995. "Effect of Feeding Reduced Protein, Amino Acid Supplemented Diets on Nitrogen and Energy Balance in Grower Pigs." *J. Anim. Sci.* 73: 3000-3008.

Keshavarz, K., and R. Austic. 2004. "The Use of Low-Protein, Low-Phosphorus, Amino Acid- and Phytase- Supplemented Diets on Laying Hen Performance and Nitrogen and Phosphorus Excretion." *Poult. Sci.* 83: 75-83.

Kim, E. J., C. M. Amezcua, P. L. Utterback, and C. M. Parsons. 2008. "Phosphorus Bioavailability, True Metabolizable Energy, and Amino Acid Digestibilities of High Protein Corn Distillers Dried Grains and Dehydrated Corn Germ." *Poult. Sci.* 87: 700-705.

Klasing, K. C., and R. E. Austic. 2003. "Nutritional Diseases." In *Diseases of Poultry*, 11th ed., pp. 1027-1053. Y. M. Saif, ed. Ames, IA: Iowa State Press.

Leeson, S., and L. Caston. 2004. "Enrichment of Eggs with Lutein." *Poult. Sci.* 83: 1709-1712.

Leeson, S., G. Diaz, and J. D. Summers. 1995. *Poultry Metabolic Disorders and Mycotoxins*. Guelph, ON: University Books.

Leeson, S., and J. D. Summers. 2005. *Commercial Poultry Production*, 3rd ed. Guelph, ON: University Books.

——. 2001. *Nutrition of the Chicken*, 4th ed. Guelph, ON: University Books.

Lemme, A., P. J. Wijtten, J. van Wichen, A. Petri, and D. J. Langhout. 2006. "Responses of Male Growing Broilers to Increasing Levels of Balanced Protein Offered as Coarse Mash or Pellets of Varying Quality." *Poult. Sci.* 85: 721-730.

Leske, K. L., O. Akavanichan, T. K. Cheng, and C. N. Coon. 1991. "Effect of Ethanol Extract on Nitrogen-Corrected True Metabolizable Energy for Soybean Meal with Broilers and Roosters." *Poult. Sci.* 70: 892-895.

Linneen, S. K., J. M. Derouchey, S. S. Dritz, R. D. Goodband, M. D. Tokach, and J. L. Nels-sen. 2008. "Effects of Dried Distiller Grains with Solubles on Growing and Finishing Pig Performance in a Commercial Environment." *J. Anim. Sci.* 86: 1579-1587.

Lumpkins, B. S., and A. B. Batal. 2005. "The Bioavailability of Lysine and Phosphorus in Distillers Dried Grains with Solubles." *Poult. Sci.* 84: 581-586.

Lumpkins, B. S., A. Batal, and N. Dale. 2005. "Use of Distillers Dried Grains plus Solubles in Laying Hen Diets." *J. Appl. Poult. Res.* 14: 25-31.

Lumpkins, B. S., A. B. Batal, and N. M. Dale. 2004. "Evaluation of Distillers Dried Grains with Solubles as a Feed Ingredient for Broilers." *Poult. Sci.* 83: 1891-1896.

Mack, S., D. Bercovici, G. De Groote, B. Leclercq, M. Lippens, M. Pack, J. B. Schutte, and S. van Cauwenberghe. 1999. "Ideal Amino Acid Profile and Dietary Lysine Specifi-cation for Broiler Chickens of 20 to 40 Days of Age." *Br. Poult. Sci.* 40: 257-265.

Martinez-Amezcua, C., C. M. Parsons, and D. H. Baker. 2006. "Effect of Microbial Phy-tase and Citric Acid on Phosphorus Bioavailability, Apparent Metabolizable Energy, and Amino Acid Digestibility in Distillers Dried Grains with Solubles in Chicks." *Poult. Sci.* 85: 470-475.

Martinez-Amezcua, C., C. M. Parsons, V. Singh, R. Srinivasan, and G. S. Murthy. 2007. "Nutritional Characteristics of Corn Distillers Dried Grains with Solubles as Affected by the Amounts of Grains versus Solubles and Different Processing Techniques." *Poult. Sci.* 86: 2624-2630.

Martinez Amezcua, C., and C. M. Parsons. 2007. "Effect of Increased Heat Processing and Particle Size on Phosphorus

Bioavailablility on Corn Distillers Dried Grains with Solubles." *Poult. Sci.* 86：331-337.

Martinez Amezcua, C., C. M. Parsons, and S. L. Noll. 2004. "Content and Relative Bio-availability of Phosphorus in Distillers Dried Grains with Solubles in Chicks." *Poult. Sci.* 83：971-976.

Matterson, L. D., J. Tlustohowicz, and E. P. Singsen. 1966. "Corn Distillers Dried Grains with Solubles in Rations for High-Producing Hens." *Poult. Sci.* 45：147-151.

Morrison, F. B. 1954. *Feeds and Feeding: A Handbook for the Student and Stockman*, 21th ed. Ithaca, NY: The Morrison Publishing Company.

National Research Council (NRC). 1980. *Mineral Tolerance of Domestic Animals*. Washington, DC: National Academies Press.

——. 1994. *Nutrient Requirements of Poultry*, 9th ed. Washington, DC: National. Acad-emies Press.

Noll, S. L., J. Brannon, and C. Parsons. 2007. "Nutritional Value of Corn Distiller Dried Grains with Solubles (DDGs): Influence of Solubles Addition." *Poult. Sci.* 86 (Suppl. 1)：68.

Noll, S. L., C. Parsons, and W. Dozier Ⅲ. 2007. "Formulating Poultry Diets with DDGS - How Far Can We Go?" In *Proceedings of the 5th Mid-Atlantic Nutrition Conference*, pp. 91-99. N. G. Zimmerman, ed. College Park, MD: Maryland Feed Industry Council and Dept. of Animal and Avian Sciences, University of Maryland.

Noll, S. L., V. Stangeland, G. Speers, C. Parsons, and J. Brannon. 2002. "Utilization of Canola Meal and Distillers Grains with Solubles in Market Turkey Diets." *Poult. Sci.* 81 (Suppl. 1)：92

Nyachoti, C. M., J. D. House, B. D. Slominski, and I. R. Seddon. 2005. "Energy and Nutri-ent Digestibilities in Wheat Dried Distiller's Grains with Solubles Fed to Growing Pigs." *J. Sci. Food Agr.* 85：2581-2586.

Ouart, M. D., D. E. Bell, D. M. Janky, M. G. Dukes, and J. E. Marion. 1988. "Influence of Source and Physical Form of Xanthophyll Pigment on Broiler Pigmentation and Performance." *Poult. Sci.* 67：544-548.

Parsons, C. M., C. Martinez, V. Singh, S. Radhakrishman, and S. Noll. 2006. "Nutritional Value of Conventional and Modified DDGS for Poultry." Presented at the Multi State Poultry Nutrition and Feeding Conference, Indianapolis, IN. http://www. ddgs. umn. edu/articles-poultry/2006-Parsons-%20Nutritional%20value%20of%20 conventional--. pdf (accessed May 14, 2008).

Pineda, L., S. Roberts, B. Kerr, R. Kwakkel, M. Verstegen, and K. Bregendahl. 2008. "Maximum Dietary Content of Corn Dried Distiller's Grains with Solubles in Diets for Laying Hens: Effects on Nitrogen Balance, Manure Excretion, Egg Production, and Egg Quality." Iowa State University Animal Industry Report 2008, Iowa State University. http://www. ans. iastate. edu/report/air/ (accessed September 2008).

Poet Nutrition. 2007. Dakota Gold BPX. Company brochure. http://www. poetenergy. com/files/division _ files/Dakota%20Gold%20AS%20Brochure%202007- 1%20FEB%2026,%202007. pdf (accessed December 10, 2007).

Poet Nutrition. 2008. Dakota Gold products. Product overview, company Web site. http://www. dakotagold. com/products/ (accessed May 15, 2008).

Roberson, K. D. 2003. "Use of Distiller's Grains with Solubles in Growing-Finishing Diets of Turkey Hens." *Int. J. Poult. Sci.* 2：389-393.

Roberson, K. D., J. L. Kalbfleisch, W. Pan, and R. A. Charbeneau. 2005. "Effect of Corn Distiller's Dried Grains with Solubles at Various Levels on Performance of Laying Hens and Egg Yolk Color." *Int. J. Poult. Sci.* 4：44-51.

Roberts, S. A., H. Xin, B. J. Kerr, J. R. Russell, and K. Bregendahl. 2007a. "Effects of Dietary Fiber and Reduced Crude Protein on Ammonia Emission from Laying-Hen Manure." *Poult. Sci.* 86：1625-1632.

——. 2007b. "Effects of Dietary Fiber and Reduced Crude Protein on Nitrogen Bal-ance and Egg Production in Laying Hens." *Poult. Sci.* 86：1716-1725.

Rostagno, H. S. 2005. Brazilian tables for poultry and swine. Composition of Feedstuffs and Nutritional Requirements, 2nd ed. Departamento de Zootecnia, Universidade Federal de Vicosa, Brazil.

Rostagno, H. S., and J. M. R. Pupa. 1995. "Diet Formulation for Broilers Based on Total Versus Digestible Amino Acids." *J. Appl. Poult. Res.* 4：293-299.

Scheideler, S. E., M. Masa'dah, and K. Roberson. 2008. "Dried Distillers Grains with Solubles in Laying Hens Ration and Notes about Mycotoxins in DDGS." In *Pre-Show Nutrition Symposium*, Midwest Poultry Federation Convention,

March 18-20, 2008, St. Paul, MN.

Sibbald, I. R. 1976. "A Bioassay for True Metabolizable Energy in Feedingstuffs." *Poult. Sci.* 55: 303-308.

——. 1986. "The T. M. E. System of Feed Evaluation: Methodology, Feed Composi-tion Data and Bibliography." Technical Bulletin 1986-4E, Animal Research Centre, Agriculture Canada, Ottawa, ON.

Spiehs, M. J., M. H. Whitney, and G. C. Shurson. 2002. "Nutrient Database for Distiller's Dried Grains with Solubles Produced from New Ethanol Plants in Minnesota and South Dakota." *J. Anim. Sci.* 80: 2639-2645.

Stein, H. H., M. L. Gibson, C. Pedersen, and M. G. Boersma. 2006. "Amino Acid and Energy Digestibility in Ten Samples of Distillers Dried Grain with Solubles Fed to Growing Pigs." *J. Anim. Sci.* 84: 853-860.

Summers, J. D. 1993. "Reducing Nitrogen Excretion of the Laying Hen by Feeding Lower Crude Protein Diets." *Poult. Sci.* 72: 1473-1478.

Thacker, P. A., and G. P. Widyaratne. 2007. "Nutritional Value of Diets Containing Graded Levels of Wheat Distillers Grains with Solubles Fed to Broiler Chicks." *J. Sci. Food Agr.* 87: 1386-1390.

University of Minnesota, Department of Animal Science. 2008a. Overview. Distillers Grains By-Products in Livestock and Poultry Feeds Web site. http: //www. ddgs. umn. edu/overview. htm (accessed May 13, 2008).

——. 2008b. "Proximate Analysis of Distiller's Dried Grains with Solubles (DDGS). Nutrient Profiles—Comparison Tables. Distillers Grains By-Products in Livestock and Poultry Feeds Web site. http://www. ddgs. umn. edu/profiles/us-profile%20comparison%20tables%20July%202008. pdf (accessed September 2, 2008).

U. S. Department of Agriculture (USDA). 2007. USDA agricultural projections to 2016. http://www. ers. usda. gov/publications/oce071/oce20071. pdf (accessed May 12, 2008).

U. S. Department of Agriculture, Economic Research Service (USDA-ERS). 2008. Feed grains database. http://www. ers. usda. gov/data/feedgrains/StandardReports/YBtable4. htm (accessed May 12, 2008).

U. S. Grains Council. 2008. DDGS User Handbook. http://www. grains. org/galleries/DDGS%20User%20Handbook/DDGS%20Handbook%20FULL. pdf (accessed June 17, 2008).

Waldroup, P. W., J. A. Owen, B. E. Ramsey, and D. L. Whelchel. 1981. "The Use of High Levels of Distillers Dried Grains plus Solubles in Broiler Diets." *Poult. Sci.* 60: 1479-1484.

Waldroup, P. W., Z. Wang, C. Coto, S. Cerrate, and F. Yan. 2007. "Development of a Standardized Nutrient Matrix for Corn Distillers Dried Grains with Solubles." *Int. J. Poult. Sci.* 6: 478-783.

Wang, Z., S. Cerrate, C. Coto, F. Yan, and P. W. Waldroup. 2007a. "Effect of Rapid and Multiple Changes in Level of Distillers Dried Grain with Solubles (DDGS) in Broiler Diets on Performance and Carcass Characteristics." *Int. J. Poult. Sci.* 6: 725-731.

——. 2007b. "Use of Constant or Increasing Levels of Distillers Dried Grains with Solubles (DDGS) in Broiler Diets." *Int. J. Poult. Sci.* 6: 501-507.

——. 2007c. "Utilization of Distillers Dried Grains with Solubles (DDGS) in Broiler Diets Using a Standardized Nutrient Matrix." *Int. J. Poult. Sci.* 6: 470-477.

Whitney, M. H., G. C. Shurson, L. J. Johnston, D. M. Wulf, and B. C. Shanks. 2006. "Growth Performance and Carcass Characteristics of Grower-Finisher Pigs Fed High-Quality Corn Distillers Dried Grain with Solubles Originating from a Modern Midwestern Ethanol Plant." *J. Anim. Sci.* 84: 3356-3363.

Widmer, M. R., L. M. McGinnis, D. M. Wulf, and H. H. Stein. 2008. "Effects of Feeding Distillers Dried Grains with Solubles, High-Protein Distillers Dried Grains, and Corn Germ to Growing-Finishing Pigs on Pig Performance, Carcass Quality, and the Palat-ability of Pork." *J. Anim. Sci.* 86: 1819-1831.

6 乙醇加工副产品在国际大市场中的商品价值

John A. Fox[1]

截止到2008年1月，美国乙醇生产能力达到每年79亿加仑，另外还有55亿加仑的生产能力正在筹建中（可再生能源协会，2008）。每年生产134亿加仑的乙醇大约消耗50亿蒲式耳（蒲式耳是谷物和蔬菜的容量单位，1蒲式耳=8加仑=36.4升）的玉米，或者说大约是2007年记录的130亿蒲式耳产量的36%。2007年的"能源独立与安全法案"迫使美国到2022年时可再生燃料标准提高到360亿加仑。其中，150亿加仑可以从传统方式得来，如玉米之类衍生生产而来。

2007年，美国乙醇工业生产1460万吨的乙醇加工副产品，其中36%以WDGS的形式销售，另外的64%（大约0.93亿吨）以DDGS的形式销售。DDGS或WDGS都是干法乙醇产品的副产物，湿磨乙醇产品的特征副产物是玉米面筋。因为新型的干法设备从根本上促进了乙醇生产能力的提高，DDGS在乙醇产品中的比例有望增加。DDGS到2010年有望达到3600万吨（美国谷物协会，2007），到2011年达到4000万吨（Tokgoz等，2007）。DDGS产量可在2016年高达8800万吨。如果按照每蒲式耳玉米可以生产出18磅的DDGS，50亿蒲式耳的玉米可以实现DDGS 4000万吨的总产量。

现在，大多数美国生产的DDGS被美国国内的家畜饲料市场所消化。近年来，随着出口增加和未来几年产量的持续增加，开发国际市场的潜力对于乙醇生产企业在保持价格和利润方面变得尤为重要。回顾DDGS的美国国内市场后，本章将介绍DDGS出口到6个不同的国家和地区的现状和未来的潜力，包括欧盟、加拿大、墨西哥、日本、韩国和中国台湾。第7章会用相似的方法分析世界的其余国家和地区。

6.1 DDGS的美国市场

美国是目前世界上最大的乙醇生产商。第二大生产商——巴西主要以甘蔗为原料生产乙醇，并且是最大的DDGS生产商，其DDGS产量远高于美国。正如上文提到的美国2007年蒸馏谷物残料的产量大约为1460万吨，总出口量为236万吨，超过85%的产量留给了美国国内市场。根据物种不同各类家畜占美国国内消费量的分布如下：奶牛42%、肉牛42%、猪11%、家禽5%。

Clemens和Babcock（2008）回顾了一些DGS用于家畜饲养试验的作用结

---

[1] 作者为美国堪萨斯州立大学教授。

果，又评估了随着产量的增加，DDGS的消费量可能的变化趋势。不同动物品种的评估样本的添加率也不同，Clemens 和 Babcock 的总结中指出实际水平下大约添加了30%～50%的肉牛和补饲精料的牛、20%～25%的奶牛、20%的猪以及15%的家禽。实际上，DDGS 的添加率要远低于以上水平。一个 2006 年美国国家农业数据服务（USDA-NASS，007）对美国中西部家畜行业的调查表明 DDGS 在饲养场的平均添加率为 23%，基本都用于肉牛。此外，仅 36%的育肥场和 13%的肉牛养殖场表明使用了某种形式的乙醇副产物，不使用的主要原因尚不清楚。

同时调查还发现 34%的育肥场和 30%的肉牛养殖户正在考虑使用乙醇副产物。这预示着美国国内畜牧部门不断增加 DDGS 使用量的巨大潜力。Clemens 和 Babcock（2008）以硫、磷、脂肪含量说明 DDGS 的营养成分为切入点，描述了大量的技术和管理方面的作用。这些效果预示着用于动物饲养的 DDGS 的选用率和添加率具有显著提高的潜力。

即使美国国内市场拥有更高的选用率和添加率，但美国国内市场是否能消化所有 DDGS 的预期增加量依然存有质疑。Dhuyvetter、Kastens 和 Boland（2005）利用美国家畜的存栏记录和生产水平评定了美国国内 DDGS 的最大消费量。针对一些物种使用量低于现在接受水平的添加率，从而评定出美国国内市场最大消费量为 5.15 亿吨——大约是 2007 年的美国国内总消费量的 4 倍，同时也高于目前的总产量。然而，分析结果是基于 DDGS 在家畜饲养中选用率为 100%的假设，这样的情形基本是不可能实现的。

现行推荐使用的添加率和选用率来源于探究生产商意图后形成的在 USDA-NASS（2007）报道上的调查结果。对其进行评估得到表 6.1，表明美国国内市场 3.88 亿吨的消费能力。与 Dhuyvetter、Kastens 和 Boland（2005）的预测相比，基于每头动物基础上的潜在添加量对奶牛、喂精料的牛和商品猪都要高一些。然而，从现有的假定选用率和 3.88 亿吨的合计生产能力来看，仅仅美国国内市场不可能吸收全部 DDGS 的预期增长量，尤其据 Tokgoz 等（2007）估计的 DDGS 增长状况会更加迅速。另外，此分析中以 35%的添加率喂精料牛的数据可能过于乐观地假定了 DDGS 的广泛使用，且直观地从动物行为上估计了日粮中 DDGS 使用量超过 15%（Clemens 和 Babcock，2008）。

表 6.1 美国 DDGS 的消费潜力

家畜种类	库存 /×10³ 头牛①	日摄入量 /lb	饲喂天数②	DDGS 覆盖率③/%	DDGS 选用率④ /%	DDGS/(t/年)⑤
肉牛	32600	24	90	35	43	5298804
奶牛	9220	42	365	20	60	8480555
其他牛	40500	15	135	20	43	3533504
喂精料牛	14500	22	365	35	70	14066533
种猪	6070	8	310	20	47	707519
上市猪	39005	5	365	20	47	3345654
种羊	4510	4	90	10	40	32472
羔羊	4120	4	90	10	40	25956
肉鸡	8900000	0.2	56	10	40	1993600
蛋鸡	344000	0.2	365	15	40	753360
火鸡	272000	0.7	151	10	40	575008
总计						38812985

① 除肉鸡、火鸡和羔羊外来自 2008 年 1 月 1 日的库存，代表 2007 年美国产量；数据来自 USDA-NASS，2007。
② 饲喂天数来自 Dhuyvetter、Kastens 和 Boland，2005。
③ 覆盖率来自 U. S. GrainsCouncil，2007。
④ 选用率基于 USDA-NASS（2007）的调查，并承担羊和家禽的 40%。
⑤ 改编自 Dhuyvetter、Kastens 和 Boland（2005）的表 2 和表 3。

这个前瞻性的分析预示着把DDGS推向国际市场的能力对于保证充足的需求和避免积货是十分重要的。幸运的是，美国谷物协会对市场的大力开发和居高不下的谷物价格促成了乙醇工业近些年来DDGS出口市场的快速发展。

6.2 美国饲料用谷物的出口

因为美国耕地的相对过剩，美国长期处于并将一直处于世界饲料用谷物出口市场的主导地位。在2006～2007年和2007～2008年的玉米销售季节（9月1日到下一年的8月31日），美国谷物出口量为5.39亿吨和6.22亿吨，分别占到世界总出口量的58%和63%。截止到2008年6月10日，2008～2009年谷物销售季节的出口量为5.08亿吨，占世界贸易的55%（USDA，2008）。与此同时，第二大出口国——阿根廷的市场份额从15%提高到17%。

图6.1显示出近年来美国2号玉米（主导商品）、玉米麸（包括玉米蛋白粉和玉米蛋白饲料）和DDGS出口的年际变化。2号玉米的出口量从1997年的不足2亿吨增加到2007年的超过3亿吨。与玉米相比，玉米麸和DDGS的出口量还很小。玉米麸的出口量从1995年的高于0.7亿吨下降到2007年的0.25亿吨。同时DDGS的出口量在1995～2004年稳定维持在600万吨。之后的3年内，其出口量快速增长，2006～2007年从1300万吨增加到2400万吨，增长率几乎达到100%。

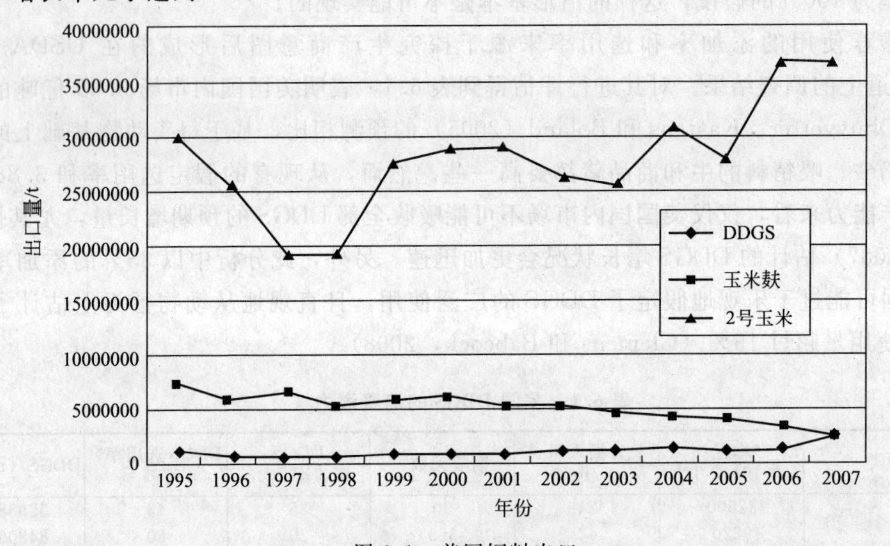

图6.1 美国饲料出口

因为DDGS代替玉米作为家畜日粮的能量来源的趋势越来越明显，又因为DDGS的价格随着玉米价格的变化而变化，并且还会继续随玉米价格的变动而变动（见图6.2），因此，我们有理由推论DDGS最具潜力的出口市场是那些现在进口美国玉米的国家。根据USDA（2008）报告，2007～2008年的玉米销售季节，全球主要的玉米进口商是日本（17.2%）、欧盟（13.7%）、墨西哥（10.2%）、韩国（9.3%）、埃及（4.4%）、加拿大（2.6%）和中国台湾（5.9%）。括号内的为市场份额。

专注于美国玉米的出口（而不是世界的），其买家都有着某种程度上的相似。他们都有着重要的预期——限制转基因玉米的进口，所以现在欧盟只从美国进口非常少的玉米。表6.2展现进口量前7位的国家和地区中的6个（埃及会在第7章进行讨论）1995～1997年和

2005～2007 年两个时期的市场份额。这两个时期出于实际情况考虑，已经排除了欧盟，使其不作为美国的玉米进口商，而墨西哥变得更重要。1995～2007 年 6 个列在表 6.2 的国家和地区占美国玉米出口量的 44%～60%。这很可能代表着 DDGS 出口市场的潜力。

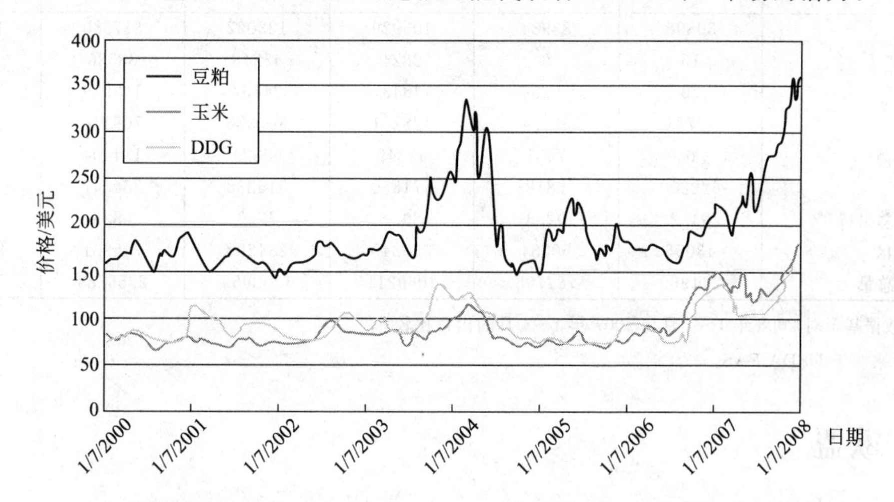

图 6.2 芝加哥附近的期货交易所的玉米、豆粕和芝加哥 DDGS 价格周报（以美元计）
来源于 USDA

表 6.2 美国 2 号玉米出口——选定的市场份额

国家/地区	美国出口份额/%						国家/地区	美国出口份额/%					
	1995	1996	1997	2005	2006	2007		1995	1996	1997	2005	2006	2007
中国台湾	19.8	21.8	27.6	15.4	9.6	9.8	欧盟	3.6	4.3	1.9	0	0	0
韩国	8	8.1	8.8	1.4	4.5	3.5	加拿大	1.1	0.7	1.9	3.2	2.5	3.2
日本	6.3	7.2	8.9	10.5	10.8	5.9	总份额	44.6	59.5	58.4	50.6	47.2	43.5
墨西哥	5.8	17.4	9.3	20.1	19.8	21.1	美国出口/百万吨	30.35	25.42	19.17	27.76	37.04	36.65

注：来源于美国 USDA-FAS 出口贸易（http://www.fas.usda.gov/ustrade/USTEXHS10.asp）。

6.3 美国 DDGS 出口

正如之前提到的一样，美国 DDGS 在过去的 4 年里有了显著的增长，从 2004 年的 80 万吨增加到 2007 年的 240 万吨（表 6.3）。这样的增长 2008 年将会继续。2008 年的头 4 个月出口量比 2007 年同期增长 132%，2008 年预计出口量将超过 540 万吨（占 2007 年 DDGS 总产量的 37%）。

表 6.3 显示了 2005～2007 年出口加拿大快速增长的情况。与此同时，墨西哥的出口量增加了 5 倍多，使墨西哥成为 2007 年最大的出口市场（大约 30%的市场份额）。虽然 2008 年 1～4 月的数据表明对墨西哥出口增长很快（比 2007 年增长 65%），对加拿大更高的出口量预示着加拿大会超过墨西哥，成为美国 2008 年 DDGS 第一出口大国。自 2004 年开始，中国台湾、日本、韩国也是必不可少的新客户，对它们的出口量在 2008 年都会继续增长。2008 年出口到欧盟的总量比 2007 年低 82%。表 6.3 中的 6 个国家和地区合计占美国 DDGS 总出口量的 1/2 之多。尽管出口到这些国家和地区的总量还在持续增加，它们总共占美国出口 DDGS 的市场份额从 2003 年的 93%下降到了 2007 年的 68%。下降的主要原因是欧盟市场的萎缩，但是值得注意的是较小出口市场的快速增长，它们在表 6.3 中用“其他地区”代表。

表 6.3 美国 DDGS 出口

国家/地区	数量/t					
	2003 年	2004 年	2005 年	2006 年	2007 年	2008 年①
加拿大	30898	83984	105929	123022	317580	1659743
日本	15	0	2824	45248	83586	149327
韩国	70	625	4843	24587	102529	249728
墨西哥	45721	66894	128271	367386	708216	1169901
中国台湾	0	7431	42249	92824	134404	169371
欧盟	622200	568188	571850	316288	264547	47997
DDGS 总出口/%	94.2	92.3	80.1	77.3	68.3	62.9
其他地区	43056	60584	213245	284298	745921	2032258
DDGS 总量	741960	787706	1069211	1253653	2356783	5478326

① 数据基于对 2008 年 1～4 月与 2007 年 1～4 月的出口比较。

注：来源于 USDA-FAS。

6.4 欧盟

20 世纪 90 年代欧盟是美国玉米出口的重要市场，1996 年占到美国总出口量的 4.3%（表 6.2)，其中大部分销往西班牙和葡萄牙。然而，欧盟是 DDGS 和玉米面筋的主要进口商，1995～2000 年每年进口超过美国 DDGS 出口量的 90%、超过美国玉米面筋出口量的 80% [图 6.3(a)]。但由于 1997 年欧盟新标签法要求对 1998 年的新的转基因（GM）食品的引入暂停审批造成欧洲不再是美国玉米的出口市场。销往欧洲的 2 号玉米从 1996 年的 100 万吨降到 1998 年的 7.5 万吨，缩减了 93%。从那时起出口欧洲的玉米量即可以忽略不计。

由于欧盟标签法规建立之初并不适用于副产品，所以欧盟依然是 DDGS 和玉米蛋白粉的重要出口市场。直到 2005 年，欧盟还是 DDGS 最大的出口市场，超过 57.1 万吨的出口量占到了美国当年总装载量的 53%。在欧盟内部，最大的成员国市场是爱尔兰（36%）、英国（20%）和西班牙（19%）。事实上在 1995～2004 年爱尔兰一直是美国 DDGS 最大的出口国家，2002 年出口量高达 29.7 万吨（美国总出口量的 33%）。2004 年新的标签法的实施和对动物饲料可溯源性要求的引入，使对欧盟的出口量急剧下降。2005～2007 年，装载量从 57.2 万吨下降到 26.5 万吨，而且估计 2008 年仅有 4.8 万吨。玉米面筋的出口情况类似 [图 6.3(b)]，从 2006 年的 220 万吨下降到 2008 年预期的 42.5 万吨，缩减 80%。

欧盟市场萎缩的首要原因是在美国和其他国家批准并种植的转基因作物还没有获得欧盟的批准。这个“不同时批准”的问题很大部分是因为欧盟的审批过程的时间过长。相比于美国 15 个月的审批时长，欧盟的典型审批需要花费两年半的时间（欧盟委员会，2007)。2003 年选用的规章提供了一个新的转基因产品在欧盟范围内审批过程的框架，审批过程遭遇了很多困难。在新的审批过程中规定新的待审批的转基因农作物准入申请首先要送至欧盟食品安全总局（EFSA)，然后欧洲食品安全总局对其进行风险分析并向欧洲委员会提交机构鉴定。欧盟委员会再向部长委员会各成员提交一份建议性的决定草案，等待他们投票表决。成员国对批准转基因产品的意见通常分为两种，即法国和奥地利的代表反对，而英国和一些其他国家的代表同意。从数据上来看，没有一个提交给部长委员会的建议草案得到过决定性的支持多数票或决定性的反对多数票。通常发生的情形是申请还会被送回到欧盟委员会，而后发布的审批结果与最初的意见一致。

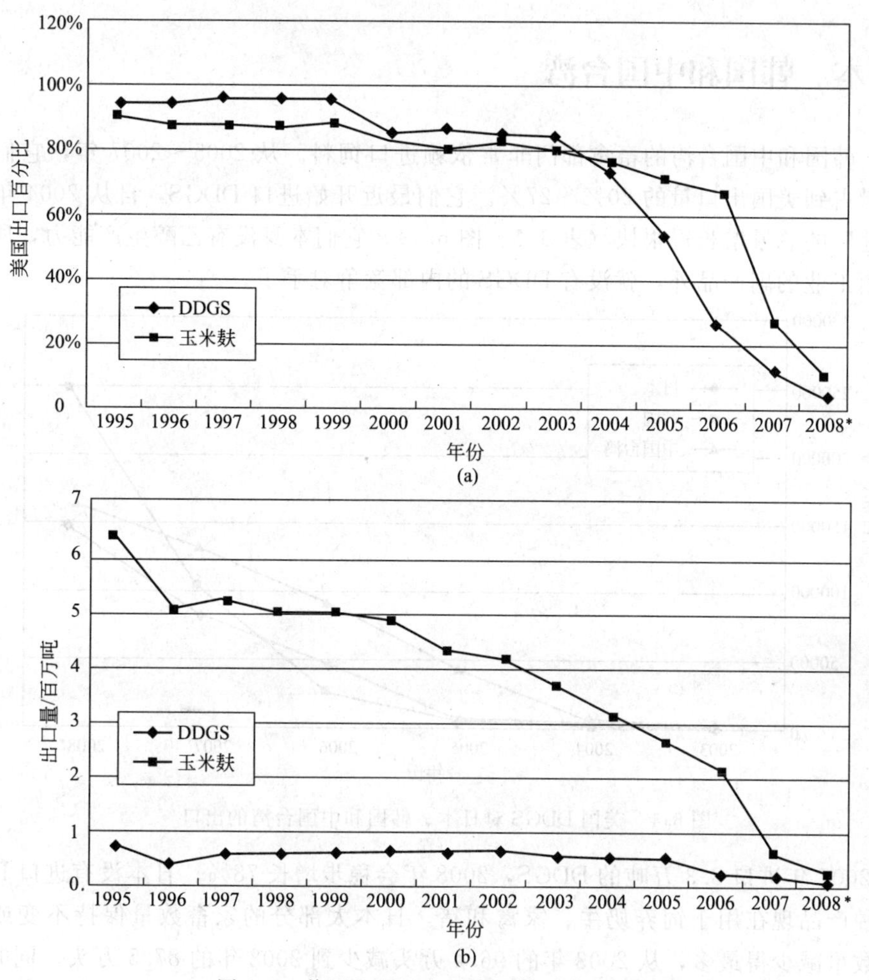

图 6.3　美国 DDGS 和玉米面筋对欧盟的出口

情况更加复杂的是独立的成员国可以调用“安全卫士条款”来禁止已经获得欧盟委员会批准的转基因食品和饲料（Pew Trusts，2005）。那些颁布禁令的国家包括奥地利、法国、德国、希腊和其他国家。这不禁让人们质疑欧盟贯彻落实一个有效的审批过程的能力。

除了在审批过程中的延误问题外，还有两个导致美国出口玉米和玉米副产品到欧盟明显受挫的原因：①美国谷物系统没有让物种隔离，转基因作物和非转基因作物混种十分常见。②欧盟对未经过审批的转基因有机物（GMO）要求零检出。零检出政策意味着如果在船载货中发现任何未经过审批的 GMO，那么整船的货物都会被拒绝。2007 年 4 月发生过这样一个事件，在都柏林港停靠还未卸货的 DDGS 运送船上发现了未经过审批的转基因作物 Herculex RW（59122）（绿色空间，2007）。Herculex 2005 年在美国获得批准，2006 年进行商业种植。2005 年 1 月向欧盟提出审批申请，直到 2007 年 10 月才最终得到欧盟委员会的批准。即使美国的谷物系统可以实现种间隔离，零检出标准可能仍然不能满足。种子纯化法也不能保证 100％非转基因种子，测试程序存在误差，会使得测试得到假阳性结果。

到 2008 年 7 月，GMO 指南网站（www.gmo-compass.org）列出了在新转基因审批法规下欧盟还在寻找的 64 种玉米。其中包括 25 种在北美获得批准并在种植的玉米，还处于“申请提交”阶段，它们的 EFSA 的风险评估还没有完成。考虑到申请审批过程的时长和不断涌现的转基因作物，在短期内欧盟市场不可能对美国玉米、DDGS 和玉米蛋白粉有明显的开放政策。

6.5 日本、韩国和中国台湾

日本、韩国和中国台湾的畜禽部门非常依赖进口饲料。从2005～2007年，它们总共的玉米进口量占到美国出口量的20%～27%。它们最近开始进口DDGS，自从2004年之后出口到这些地区的总量增长得很快（表6.3、图6.4）。它们本身没有乙醇生产能力，所以除了发酵、酿酒工业的副产品外，就没有DDGS的内部竞争对手了。

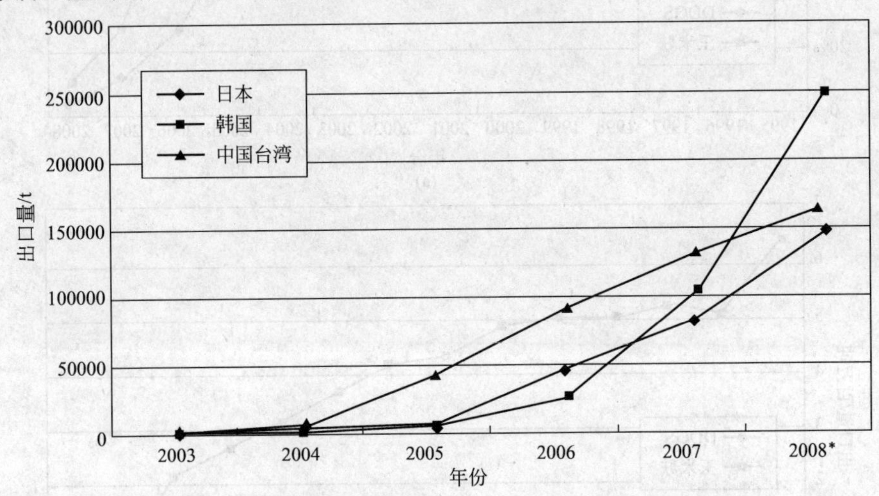

图6.4 美国DDGS对日本、韩国和中国台湾的出口

日本2007年进口8.3万吨的DDGS，2008年会稳步增长78%。日本没有进口DDGS的关税，这种产品现在用于饲养奶牛、家禽和猪。日本大部分的家畜数量保持不变或略有减少。奶牛数量减少得最多，从2003年的96.4万头减少到2008年的87.5万头。同时，牛用复合饲料少量增加，2006年时用于家禽、猪、牛的全部饲料为2350万吨，其中超过40%用于家禽饲养（经济信息，2007b）。从家畜存栏来看，日本DDGS的潜力消费市场大概是270万吨（表6.4），占总饲料量的11.5%。

表6.4 家畜存栏和DDGS潜在的出口市场 单位：短吨

家畜种类①	墨西哥③	加拿大	欧盟	日本	韩国	中国台湾⑤
小牛	8000	5270	30470	1405	860	140
肉牛	11800	5000	12020	635	762	110
奶牛	2200	1005	24344	871	266	51
种猪	955	1546	15411	915	1012	808
屠宰猪	14840	21200	250745	16385	13800	9370
肉鸡	1145725	456392	3466078	621820	220863	245822
火鸡	1170	12677	143546	无数据	无数据	312
DDGS潜在出口/(短吨/年)②	3140232	3793647④	51382234	2678063	1794534	1030609
2008年预计进口/短吨	1286891	1825718	52797	164260	274701	186308
未开发潜力	59%	52%	100%	94%	85%	82%

① 2007年的清单以1000头为单位。假设肉鸡平均体重为5.1lb，火鸡为28.2lb，对肉鸡和火鸡的产量数据进行了转换。

② 短吨=2000lb，907.19kg。通过表6.1估计使用相同的DDGS量。结果来自假设平均摄入量为（lb/hd）犊牛：174（"其他牛"），肉牛：325，奶牛：1840，种猪：233，屠宰猪：172，肉鸡：0.45，火鸡：4.23。

③ 实际生产中要减小密集度。相对于其他国家或地区，墨西哥的采用率下调50%。

④ 允许530000短吨加拿大本国生产的玉米和小麦。

⑤ 牲畜数量的估计基于Informa，2007a。

注：来源于USDA PSD Online。

2007 年中国台湾从美国进口了超过 13.4 万吨的 DDGS，比 2006 年增加了 45%。2008 年的前 4 个月比 2007 年同时期进口量高出 26%，它是这些地区市场中增长最慢的。据经济信息（2007b）报道，所有的畜、禽工业部门都在使用 DDGS，60%的奶农也选用。然而，猪、禽部门用量远大于肉牛和奶牛，特别是猪代表了 DDGS 最大的消费市场。DDGS 的关税较低，大约为 3%（经济信息，2007a）。为了回应中国台湾饲料工业协会的要求，进口 DDGS 的关税很可能会取消。

2006～2007 年间出口到韩国的总量翻了 4 倍，2008 年将稳步地再翻一倍，预示着韩国将超过中国台湾成为亚太经济圈的第一大出口市场。据 2007 年乳品部门对美国供应商组织的几次调查显示，DDGS 的利润很可能会增加（Johnson，堪萨斯州立大学，个人交流，2008 年 3 月）。因为 2003 年从美国进口的牛肉中发现了疯牛病，韩国抵制进口美国牛肉，所以韩国的肉牛业近来迅猛发展。从 2003～2008 年，其肉牛数量从 5.32 万头增长到 80 万头。

日本、韩国和中国台湾联合的出口量 2006 年为 16.2 万吨，2007 年为 32 万吨。从这些国家和地区的家畜储备量来看，它们的出口量还有增加的潜力，潜在出口量会达到 540 万吨（表 6.4）。数据表明大部分 DDGS 的出口是通过集装船运送的，这就可以充分利用从美国空仓回国的集装船。近来空船率高加上集装船的商业化，一些物流问题涌现出来。比如，集装船运送到日本主要港口，那里没有受理动物饲料的传统和饲料磨制设备，而且运送到大港口的费用比运送到靠近饲料磨制基地的小港口要高（Informa，2007a）。

6.6 加拿大和墨西哥

2006 年墨西哥以 36.7 万吨的进口量超过欧盟成为美国 DDGS 第一大出口市场，2007 年对其出口量翻倍到 70.8 万吨，2008 年稳步增长 65%（图 6.5）。墨西哥的家畜和家禽行业还在增长。2003～2008 年，牛养殖量增加 14%，猪屠宰量增加 9%，熏烤产品增加 19%；奶牛数量稳定维持在 220 万头，肉牛数量近年来稳步增长，2007 年时达到 1180 万头。

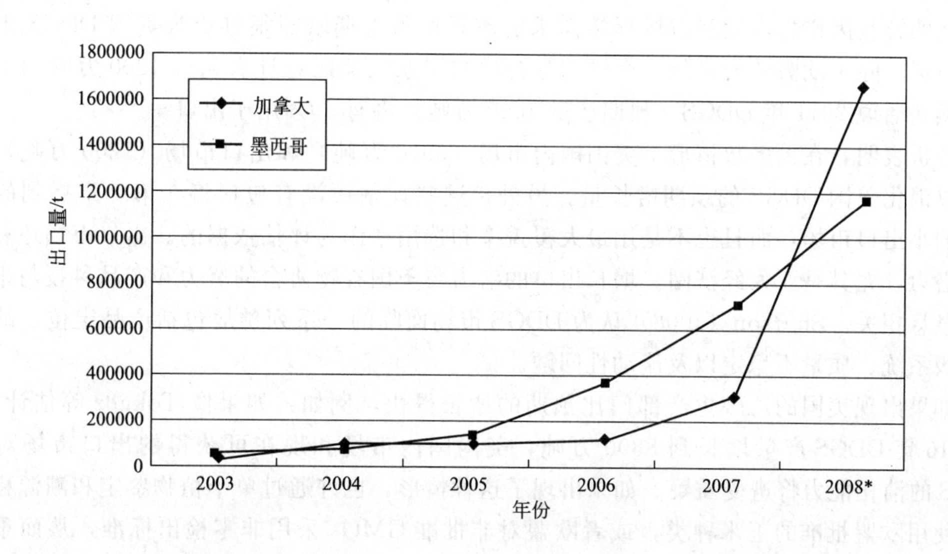

图 6.5 美国 DDGS 对加拿大和墨西哥的出口

与美国和本章中提到的其他国家和地区相比，墨西哥的家畜生产对复合饲料的依赖性更小，例如：30%的猪的养殖环境非常好，而且与美国和加拿大相比，其奶牛典型日粮中的草料比例更高。墨西哥肉牛是日本的20倍，奶牛是日本的2.5倍，但2007年墨西哥动物饲料的总消耗为2560万吨（Informa，2007b），仅稍比日本高。这样，通过家畜储备量来评估DDGS出口到墨西哥的潜力出口量时，考虑到非自主因素的影响，选用率修正为50%使评估更接近实际。如果实现上述修正，潜力市场大概为310万吨，是2008年预计进口量的2.5倍（表6.4）。

2007年出口到加拿大的总量是2006年的2.5倍，2008年前4个月是2007年同时期的5倍。如果2008年还保持相同的增长态势，加拿大将成为DDGS的第一大出口市场，可达160万吨左右（图6.5）。加拿大的家畜生产系统与美国在很多方面都很相似，产品大量来源于大型商业化饲养场。和美国相似，加拿大以玉米和小麦为原料的国内乙醇产业正不断增长，但比美国规模小。加拿大2007年利用了4000万蒲式耳的玉米和1700万蒲式耳的小麦生产53万吨的DDGS（USDA，GAIN报告）。考虑到其国内的DDGS供应和家畜存栏量，估计存在380万吨的潜力出口市场。

出口到墨西哥和加拿大的DDGS都可以很方便地使用火车、轮渡，而且在北美自由贸易协定下免关税。这两个国家的潜力出口市场加起来大概为700万吨，出口量在墨西哥和加拿大的增长预示着北美市场最有可能成为美国DDGS出口的最重要目标市场。

6.7 小结

基于国际市场不断扩大的肉品需求、饲料用谷物价格、合理的关税税率和进口国家缺少DDGS生产能力等各方面原因，美国的DDGS出口量还会继续增长。出口到任何市场都可以通过其畜禽存栏量或饲养量水平来假定DDGS的覆盖率和选用率。用相似的覆盖率和选用率假设估计其潜在国内消费量（表6.1）。本章将详细分析的6个国家和地区的DDGS潜力市场评估结果列在表6.4中。

不难发现，使用家畜储备量来估算DDGS使用量，欧盟是最大的潜力市场。但是，目前存在的转基因作物审批和市场标签需求的难题使得近期欧盟很难成为美国DDGS出口的重要市场。除了欧盟外的其他5个详细分析过的国家或地区总计有超过1200万吨的潜力市场，换句话说2011年DDGS（预期产量4000万吨）将有30%用于出口。

分析表明，在大多数情形下美国国内市场（3900万吨）和出口市场（1200万吨）加起来可以消化美国DDGS的预期增长量。另外，这些评估还没有包括将在第7章提到的快速增长的小出口市场，而且也不是用最大覆盖率和选用率作为评估依据的。出口市场还有未开发的潜力，尤其是亚太经济圈。增长出口的潜力与美国谷物协会的努力和产品科技与市场的变化息息相关。Shurson（2008）认为DDGS市场面临的一系列挑战包括产品定位、缺少质量分级系统、质量不稳定以及流动性问题。

如果出现美国的乙醇生产部门比预期的增长得快，例如：如果像Tokgoz等估计那样，到2016年DDGS产量增长到8800万吨，美国国内市场和现在可获得的出口市场对产出DDGS的消化能力将遭受质疑。如果出现了这种情形，也许通过单个植物鉴定和溯源程序并且仅使用欧盟批准的玉米种类，或者欧盟对非批准GMOs采用非零检出标准，从而重新获得至少一部分的欧盟市场是十分必要的。

参考文献

Clemens, R., and B. Babcock. 2008. "Steady Supplies or Stockpiles? Demand for Corn-Based Distillers Grains by the U. S. Beef Industry." MATRIC Briefing Paper 08-MBP 14, Midwest Agribusiness Trade Research and Information Center, Iowa State University, March. http://www.card.iastate.edu/publications/DBS/PDFFiles/08mbp14.pdf

Dhuyvetter, K. C., T. L. Kastens, and M. Boland. 2005. "The U. S. Ethanol Industry: Where Will It Be Located in the Future?" Agricultural Issues Center, University of California, Davis, November. http://www.agmanager.info/agribus/energy/Ethanol%20Industry (AgMRC)-11.25.05.pdf

Ellinghuysen.com. 2008. Web site. "Commission Hesitant to Approve More GM Crops." May 8. http://ellinghuysen.com/news/articles/68883.shtml

European Commission. 2007. "Economic Impact of Unapproved GMOs on EU Feed Imports and Livestock Production" http://ec.europa.eu/agriculture/envir/gmo/economic_impactGMOs_en.pdf

GMO Compass. n. d. Web site, GMO Database, "Genetically Modified Food and Feed: Authorization in the EU." http://www.gmo-compass.org/eng/gmo/db/

Greenpeace, European Unit. 2007. "New Illegal GMO Found in US Shipment to EU." Press release, April 30. http://www.greenpeace.org/eu-unit/press-centre/press-releases2/new-illegal-gmo-found-in-us-sh

Informa Economics. 2007a. "DDGS Transportation Study." Washington, DC.

——. 2007b. *An Independent Review of US Grains Council Efforts to Promote DDGS Exports*. Prepared for the U. S. Grains Council. Washington, DC, September.

Pew Trusts, Initiative on Food and Biotechnology. 2005. *U. S. vs. EU: An Examination of the Trade Issues Surrounding Genetically Modified Food*. December. http://www.pewtrusts.org/uploadedFiles/wwwpewtrustsorg/Reports/Food_and_Biotechnology/Biotech_USEU1205.pdf

Renewable Fuels Association. 2008. "Changing the Climate, Ethanol Industry Outlook 2008." http://www.ethanolrfa.org/objects/pdf/outlook/RFA_Outlook_2008.pdf

Shurson, G. C. 2005. "Issues and Opportunities Related to the Production and Marketing of Ethanol By-Products." Presented at the Agricultural Outlook Forum, February 2005. http://www.ddgs.umn.edu/articles-proc-storage-quality/2005-Shurson-%20AgOutlookForum-Feb05.pdf

Tokgoz, S., A. Elobeid, J. Fabiosa, D. J. Hayes, B. A. Babcock, T-H Yu, F. Dong, C. E. Hart, and J. C. Beghin. 2007. "Emerging Biofuels: Outlook of Effects on U. S. Grain, Oilseed, and Livestock Markets." CARD Staff Report 07-SR 101, Center for Agricultural and Rural Development, Iowa State University. http://www.card.iastate.edu/publications/DBS/PDFFiles/07sr101.pdf

U. S. Department of Agriculture. (USDA). 2008. World Agricultural Supply and Demand Estimates, WASDE-459, June 10. Office of the Chief Economist, Washington, DC. http://usda.mannlib.cornell.edu/usda/current/wasde/wasde-06-10-2008.pdf

U. S. Department of Agriculture, Foreign Agricultural Service (USDA-FAS). Various. GAIN reports, Bio-Fuels Production Report, various countries, 2006, 2007. Washington, DC.

——. n. d. U. S. Trade Exports - HS 10-Digit Codes. FASonline database. http://www.fas.usda.gov/ustrade/USTExHS10.asp?QI=

U. S. Department of Agriculture, National Agricultural Statistics Service (USDA-NASS). 2007. Ethanol Co-products Used for Livestock Feed. June. Washington, DC. http://usda.mannlib.cornell.edu/MannUsda/viewDocumentInfo.do?documentID=1756

U. S. Grains Council. 2007. DDGS User Handbook. Washington, DC. http://www.grains.org/page.ww?section=DDGS+User+Handbook&name=DDGS+User+Handbook

7 美国乙醇加工副产品的“小份额”市场前景

Nicholas D. Paulson[1]

2007年美国生产了65亿加仑的乙醇。现有的乙醇生产作物的产能可达到70亿加仑，而正在建设或计划建设的工厂能将乙醇的产能再增加60亿加仑（RFA，2008）。2007年的能源独立与安全法规定，2022年生物燃料的法定使用量为360亿加仑，其中由玉米作物生产的生物燃料将达到150亿加仑。

DDGS是乙醇生产过程中的一种副产品。它可用于畜禽饲料中，广泛地替代能量和蛋白质饲料（Markham，2005)。在不同的家畜日粮中，DDGS的使用量并不相同。1蒲式耳（在美国相当于2150.42立方英寸，或35.42升）的玉米在生产乙醇的过程中可产出18磅（1lb＝0.454kg）DDGS。因此，可以估计2007年DDGS的产量为1460万吨。美国谷物协会（USGC）估计，在2010年DDGS的产量会达到3600万吨（USGC，2007)。Informa（2007b）估计，到2015年DDGS的年产量将超过4000万吨，而Tokgoz等（2007）估计在2011年DDGS年产量就会超过4000万吨。

最近玉米价格的上升影响了乙醇生产的利润，使得乙醇生产厂家更加注重DDGS的市场和销售。Dhuyvetter、Kastens和Boland（2005）从各个饲养试验中的DDGS的混合比例，估测出美国DDGS的潜在需求达到5000多万吨，可以替换三分之一的玉米饲喂量（1.56亿吨)。尽管这个估测能将计划中的DDGS的产能完全消耗，但是这个估测是建立在一个假设基础上的。这个假设就是所有的生产者在饲料中按最大比例添加DDGS而不考虑其价格，而DDGS的价格对估计其市场前景是非常必要的。因为乙醇生产的利润直接与乙醇和其副产品的价格相关，所以乙醇生产者必须考虑开发出口市场以增加DDGS的需求量。从DDGS的营养组成可以看出，当它以推荐比例添加于饲料中时DDGS的饲养价值应该比玉米略高、比豆粕略低（USGC，2007)。过去一段时间内，DDGS的价格随玉米价格的波动而波动（见第6章表6.2)。图7.1表示的是爱荷华州东北部和伊利诺伊州从2007年2月到2008年6月DDGS和玉米的价格（USDA-AMS，2008)。在这段时间内，DDGS和玉米价格的比值从0.7～1.1不等，平均比值为0.92。Tokgoz等（2007）报道，全世界的反刍动物对DDGS的潜在需求足以将DDGS的价格维持在玉米价格附近。

图7.2列出了1996～2007年美国DDGS的出口数据（USDA-FAS，2008b；USITC，2008)。从图中可以看出，DDGS的出口从1996年的50万吨缓慢增加

---

[1] 作者为美国伊利诺伊香槟分校农业与消费经济系教授。

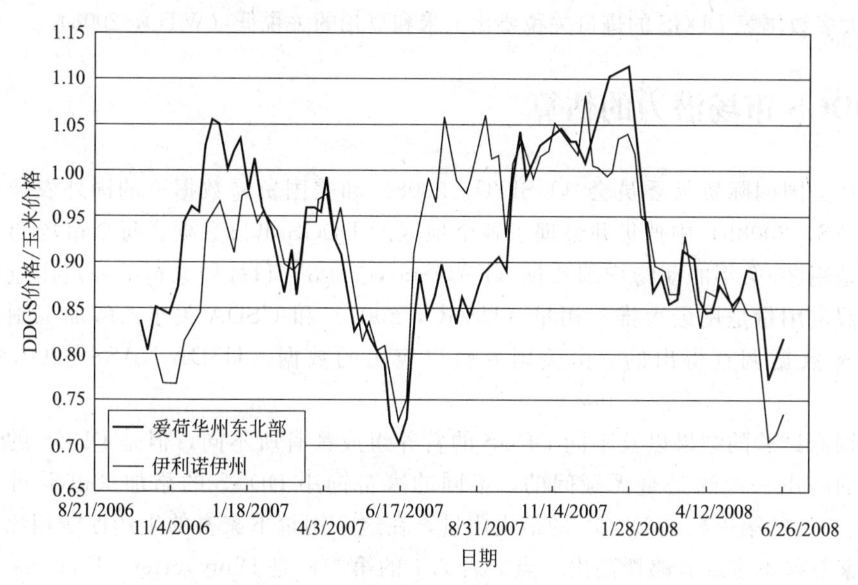

图 7.1　在爱荷华州东北部和伊利诺伊州 DDGS 和玉米价格走势

（2007 年 2 月～2008 年 6 月）

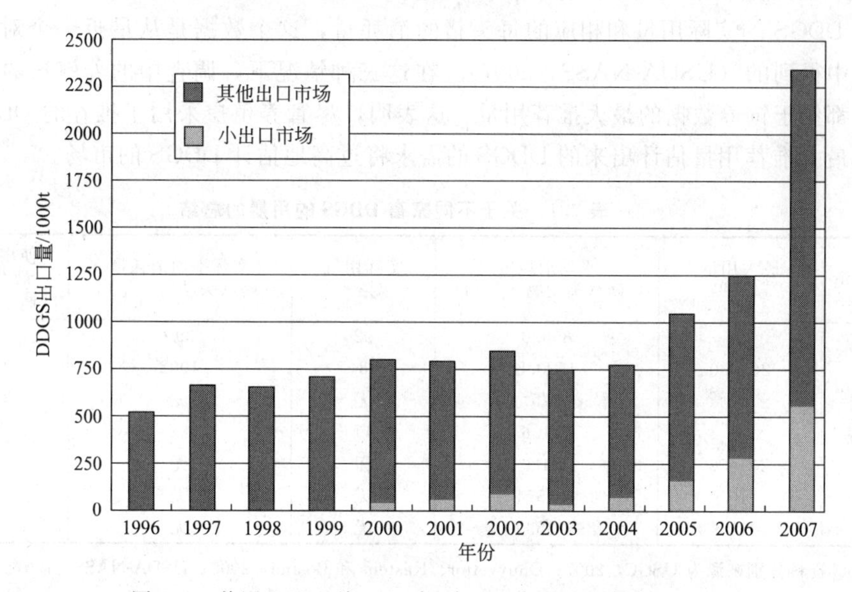

图 7.2　美国 DDGS 从 1996 年到 2007 年的出口数据

到 2005 年和 2006 年的 100 万吨，但是 2007 年 DDGS 的出口量几乎翻了一倍，达到 230 万吨，而 DDGS 的总产量增加也超过了 15%。截止到 2008 年 6 月，2008 年 DDGS 的出口已经达到 380 万吨（USGC，2008b）。从数据中可看到，欧盟、墨西哥、加拿大都是美国 DDGS 的出口大国（RFA，2008）。但是最近的出口数据显示，这些国家在美国 DDGS 的出口所占的比例在下降。这张图的重点在于描绘了国际小市场（如美洲中部和南部、加勒比、东南亚、非洲和前苏联）对 DDGS 的需求。DDGS 出口的增长速度大概反映了 DDGS 和乙醇生产的爆炸性增长，而那些小市场在总出口中占的比例也从 2000 年的刚起步增加到 2007 年的 25%，或者说增加了 58.8 万吨。以下部分将介绍各个小市场的出口和潜在需求的数据，而且进一步讨论了开拓各个市场存在的挑战。同时也介绍了各个国家玉米、豆粕、DDGS 的进口关税，可以看到，大多数国家DDGS的进口关税要比玉米和豆粕的关税低（WTO，2008）。

7.1 DDGS市场潜力的估算

我们从美国国际贸易委员会（USITC，2008）和美国贸易数据库的国外农业服务网站（USDA-FAS，2008b）中搜集并整理了各个地区的DDGS出口数据。每个市场的DDGS的潜在需求是用2007年的动物详细数据（FAOStat，2008）和每种家畜的假定用量估计出来的，其中假定用量是用最大推荐用量（USGC，2007）和USDA关于乙醇加工副产品在养殖场的调查数据调查得出的、由美国养殖户应用的数据（USDA-NASS，2007）估计出来的。

尽管饲养试验的结果以及不同DDGS的营养组成都有所不同，但是DDGS的饲喂价值要比玉米的高出一些这是毫无疑问的，不同的家畜饲用DDGS的添加量也不同（USGC，2007）。表7.1的第一栏是DDGS的最大用量，在这个用量下家畜的生产性能相比没有饲喂DDGS的家畜差不多或者略微高出一点。表7.1的第二栏是Dhuyvetter、Kastens和Boland（2005）用来估计DDGS在美国畜牧业潜在消耗量。Dhuyvetter、Kastens和Boland的试验中DDGS的用量和第一栏中推荐的最大用量差不多。表7.1还列出了关于肉牛、奶牛和商品猪的DDGS的实际用量和相应的每头猪的消耗量，这个数据是从最近一个对美国养殖户的调查中得到的（USDA-NASS，2007）。在这三种情况下，调查中的养殖户的DDGS的实际用量都低于饲养数据的最大推荐用量。这表明，尽管养殖户采用了推荐的DDGS的用量，但是由最大推荐用量估计出来的DDGS的需求将过高地估计DDGS的市场。

表7.1 关于不同家畜DDGS的用量的总结

家畜种类	最大用量/%①	平均消耗量/[磅/(头动物·年)]②	实际用量/%③	实际平均消耗量/[磅/(头动物·年)]③	使用值平均用量最大值/标准值/[磅/(头动物·年)]
肉牛	40	650.0	22	396	720/360
奶牛	20～30	1520.8	8	1002	3125/1042
其他牛	40	375	无	无	375/187.5
商品猪	20	171.6	11	82	149/74.5
种猪	20～50	374.0	无	无	374/187
肉鸡	10	1.1574	无	无	1.1574
火鸡	10	6.3539	无	无	6.3539

①②③资料分别来源为USGC，2007；Dhuyvetter、Kastens和Boland，2005；USDA-NASS，1007。

注："无"表示在USDA的调查中没有数据。

我们还搜集了各个地区玉米和豆粕的国内供应和从美国进口的数据，这些数据来自于USDA-FAS的生产、供应、销售数据库。这项研究假设：如果DDGS相对玉米和豆粕有价格优势，饲料进口商（尤其是依靠美国的玉米和豆粕的饲料进口商）将很可能增加DDGS（作为一种饲料替代物）的进口。把这些地区从美国进口的玉米和豆粕占的比例与其国内供应相比较，来说明各个地区对美国饲料资源的依赖度，再次假设那些从美国进口一部分饲料的地区其DDGS的需求更大。对于纯出口玉米、豆粕的国家和那些较少从美国进口饲料的地区来说，出口到这些地区的饲料（比如说DDGS）前景低迷，也就是说其市场的增长和发展有限。

因为DDGS通常用于替代部分玉米和豆粕，而且不同地区的用量不同，所以玉米和豆粕的用量也被用来估计各个地区 DDGS 的潜在需求。按照 Dhuyvetter、Kastens 和 Boland（2005）的估计，2005 年美国 DDGS 的需求超过 5000 万吨，将替代美国所有玉米用量的三分之一。如果 DDGS 的价格有竞争优势，可以说在其他地区 DDGS 也能替代三分之一的玉米用量。如果 DDGS 消耗量超出预期水平，其价格将很可能低于玉米的价值。除去南非的那些国家（在这些国家由标准用量估计出来的 DDGS 的需求是最少的），在所有被研究的地区中，美国由于饲喂玉米引起 DDGS 的需求变化的估计是最保守的。这个结果说明，在这项研究中的大多数国家的 DDGS 的用量要小于美国养殖户的用量。因此，由美国养殖业 DDGS 的用量估测出来的 DDGS 需求量只适用于一些地区，这些地区的 DDGS 的价格足够低才能促使生产者改变饲料配方，使用更多的 DDGS。

7.2 南美地区

在过去的 7 年中，南美地区的很多国家已经从美国进口 DDGS。在 2000 年，哥伦比亚是南美第一个从美国进口 DDGS 的国家，其进口量为 4 万吨。尽管在 2003 年出口到南美的 DDGS 下降了很多，但是从 2004 年开始每年的出口量都在增加。与 2006 年比，2007 年出口到南美的量增加了 5 倍，达到 6 万吨，占美国总出口的 2.5%。而且 2008 年比 2007 年又增加了 4 倍。2007 年，智利和哥伦比亚分别进口了 3.75 万吨和 1.25 万吨。大约 1 万吨出口到了秘鲁，这是秘鲁第一次进口 DDGS。正是美国谷物协会最近的饲养试验和推广才使得秘鲁开始进口 DDGS（美国谷物协会，2008a）。

表 7.2 是对南美不同的家畜对 DDGS 需求的估计。鉴于南美养殖业的规模，尤其是肉牛和奶牛的生产，南美对 DDGS 的需求大概刚刚超过 1000 万吨。但是南美的阿根廷、巴西、巴拉圭和乌拉圭的家畜比例与美国的很不一样，美国人的食物中谷类和肉类更多。从图 7.3 和图 7.4 中可以看到 2007 年南美总共只消耗了 5400 万吨玉米、1700 万吨豆粕。而美国的养殖业尽管饲养规模比较小，却消耗了 1.5 亿吨玉米、3100 万吨豆粕。而且整个南美的玉米和豆粕的贸易良好，没有逆差，从美国进口的量也比较少，只占整个消耗量的一小部分。

表 7.2 南美 DDGS 的潜在需求

家畜种类	2007 年存栏量/1000 头	最大需求/(t/年)	标准需求/(t/年)	家畜种类	2007 年存栏量/1000 头	最大需求/(t/年)	标准需求/(t/年)
肉牛	10090	3302313	1651156	肉鸡	1929706	1015201	1015201
奶牛	11740	16676080	5560472	火鸡	28183	81396	81396
其他牛	43345	7388376	3694188	总量		29507960	12524711
商品猪	15424	1044594	522297				

注：数据来源于 USDA-FAS，2008a；数据中不包括巴西、阿根廷、巴拉圭、乌拉圭。

表 7.2 中南美洲对 DDGS 的潜在需求的估计排除了巴西、阿根廷、巴拉圭、乌拉圭的数据，因为这些国家的饲养方式不同，而且它们是玉米的净输出国。除了这些国家外的其他国家，由于它们的动物总量非常多，因此它们对 DDGS 的潜在需求量由最大用量估计得到为 2950 万吨，由标准用量（假设南美也采用美国的推荐用量）估计可得到为 1250 万吨。尽管南美的贸易总体上平衡，但是南美所有进口 DDGS 的国家都曾进口过玉米。这些净进口玉米的国家相对地更加依赖于美国的玉米，这说明从 2000～2006 年超过 37%的玉米被用作饲料。我们估计美国的 DDGS 的潜在需求是基于美国国内每年的饲用玉米量低于 380 万吨。

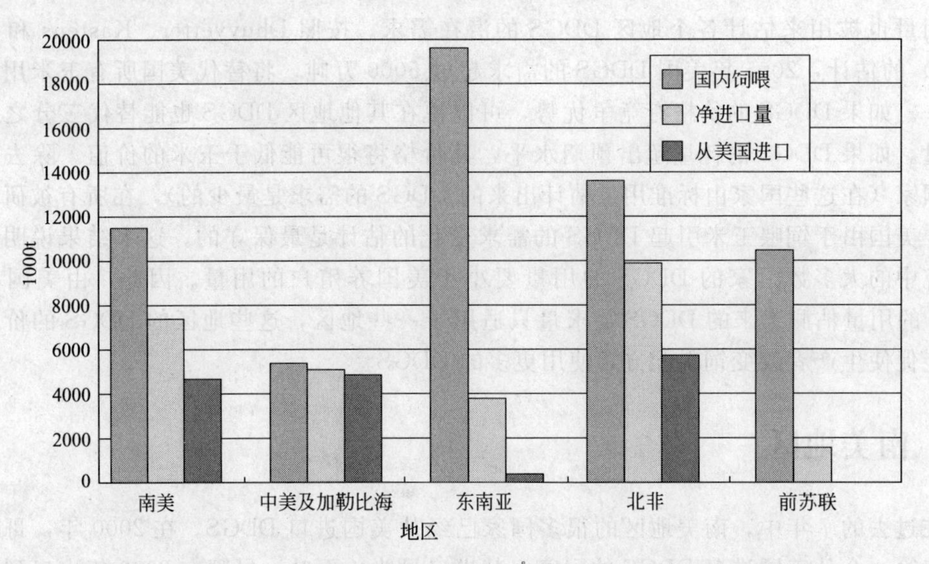

图 7.3 2006～2007 年玉米国内自给量、净进口量以及从美国进口的量

数据来源于 USDA-FAS，2008a；南美地区的数据中不包括巴西、阿根廷、巴拉圭、乌拉圭

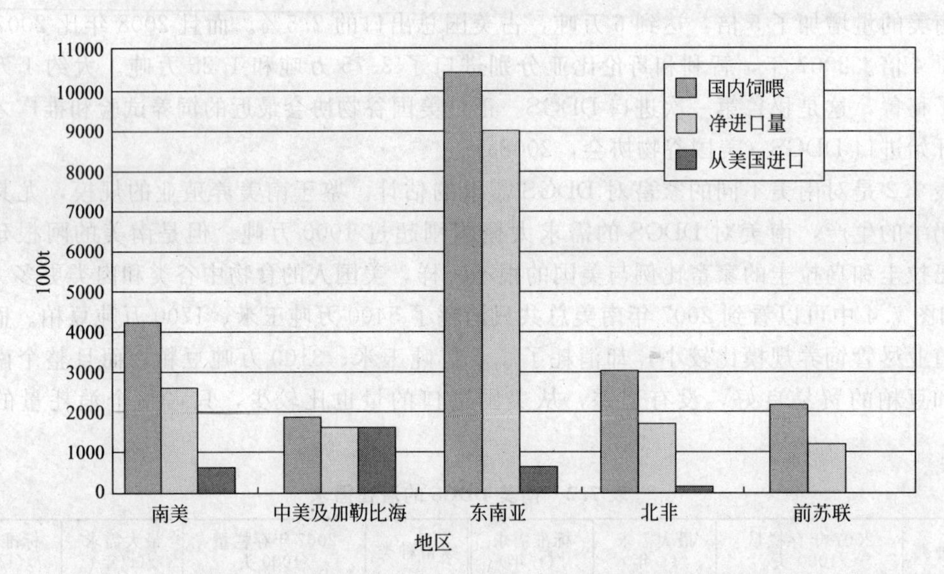

图 7.4 2006～2007 年豆粕国内自给量、净进口量和从美国进口的量

数据来源于 USDA-FAS，2008a；南美地区的数据中不包括巴西、阿根廷、巴拉圭、乌拉圭

在南美洲，DDGS 作为一种替代豆粕的蛋白质原料的竞争是很激烈的，因为豆粕的供应来源于阿根廷和巴西庞大的并不断增长的豆粕生产工业。在南美洲，DDGS 更可能被用作替代玉米的能量饲料，因此，在净进口玉米的国家中，DDGS 的价值跟玉米差不多。

在南美洲，玉米和豆粕的平均进口关税在 0～15％之间，在大多数国家中玉米的关税更高一些。在所有国家中，DDGS 的关税与豆粕的关税差不多，但是，在阿根廷、巴西、巴拉圭、秘鲁，DDGS 的关税要比玉米的低。美国和哥伦比亚、秘鲁的免关税协议正在协商中，哥伦比亚协议将减免玉米、豆粕、DDGS 15％的关税。秘鲁在 DDGS 和豆粕上没有设置关税，而对从美国进口的玉米征收 9％的关税。

7.3 中美洲和加勒比海地区

中美洲和加勒比海地区的国家从2000年开始进口美国的DDGS，那时危地马拉、洪都拉斯、牙买加总共进口了8900t。2007年，中美洲的5个国家总共进口3.15万吨，最多的是哥斯达黎加进口了1.5万吨。古巴进口了将近8.5万吨，牙买加进口了0.9万吨，使美国DDGS出口到此地区的量超过12.5万吨，占美国出口总量的5.1%。美国2008年2月份DDGS的出口量就超过了2007年的总出口量（USDA-FAS，2008b)。美国谷物协会已经在危地马拉和萨尔瓦多进行相关培训，这有助于将DDGS销往这些国家和其他邻近地区（美国谷物协会，2008a)。

表7.3列出了中美洲和加勒比海地区不同家畜对DDGS的潜在需求。由最大用量估计出来的这个地区的总需求为1020万吨，而由标准用量估计为430万吨。在过去4年中，这个地区的家畜产业经历了爆炸式的发展，对玉米和豆粕的需求不断增加。在2006年和2007年中美洲和加勒比海地区玉米的消耗量超过500万吨，豆粕的消耗将近200万吨。基于这个地区玉米的消耗量，我们估计，这个地区对DDGS的需求将达到180万吨，如果这个地区的养殖业继续发展，这个需求量将随着玉米和豆粕需求的增长而增长。

表7.3 中美洲和加勒比海地区对DDGS的需求

家畜种类	2007年存栏量①/1000头	最大潜在需求/(t/年)	标准潜在需求/(t/年)	家畜种类	2007年存栏量①/1000头	最大潜在需求/(t/年)	标准潜在需求/(t/年)
肉牛	3371	1103371	551686	肉鸡	850434	447406	447406
奶牛	4163	5913142	1971678	火鸡	355	1025	1025
其他牛	13902	2369633	1184817	总量		10236059	4357352
商品猪	5928	401481	200741				

① 资料来源于USDA-FAS，2008a。

显然，中美洲和加勒比海地区的这些国家并不出口玉米和豆粕，导致所有商品的贸易逆差的增长速度接近于饲料贸易逆差（从2003年来每年增长7%～12%）的增长速度。这个地区进口将近90%的玉米，而豆粕有将近80%是从美国进口的。豆粕价格较高且不稳定，以及对美国饲料资源较高地依赖度，这两个因素综合作用，使得中美洲和加勒比海地区成为有较好前景的地区。

中美洲所有国家的DDGS的关税都比玉米低，这有助于推广使用DDGS。豆粕的关税通常低于DDGS的进口关税。在伯利兹城（洪都拉斯首都)，玉米关税为40%，而豆粕和DDGS的关税为零。在巴拿马，玉米、DDGS、豆粕的关税分别为26%、15%、0。在中美洲的其他国家中的大多数国家，DDGS的关税为5%、豆粕的为2.5%，而玉米的关税从9.3%（哥斯达黎加）到17.5%（危地马拉）不等。由美国、中美洲、多米尼加共和国签署的中美洲自由贸易协议在许多商品上给美国优惠关税，使得这些商品比从其他国家进口的货物更具竞争力。正在协商的美国和巴拿马之间的自由贸易协议将取消玉米和DDGS的进出口关税。

7.4 东南亚

2004年东南亚各国的进口量达到2.5万吨后，DDGS的进口规模趋于稳定，其中的大部分出口到了印尼和马来群岛。2005 年，东南亚的总进口量增加了 4 倍，2006 年和 2007 年都增加了 50%以上，分别达到 19.3 万吨和 30.5 万吨。2008 年 2 月的进口量是 2007 年同期的 2 倍。2007 年，印尼、泰国、越南的进口各自占东南亚年度总进口量的大约 20%。菲律宾的进口量最大，达到 7.9 万吨。马来群岛进口了 4 万吨，新加坡只进口了 150t。美国出口的 DDGS 有 13%出口到了东南亚，超过了出口到整个小市场的 50%。美国谷物协会在菲律宾、马来群岛做的推广工作和经济的运输是东南亚市场迅速发展的主要原因（美国谷物协会，2008a；Informa，2007a，b）。

表 7.4 是对东南亚 DDGS 的潜在需求的估计，按最大用量估计可达到 150 万吨，按标准用量估计可达到 84 万吨。图 7.3 和图 7.4 分别表示 2006～2007 年度东南亚玉米和豆粕国内供应量、净进口量和从美国进口的量。从 2003 年开始，东南亚的饲用玉米量就不断增加，到 2007 年已经达到 2 万吨。饲用豆粕也在增加，2007 年达到 1.1 万吨。这个地区的豆粕主要来源于进口，这表明超过 80%的豆粕被用作饲料。东南亚国家也是玉米净进口国，每年消耗的玉米中有 15%～20%是进口得来的。但是，东南亚从美国进口的玉米和豆粕的量都很少，甚至豆粕的进口量还在减少。基于这个地区每年的玉米消耗量，保守估计 DDGS 的潜在需求可达到 65 万吨/年。

表 7.4　2007 年东南亚对 DDGS 的潜在需求

家畜种类	2007 年存栏量[①] /1000 头	最大需求 /(t/年)	标准需求 /(t/年)	家畜种类	2007 年存栏量[①] /1000 头	最大需求 /(t/年)	标准需求 /(t/年)
肉牛	5285	1729676	864838	肉鸡	3797627	1997897	1997897
奶牛	992	1408604	469685	火鸡	568	1640	1640
其他牛	25390	4327860	2163930	总量		15372328	8451316
商品猪	87212	5906651	2953326				

① 资料来源于 UADA-FAS，2008a。

尽管东南亚各国从美国进口的玉米只占总用量的很少一部分，但是集装箱运输的发展促进了这一地区 DDGS 进口的增加。DDGS 进口的增长还将继续，其限制因素则变为其他商品的竞争、集装箱数量和港口的容量（美国谷物协会，2007；Informa，2007a）。

在这个地区，不同国家对玉米、豆粕、DDGS 征收的关税差别很大。印尼对玉米、豆粕、DDGS 征收的关税为 5%。菲律宾对 DDGS 和豆粕征收的关税为 3%，而对玉米征收的关税可达到 30.7%。泰国对豆粕、DDGS、玉米分别征收 6%、9%、20%的关税。马来群岛和新加坡不对玉米、豆粕、DDGS 征收关税。

7.5 北非

2004 年非洲从美国进口了 546t DDGS，到 2007 年就增长到了将近 6.6 万吨。而 2008 年进口的量是 2007 年的 3 倍多。摩洛哥、埃及 2007 年从美国进口了 6.4 万吨——几乎是出口到非洲的总量。DDGS 出口的增长很大一部分是由于美国谷物协会最近对养殖户做的关于饲喂 DDGS 优势的培训（美国谷物协会，2007；Informa，2007a）。

表 7.5 是对北非 DDGS 的潜在需求的估计。按最大推荐用量估计，北非每年能消耗 87 万多吨的 DDGS，按标准用量估计可消耗 35 万吨的 DDGS。图 7.3 和图 7.4 分别表示 2006～2007 年度各地区玉米和豆粕国内供应量、净进口量以及从美国进口的量。北非的玉米饲喂量稳定在 130 万吨左右，而豆粕饲喂量在过去 10 年间稳定地增长，到 2006～2007 年

达到300多万吨。从美国进口的玉米量反映出，2000年以来，北非的玉米有超过45%用于饲喂家畜。但是从美国进口的豆粕却在不断减少，现在只占饲用豆粕的不到5%。北非以前是玉米、豆粕的净进口地区，70%的饲用玉米和50%的饲用豆粕都是从其他国家进口的。

表7.5　2007年北非对DDGS的潜在需求

家畜种类	2007年存栏量①/1000头	最大需求/(t/年)	标准需求/(t/年)	家畜种类	2007年存栏量①/1000头	最大需求/(t/年)	标准需求/(t/年)
肉牛	3278	1072800	536400	肉鸡	1118000	588170	588170
奶牛	4759	6759943	2254035	火鸡	15501	44769	44769
其他牛	1641	279738	139869	总量		8750858	3565962
商品猪	80	5439	2719				

① 资料来源于USDA-FAS，2008a。

由于北非的饲料依赖于进口，所以DDGS的市场将会不断扩大，其中美国的DDGS将占一席之地。考虑到北非每年的玉米消耗量，我们估计北非DDGS的市场可达到460万吨/年。这个估计值比由标准用量和动物总量估计出来的值大，这说明相对于此次研究中的其他国家来说，北非采用的DDGS的用量标准更相近于美国采用的标准。

摩洛哥对豆粕、玉米、DDGS分别征收25%、17.5%、35%的关税。让人意外的是，摩洛哥对DDGS征收的关税虽然比玉米和豆粕的高，却是北非主要的进口美国DDGS的国家。埃及对DDGS和豆粕分别征收2%和5%的关税，对玉米不征收关税。南非对玉米和DDGS并不征收关税，但对从美国进口的豆粕征收6.6%的关税。

7.6　前苏联

至今美国的DDGS还没有出口到前苏联的任何国家。表7.6是对前苏联DDGS的潜在需求的估计。按最大推荐用量估计，前苏联的养殖业将消耗300多万吨的DDGS，按标准用量估计，前苏联只能消耗不到127万吨。

表7.6　2007年前苏联对DDGS的潜在需求

家畜种类	2007年存栏量①/1000头	最大需求/(t/年)	标准需求/(t/年)	家畜种类	2007年存栏量①/1000头	最大需求/(t/年)	标准需求/(t/年)
肉牛	13879	4542316	2271158	肉鸡	649534	341714	341714
奶牛	14586	20719105	6908578	火鸡	14515	41921	41921
其他牛	24806	4228291	2114145	总量		31919412	12700550
商品猪	30210	2046065	1023032				

① 资料来源于USDA-FAS，2008a。

前苏联地区的饲用玉米从2000年的不到600万吨增加到2006～2007年的1000多万吨(图7.3中可以看到)。但是，前苏联地区从美国进口的玉米少到可以忽略不计。从2003年开始，前苏联的饲用豆粕量一直在稳定地增加，到2006～2007年达到220多万吨。但是从美国进口的豆粕的量一直在减少，2007年只占总消耗量的不到2%。为了增加前苏联地区的出口量，美国DDGS的价格必须低于玉米（也考虑到这一地区对美国饲料资源的依赖性较小），但是基于这一地区庞大的玉米消耗量，我们保守估计，这一地区DDGS的潜在需求可达到350万吨。

世贸组织的报告中并没有前苏联地区一些国家的关税资料。许多的国家，如乌克兰等，已经加入欧盟。欧盟国家不对豆粕和DDGS征收关税，但对玉米征收94欧元/t的关税。

7.7 "小份额"市场的总需求及其他问题

表7.7总结了美国DDGS总出口市场的潜在需求。其中数据基于：①最大推荐用量；②美国牲畜生产的标准推荐用量（USDA-NASS，2007）；③2006～2007年度玉米的三分之一国内市场水平。表中还报告了目前情况下美国DDGS的市场渗透率（2007年进口DDGS与潜在需求估计数的比值）。表7.7的最后一列是从2000年到2006年各个地区从美国进口的玉米与国内消耗的玉米的比例的平均值，这是为了衡量各个地区对美国饲料资源的依赖程度。

表7.7 各个地区DDGS潜在需求和市场渗透率的总结

地　区	最大用量下的潜在需求/(t/年)	标准用量下的潜在需求/(t/年)	国内玉米消耗推测的潜在需求/(t/年)	从美国进口的占国内玉米消耗的比例
南美[①]	29507960 (0.2%)	12524711 (0.48%)	3840667 (1.56%)	37.2%
中美洲和加勒比海地区	10236059 (1.22%)	4357352 (2.87%)	1806000 (6.93%)	89.6%
东南亚	15372328 (1.99%)	8451316 (3.61%)	6560333 (4.66%)	2.4%
北非	8750858 (0.75%)	3565962 (1.84%)	4587000 (1.43%)	46.5%
前苏联地区	31919412 —	12700550 —	3503000 —	<1%
总	95786617 (0.58%)	41599890 (1.34%)	20297000 (2.74%)	
总[②]	63867205 (0.87%)	28899341 (1.93%)	16794000 (3.31%)	

①不包括阿根廷、巴西、巴拉圭和乌拉圭；②除去前苏联地区。

按最大推荐用量估计，这5个小份额市场对DDGS的总需求可达到1亿吨，按标准用量估计也可达到4200万吨，基于其国内的玉米饲喂比例估计将超过2000万吨。鉴于DDGS出口到前苏联地区的可能性较小，我们也统计了不包括前苏联地区的其他地区的资料。但值得注意的是，即使最保守的估计也有超过1600万吨的潜在需求，能消耗美国在将来3～7年内计划中的每年4000万吨产量的40%（Informa，2007b；Tokgoz等，2007）。

2007年，美国DDGS的市场渗透率在不同地区有所不同，从前苏联地区的0到东南亚的将近7%。渗透率很高的市场有东南亚、中美洲、加勒比海地区，还包括那些只进口玉米、豆粕的国家，还有那些至少在某种程度上依赖美国饲料资源的国家。当这些国家的养殖户更加熟悉DDGS的饲养价值，当商品价格不断增加使DDGS比其他传统饲料（玉米和豆粕）更加具有竞争性和吸引力时，可以预见，这些地区对DDGS的需求将增大。

在南美洲，DDGS的出口市场开发比较完善的有智利、秘鲁、哥伦比亚以及相对差点的厄瓜多尔（其玉米的贸易逆差较大）。前苏联地区的DDGS的市场还没有开发出来，考虑到这个地区是玉米纯出口国，除非DDGS的价格比玉米低很多或者大宗货物运输成本下降，否则很难进入该市场。而且许多的前苏联国家已经加入欧盟，其食品标准和饲料标准也可能会阻碍 DDGS 向这个地区的出口。

因为 DDGS 是一种相对比较新的产品，所以在开发 DDGS 的国际国内市场时不得不考虑一些问题、迎接一些挑战。包括产品辨别、产品质量的保证、分级标准、标准分析方法、产品运输和成本以及对潜在消费者的技术培训（Shurson，2005）等。因为运输问题会在第 9 章讨论，所以我们就不在本章详细说明了。但是集装箱运输的经济性以及由此引起的对东南亚地区市场的影响值得关注。

在亚洲的许多国家，利用集装箱运输和散装运输的费用不同，DDGS 的运输充分利用了这点而降低了费用。DDGS 和其他商品一样利用从亚洲进口货物的集装箱，以前这些集装箱卸空之后空着返回出发地。但是，对集装箱数量的需求的增长快速超过了容量的增长，限制了从这些集装箱出口到亚洲市场的 DDGS 的数量（Informa，2007b）。

潜在的购买者在大规模饲喂 DDGS 前必须了解 DDGS 的饲用价值。尽管养殖户通常用简单的方法估计 DDGS 的用量，但是 DDGS 的添加量相对比较复杂。美国谷物协会做了很多的努力来向畜禽养殖者介绍饲料中添加 DDGS 的好处，包括饲养试验研究、短期培训（在世界各地都有，包括日本、埃及、菲律宾、中国、危地马拉、萨尔瓦多、韩国、智利）（美国谷物协会，2008a）。这些国家的出口市场已经开发出来了，而且每年都在增长中。随着饲养员对 DDGS 饲喂价值认识的提高，全球范围内的需求将继续增长。但是，必须确保 DDGS 在长途运输后的质量，以使养殖户对 DDGS 有好感，这是至关重要的。为了确保对美国 DDGS 的进口需求继续地增长，质量分级标准和饲料分析标准的建立是很有必要的。

7.8 小结

乙醇产量的快速增加导致了生产过程中的副产品产量的相应增加。其中的一种副产品——DDGS 有很好的饲喂价值，可替代能量饲料玉米，也可替代蛋白质饲料豆粕。随着乙醇产量的爆炸式增加和利润的相对下降，DDGS 的市场营销对确保持续地盈利来说变得越来越重要。

尽管 Dhuyvetter、Kastens、Boland（2005）估计，所有生产的 DDGS 都能在美国国内消耗掉，但是乙醇生产商越来越关心开拓国际市场以增加 DDGS 的总需求量。以前只有一小部分国家和地区从美国进口大量 DDGS，包括加拿大、墨西哥和欧盟的一些国家。最近一些小份额市场也被开发出来，而且在美国 DDGS 出口中占的比例越来越大。

本章的重点在于估计一些小份额市场（尤其是那些刚开始从美国进口 DDGS 的国家）对 DDGS 的潜在需求。我们搜集了各个地区的家畜存栏量以及从饲养试验和实际生产中得到的 DDGS 的用量，从而估计出各地区的潜在需求，并将其与历史进口量相比较。用最大推荐用量估计总需求可达到 9500 万吨，用标准用量估计则达到 4000 多万吨。尽管过去两年内出口的增长非常快，但是总体来说，DDGS 的实际消耗量远低于总的潜在需求（市场渗透率小于 7%），这说明，出口到小份额市场的 DDGS 有很大的增长空间。

即使是最保守的估计（由美国国内消耗的玉米的量推测），这些小份额市场对 DDGS 的需求也可超过 1600 万吨/年。再考虑到美国国内的需求量（Dhuyvetter、Kastens、Boland 估计可达到 5000 万吨，2005），随着乙醇以及 DDGS 的产量不断地增加，DDGS 的价格应该很轻易地达到或稍微高于玉米的价格。

为DDGS开拓新的市场或扩大现有市场都不是很容易，因为它是一种相对较新、看起来比较复杂的饲料资源。美国谷物协会在培训方面做的工作是极其有效的，而且应该可以继续促进现有出口市场和刚开拓市场的持续与快速增长。考虑到国际国内市场对DDGS的潜在需求，即使乙醇和DDGS的产量爆炸式地增加（因为要达到法定的生物燃料用量），DDGS作为一种能量和蛋白质饲料，它的价格也应维持在一定水平。DDGS的市场也由以下几方面推动：商品价格急剧上升、养殖业发展对饲料的需求以及世界各国对DDGS的需求。还有几个因素限制着DDGS出口市场的增长：培训力量不够、没有成型质量分级标准和分析标准，还有就是运输问题，应该综合考虑集装箱的运输能力和大量运输的高费用、价格变异性大的相互影响，以保证进口者能持续及时收到高质量的DDGS。

参考文献

Clemens，R.，and B. A. Babcock. 2008. “Steady Supplies or Stockpiles? Demand for Corn-Based Distillers Grains by the U. S. Beef Industry.” MATRIC Briefing Paper 08-MBP 14，Midwest Agribusiness Trade Research and Information Center，Iowa State University，March 2008. http：//www. card. iastate. edu/publications/DBS/PDFFiles/08mbp14. pdf (accessed June 2008).

Dhuyvetter，K. C.，T. L. Kastens，and M. Boland. 2005. “The U. S. Ethanol Industry：Where Will It Be Located in the Future?” Agricultural Marketing Resource Center and Agricultural Issues Center，University of California-Davis.

FAOStat. 2008. Food and Agriculture Organization Livestock Inventories. http：//faostat. fao. org/site/569/default. aspx (accessed June 2008).

Informa. 2007a. “DDGS Transportation Study.” Informa Economics Inc.，Washington，DC. ——. 2007b. “An Independent Review of US Grains Council Efforts to Promote DDGS Exports.” Informa Economics Inc.，Washington，DC.

Markham，S. 2005. “Distillers Dried Grains and Their Impact on Corn，Soymeal，and Livestock Markets.” Agricultural Outlook Forum presentation，February，25，2005. http：//www. agmrc. org/NR/rdonlyres/C5868056-5807-4901-B9B1- C4CDB7144DAC/0/DistillersDriedGrainsandTheirImpactonCorn. pdf (accessed May 2008).

Renewable Fuels Association (RFA). 2008. “Industry Resources：Co-Products.” http：//www. ethanolrfa. org/industry/resources/coproducts/ (accessed May 2008).

Shurson，G. C. 2005. “Issues and Opportunities Related to the Production and Marketing of Ethanol By-Products.” Presented at the Agricultural Outlook Forum，February 2005. http：//www. ddgs. umn. edu/articles-proc-storage-quality/2005-Shurson- %20AgOutlookForum-Feb05. pdf (accessed May 2008).

Tokgoz，S.，A. Elobeid，J. Fabiosa，D. J. Hayes，B. A. Babcock，T-H. Yu，F. Dong，C. E. Hart，and J. C. Beghin. 2007. “Emerging Biofuels：Outlook of Effects on U. S. Grain，Oilseed，and Livestock Markets.” Staff Report 07-SR 101，Center for Agricultural and Rural Development，Iowa State University. http：//www. card. iastate. edu/publications/DBS/PDFFiles/07sr101. pdf (accessed April 2008).

U. S. Department of Agriculture，Agricultural Marketing Service (USDA-AMS). 2008. “Iowa Ethanol Corn and Co-Products Processing Values.” Washington，DC. http：//www. ams. usda. gov/mnreports/nw _ gr111. txt (accessed June 2008).

U. S. Department of Agriculture，Foreign Agriculture Service (USDA-FAS)，2008a. Production，Supply，and Demand Database. Washington，DC. www. fas. usda. gov/psdonline/ (accessed April 2008). ——. 2008b. U. S. Trade Internet System. Washington，DC. http：//www. fas. usda. gov/ustrade/ (accessed April 2008).

U. S. Department of Agriculture，National Agricultural Statistics Service (USDA-NASS). 2007. “Ethanol Co-Products Used for Livestock Feed.” Washington，D. C. http：//usda. mannlib. cornell. edu/usda/current/EthFeed/EthFeed-06-29-2007 _ revision. pdf (accessed May 2008).

U. S. Grains Council (USGC). 2007. “DDGS User Handbook.” Washington，DC. http：//www. grains. org/page. ww? section＝DDGS＋User＋Handbook&name＝DDGS＋ User＋Handbook (accessed April 2008). ——. 2008a. *Grain News*，various issues. Washington，DC. http：//www. grains. org/page. ww? section ＝ Grain ＋

News&name= Grain + News + 2008 (accessed April 2008). ——. 2008b. *Market Perspectives*, various issues. Washington, DC. http://www. grains. org/page. ww? section = Market + Perspectives&name = Market + Perspectives+2008 (accessed April 2008).

U. S. International Trade Commission (USITC). 2008. Interactive Tariff and Trade Da- taWeb. Washington, DC. http://dataweb. usitc. gov/ (accessed June 2008). World Trade Organization (WTO). 2008. Trade Statistics for Member and Observer Countries. http://www. wto. org/english/thewto _ e/whatis _ e/tif _ e/org6 _ e. htm (accessed June 2008).

8 畜禽日粮营养水平和成本计算[1]

Garland Dahlke，John D. Lawrence[2]

养殖者和饲料生产厂面临着与乙醇生产厂家之间日益激烈的对玉米的竞争，而与此同时，饲料的种类，如 DGS，也逐渐增多。随着从谷物和油籽中提取生物燃料技术的不断革新，新的饲料原料层出不穷，由此产生的副产品也在不断更新变化。例如，一些乙醇生产者正在计划通过在发酵前进行“前端”分馏或者发酵后进行“后端离心”的方法提取玉米油。这两种技术都能生产出与传统 DGS 营养价值和特性不同的副产品。当饲料组成和价格发生变动时，动物的最低成本日粮也随之变化。家畜禽生产者、营养学家、饲料加工者以及经销商不仅需要了解饲料的营养组成情况，还应能进行合理估价。

某种饲料原料是否应该在日粮中使用，它的使用是否会增加或降低日粮成本——或更重要的是，生产单位动物产品的成本是多少——依赖于该饲料相对于其饲用价值的价格。饲料的相对价值由两个主要因素决定：价格和其在日粮中相对于被取代原料的营养价值。

日粮中的营养物质存在生理限定值，例如最低添加量、耐受量以及与其他成分的适宜比例。同时还遵循经济学规律，这一点也必须得到重视。首先，营养物质具有“需要量”，意思是超出动物需要的部分不但没有营养价值，还可能会降低动物生产性能，超出再高甚至能引起中毒，因此产生副作用。第二，营养物质遵循边际效益递减规律。营养物质在日粮中含量低时，单位含量的营养价值高，但含量高时单位含量的营养价值则降低。最后，还要关注饲料原料的机会成本，即它取代了日粮中的何种成分。

本章中讲述的计算机的应用可以用来确定饲料原料的经济价值。饲料原料的经济价值与其价格有关，价格决定了在日粮中使用该原料是否具有经济效益。饲料经济价值也反映了生产者和饲料加工者愿意支付的最大价格。

计算机的应用首先基于一种特定动物的现行或经典日粮配方。然后利用线性规划得出与原始配方营养水平一致的最低成本配方，并确定所添加饲料的比例。其中还附加了饲料原料的一些特征，例如水分含量、失重和装卸成本，来确定生产者或饲料加工者愿意支付的价格。

8.1 计算机的应用

应用计算机的目的是帮助畜禽生产者、营养学家和饲料经销商确定某种原料

---

[1] 本章内容可参照以下网址：http://www.matric.iastate.edu/DGCalculator。

[2] Garland Dahlke 为美国爱荷华大学肉牛中心副教授，John D. Lawrence 为美国爱荷华大学经济学博士、肉牛中心主任。

11/12/2008

Iowa Beef Center

畜禽日粮营养价值和成本计算表

日粮名称:家禽5% DDG

饲料组成情况

原料数据库

编号	名称	批重 饲喂基础	总重 饲喂基础	占日粮干物质的固定比例	占日粮比例 干物质	占日粮比例 饲喂量	利用价格
17	干酒糟	100.0	100.0	5.0%	5.0%	4.8%	
47	玉米,干燥	1396.4	1496.4	69.8%	69.8%	71.1%	
26	豆粕44	373.8	1870.2	18.7%	18.7%	18.4%	
59	动物脂肪	93.7	1963.9	4.7%	4.7%	4.1%	
60	菜籽油						$235.71
64	碳酸钙	27.6	1991.5	1.4%	1.4%	1.3%	
78	盐	5.2	1996.7	0.3%	0.3%	0.2%	
66	磷酸氢钙	3.4	2000.1	0.2%	0.2%	0.2%	
		2000.0		100.0%	100.0%	100.0%	

日粮营养水平	当前日粮	调整后日粮
$/Ton	239.35	239.70
TDN %		91.33
NE m Mcal/lb		1.03
NE g Mcal/lb		0.72
NE Mcal/lb	1.50	1.56
Cr.Pro %	15.50	17.40
DIP %		58.62
Lysine %	0.70	0.75
Methionine %		0.27
Threonine %		0.58
Tryptophan %		0.17
NDF %		9.63
NFC %		57.27
Fat %		4.06
Calcium %	0.65	0.66
Phosphorus %	0.39	0.45
Sulfur %		0.20
Sodium %	0.15	0.16

饲料价格估计

原料数据库

编号	名称	每单位使用价格	每磅	每单位购买价格$	磅/单位	贮藏 %	处置 %	涨价 %
17	干酒糟	$224.490	$0.112	$200.000	2000.00		2.0%	10.0%

每单位最大购买价格 $199.68

每单位最大使用价格 $224.14

目前不适合采购

图 8.1 使用5%干酒糟的肉仔鸡日粮的综合报告

11/12/2008

Iowa Beef Center

畜禽日粮营养价值和成本计算表

日粮名称:猪10% DDG

饲料组成情况

原料数据库

编号	名称	批重 饲喂基础	总重 饲喂基础	占日粮干物质固定比例	占日粮比例 干物质	占日粮比例 饲喂量	利用价格
17	干酒糟	200.0	200.0	10.0%	10.0%	9.6%	
47	玉米,干燥	1392.8	1592.8	69.6%	69.6%	70.8%	
26	豆粕44	329.4	1922.2	16.5%	16.5%	16.2%	
59	动物脂肪	40.0	1962.2	2.0%	2.0%	1.7%	
60	菜籽油						$235.71
64	碳酸钙	20.0	1982.2	1.0%	1.0%	0.9%	
78	盐	16.0	1998.2	0.8%	0.8%	0.7%	
66	磷酸氢钙	2.0	2000.2	0.1%	0.1%	0.1%	
		2000.0		100.0%	100.0%	100.0%	

日粮营养水平

	当前日粮	调整后日粮	
$/Ton	248.05	235.20	
TDN %		89.04	
NE m Mcal/lb		1.00	
NE g Mcal/lb		0.69	
NE Mcal/lb	1.50	1.50	
Cr.Pro %	14.00	17.821	高
DIP %		59.20	
Lysine %	0.70	0.73	
Methionine %		0.29	
Threonine %		0.59	
Tryptophan %	0.14	0.171	高
NDF %		11.28	
NFC %		57.31	
Fat %		4.49	
Calcium %	0.50	0.50	
Phosphorus %	0.45	0.46	
Sulfur %		0.23	
Sodium %	0.35	0.39	

饲料价格估计

原料数据库

编号	名称	使用价格 每单位	每磅	每单位购买价格$	磅/单位	贮藏 %	处置 %	涨价 %
17	干酒糟	$224.490	$0.112	$200.000	2000.00		2.0%	10.0%

每单位最大购买价格 $211.45

每单位最大使用价格 $237.34

该原料当前价格合理,可以使用

图 8.2 使用10%干酒糟的猪配合日粮的综合报告

11/12/2008

畜禽日粮营养价值和成本计算表

日粮名称：肉牛40% DG

饲料组成情况

原料数据库编号	名称	批重 饲喂基础	总重 饲喂基础	占日粮干物质的固定比例	占日粮比例 干物质	占日粮比例 饲喂量	
17	干酒糟	900.0	900.0	40.0%	40.0%	38.7%	
47	玉米，干燥	870.0	1670.0	43.5%	43.5%	44.5%	
38	干燥40-20						$205.05
64	碳酸钙	8.0	1678.0	0.4%	0.4%	0.4%	
78	盐	2.0	1680.0	0.1%	0.1%	0.1%	
66	磷酸氢钙						
106	苜蓿，晚花	320.0	2000.0	16.0%	16.0%	16.4%	
		2000.0		100.0%	100.0%	100.0%	

日粮营养水平	当前日粮	调整后日粮	
$/Ton	210.00	193.52	
TDN %		83.95	
NE m Mcal/lb		0.92	
NE g Mcal/lb	0.62	0.63	
NE Mcal/lb		1.34	
Cr.Pro %	13.00	18.75	高
DIP %		57.77	
Lysine %		0.52	
Methionine %		0.29	
Threonine %		0.67	
Tryptophan %		0.17	
NDF %	15.00	26.72	高
NFC %		41.39	
Fat %		6.27	
Calcium %	0.45	0.47	
Phosphorus %	0.20	0.52	高
Sulfur %		0.39	
Sodium %	0.10	0.17	高

饲料价格估计

原料数据库编号	名称	使用价格 每单位	每磅	每单位购买价格$	磅/单位	贮藏 %	处置 %	涨价 %
17	干酒糟	$224.490	$0.112	$200.000	2000.00		2.0%	10.0%

每单位最大购买价格 $214.69

每单位最大使用价格 $240.97

该原料价格合理，可以使用

图 8.3 使用40％干酒糟的肉牛日粮的综合报告

的经济价值。根据其经济价值，生产者决定是否购买该原料以用于配制日粮，经销商则用来定价。下面给出一个简单的示例，阐述典型日粮对特定的一种饲料原料经济价值的影响。我们将对计算机的应用进行详细说明。

价格建立在价值的基础上，而价值又由饲料原料的营养物质含量及其在日粮中的利用效率、处理特性以及必需的初始成本决定。例如，DDGS是不同动物的丰富的营养来源，可以提供脂肪、可消化纤维、蛋白质、能量、硫和磷。用玉米生产乙醇，提取副产品的不同工艺可以调整营养物质浓度，进而调整最终饲料的价值。因为DDGS含有多种营养成分，且其中某些营养成分具有机会窗口，在此后它们在日粮中的作用下降，所以一种饲料原料的具体使用量只有在所要配制的日粮种类已知的前提下才能确定。

以下示例中，DDGS在肉仔鸡、生长猪和肉牛日粮中的添加比分别为5%、10%和40%。三种动物对DDGS的利用率不同，这在图8.1～图8.3的三种示例日粮配方中都有体现。在图8.1中，肉仔鸡日粮用5%的DDGS替代豆粕和玉米。从本例中使用的价格结构看，日粮中不适宜使用DDGS。但当每千克DDGS的价格下降0.36美元时，就可以使用了。

添加比例增加时，情况也就不同了。可以看到，生长猪可以利用占日粮干物质10%的DDGS。如图8.2所示，生长猪日粮中10%的DDGS代替了豆粕、动物脂肪、玉米和一些矿物质，体现出更大的价值，有每吨12.78美元的优势。最后，生长肉牛可以利用占总体日粮干物质40%的DDGS。肉牛的日粮与肉仔鸡和生长猪的日粮有所不同，因为可以使用其他蛋白饲料来平衡日粮。这些蛋白饲料价格更加划算，这使得利用DDGS的价值有所下降。尽管如此，添加高比例的DDGS仍具有每吨16.48美元以上的优势（见图8.3）。

评价一种特定日粮中的原料的营养价值，要同时考虑营养物质的浓度和数量。当两种日粮的营养价值相等时，就要看价格结构了，还要考虑当前的市场供需情况。

8.2 如何应用原料营养价值和成本计算表

计算机软件使用须知如下所述。

a. 运行该程序必须在您的计算机中安装Microsoft Excel。

b. 将Microsoft Excel的安全级别设置为低或中等。如果需要，可使用Excel的帮助功能来完成设置。——打开Excel帮助菜单，在Excel程序运行过程中按F1键，找到安全级别或安全中心。——必要时启用宏。

在原料营养价值和成本计算表中使用到的术语详见操作说明后的定义部分。

第一步，将原料价格和成本信息输入到原料数据库。

a. 打开Microsoft Excel中的原料营养价值和成本计算表，选择Excel底部的“原料数据库”项，打开原料数据库工作表（见图8.4）。根据需要调整原料价格。

注：当输入或改变营养物质含量时，输入的值应该符合所饲喂动物的需要。也就是说应该输入可利用的量，而非总量。例如，输入DIP（degradable intake protein）是专门针对反刍动物的。所有的原料营养物质含量都基于100%干物质的基础上。

b. 更新已有原料的值的同时，相应项也随之改变。

c. 在数据库中任意空白行输入新原料的名称和每单位的磅数（例如，1袋50磅，写50；1t写2000），以及购买价格。如有可能，输入价格上涨幅度、处置费用和失重情况。如果这些数值未知，这些栏可以空着。程序将利用这些数值自动计算出使用价格。对于经销商来说，使用价格即必须支付的考虑到失重后的每磅输出原料的价格，购入和售出价格之间应该存在差价，这样才能维持经营。对于生产者来说，使用价格即支付的每磅原料的价格。

d. 完成后，点击 Excel 菜单中的“保存”按钮。

注：在原料编号栏中提前输入的号码用来识别下面步骤中所用到的原料。

第二步，输入日粮的饲料组成情况，以便计算。

a. 选择 Excel 底部的“饲料价值”项，打开计算界面（见图 8.5）。

b. 在饲料组成表，“日粮中可能使用的原料的编号”一栏中输入原料编号。相应的原料名称将自动出现在名称一栏中（见图 8.6）。

c. 给出一个确定的日粮干物质比例，保持“占日粮干物质的固定比例”一栏中所有原料配制比例一定。如图 8.6 所示，使用者设定了 40%的 DDGS，这个比例在配制日粮过程中是固定的。程序将计算出其他原料的配制比例。

第三步，输入日粮营养水平。

a. 在日粮营养水平表下方“当前日粮组成”一栏中，标出当前日粮（或用来比较的日粮）的价格。该价格是为饲料组成表中的新配方定价的基础（见图 8.7）。

b. 同时在日粮营养水平表中输入当前日粮（或用来比较的日粮）的营养成分含量。只给出必要的几项即可，其余的暂且空着（见图 8.7）。

第四步，计算日粮配方的营养价值和成本。

a. 点击饲料组成表上方的“计算”按钮（若无反应，检查宏或安全中心的设置，二者可能阻碍程序运行）。

b. 点击了“计算”按钮之后，程序将按照“最低成本”方式配制日粮。本例的结果见“结果说明表”（图 8.8）。

c. 计算器会给出原料的利用价格，或者原料必须降低到的某个价格，只有此时，程序才会将其用于配制日粮。在本例中，干燥的 40-20 必须降低到 205.05 美元以下，才会被利用（见图 8.8）。

d. 如果程序找不到合适的解决方案，就只能使用其他的原料，或者手动调整占日粮干物质的比例，来达到合理的营养水平和成本。本例中，使用者选择了调整占日粮干物质的比例，而非使用新原料（见图 8.9）。

注：如果某种营养成分需要未满足，日粮营养水平表该营养成分结果旁会出现一个“低”的标志。而如果营养水平超过既定值 15%以上时，该营养成分旁则会出现“高”的标志。

第五步，估计原料价格。

a. 拖动滚动条到原料价格估计表，输入想要估计的第四步中平衡日粮的原料的编号（见图 8.10）。

b. 本例中，选择了 DDGS（见图 8.10）。原料价格估计结果基于 DDGS 相对于对比日粮的特性和价格。计算器保存着使用到的所有其他原料的价格，估计结果以每单位最大购买价格和每单位最大使用价格的形式给出。可以在“批次表”中注明日粮名称和批重（可选）。批重的默认值为 2000 磅。

第六步，打印综合报告。

点击计算页面上方“计算”按钮旁的“打印综合报告”按钮，打印报告结果（如果“打印综合报告”按钮无效，需要重新设置宏和安全中心，因为二者阻碍了程序的运行）。本例中第一步到第六步的综合报告见图 8.11。如果第五步中输入了批重，综合报告即会显示混合饲料中每种原料的重量。

Microsoft Excel - Feedvalue 103108.xls

原料数据库

Developed by Garland Dahlke and John D. Lawrence
Iowa Beef Center, Iowa State University
© 2008 Center for Agricultural and Rural Development, Iowa State University

添加或更新恰当的原料价值
以100%干物质为基础

原料编号	原料名称	购买价格 lb/unit	购买价格 $/unit	涨价幅度 %	处置失重	贮藏失重			DM %	TDN %	NE m Mcal/lb	NE g Mcal/lb	ME Mcal/lb	CrPro %
1	含纤维物质													
2	苜蓿草粉	50	$4.00	10.0%	2.0%		$0.090	$179.59	88.00	61.00	0.61	0.35	1.02	18.00
3	甜菜渣	50	$4.00	10.0%	2.0%		$0.090	$179.59	91.00	74.00	0.78	0.51	0.66	9.80
4	全棉籽	2000	$160.00	10.0%	2.0%	10.0%	$0.100	$200.00	90.00	90.00	1.01	0.71	1.30	23.00
5	燕麦皮	2000	$65.00	10.0%	2.0%		$0.036	$72.96	90.00	39.00	0.39	0.20	0.34	4.00
6	大豆皮	2000	$110.00	10.0%	2.0%		$0.062	$123.47	91.00	77.00	0.84	0.55	0.90	12.10
7	小麦	2000	$85.00	10.0%	2.0%		$0.048	$95.41	91.00	83.00	0.90	0.62	1.10	18.40
8														
9	玉米副产品													
10	玉米蛋白饲料													
11	玉米蛋白粉	2000	$155.00	10.0%	2.0%		$0.087	$173.98	90.00	83.00	0.92	0.62	1.09	25.60
12		2000	$300.00	10.0%	2.0%		$0.168	$336.73	90.00	89.00	1.00	0.65	1.40	67.20
13	玉米黄浆饲料	2000	$40.00	10.0%	3.0%	10.0%	$0.025	$50.57	42.00	80.00	0.95	0.65	1.09	19.00
14	压缩浸泡干草饼	2000	$15.00	10.0%	2.0%	5.0%	$0.009	$17.74	50.00	91.00	1.00	0.72	1.30	35.00
15														
16														
17	干酒糟	2000	$200.00	10.0%	2.0%		$0.112	$224.49	90.00	90.00	1.00	0.70	1.49	30.00
18	调试后酒糟	2000	$75.00	10.0%	2.0%	10.0%	$0.047	$93.75	54.00	90.00	1.00	0.70	1.49	29.00
19	湿酒糟	2000	$40.00	10.0%	3.0%	10.0%	$0.025	$50.57	33.00	90.00	1.00	0.70	1.49	32.40
20	浓缩玉米可溶物	2000	$15.00	10.0%	2.0%	5.0%	$0.009	$17.74	22.60	85.00	1.00	0.75	1.35	14.00
21														
22	蛋白质													
23														
24	啤酒糟	2000	$150.00	10.0%	2.0%		$0.084	$168.37	88.00	80.00	0.87	0.59	0.95	25.40
25	亚麻籽粕	2000	$320.00	10.0%	2.0%		$0.180	$359.18	92.00	78.00	0.85	0.55	0.90	38.00
26	豆粕44	2000	$340.00	10.0%	2.0%		$0.191	$381.63	88.00	84.00	0.95	0.63	1.40	47.70
27	豆粕48	2000	$370.00	10.0%	2.0%		$0.208	$415.31	88.00	87.00	0.93	0.65	1.40	50.00
28	加热豆粕	2000	$450.00	10.0%	2.0%		$0.253	$505.10	88.00	87.00	0.97	0.65	1.40	50.00
29	整粒大豆	2000	$400.00	10.0%	2.0%		$0.224	$448.98	88.00	91.00	1.03	0.72	1.60	42.00
30	烘烤大豆	2000	$450.00	10.0%	2.0%		$0.253	$505.10	91.00	94.00	1.10	0.75	1.60	42.00
31	葵花粕	2000	$220.00	10.0%	2.0%		$0.123	$246.94	92.00	65.00	0.67	0.40	1.18	49.00

FeedValue | Ingredient Library

图 8.4 计算器的原料数据库页面

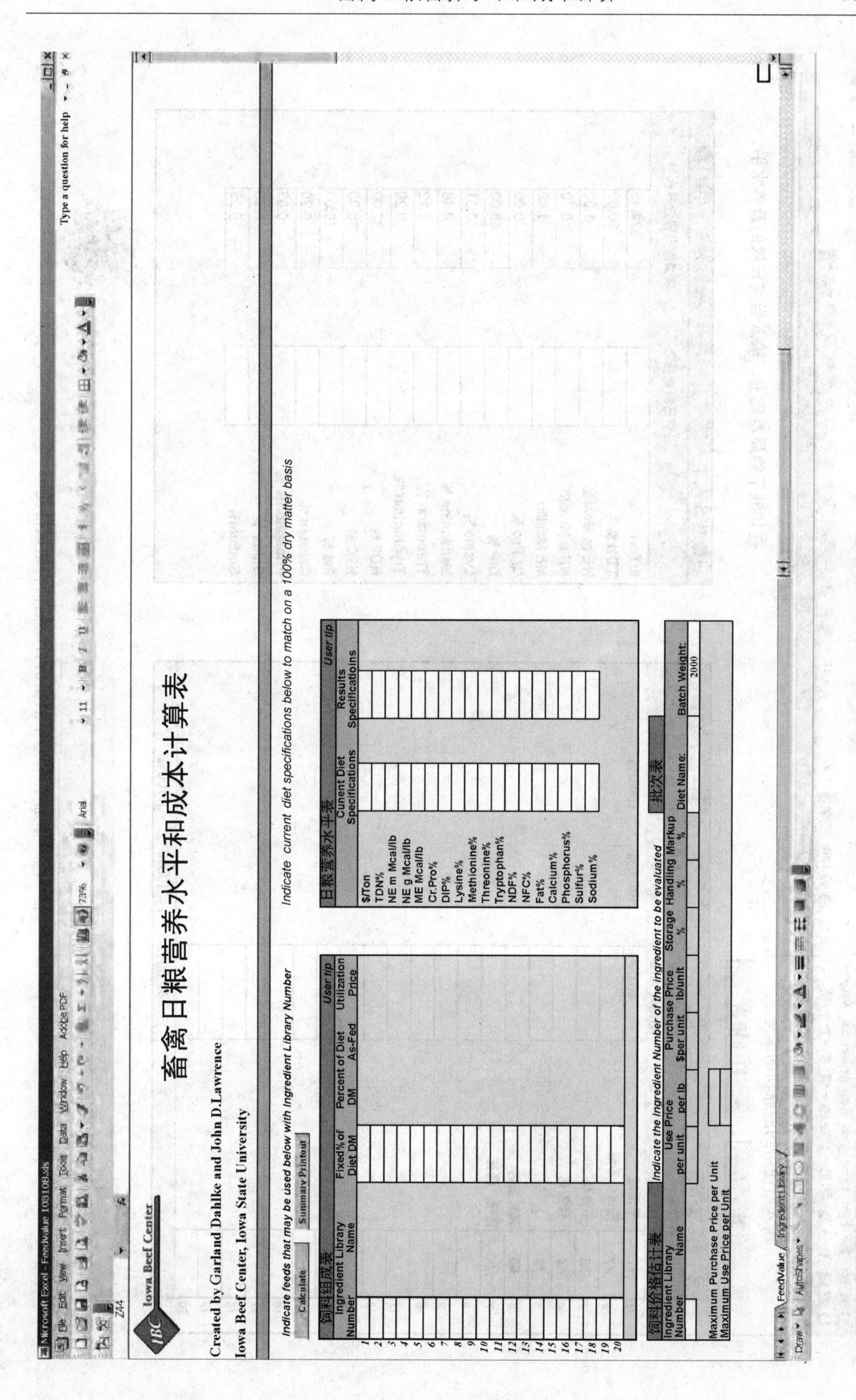

图 8.5 计算器的饲料价值页面

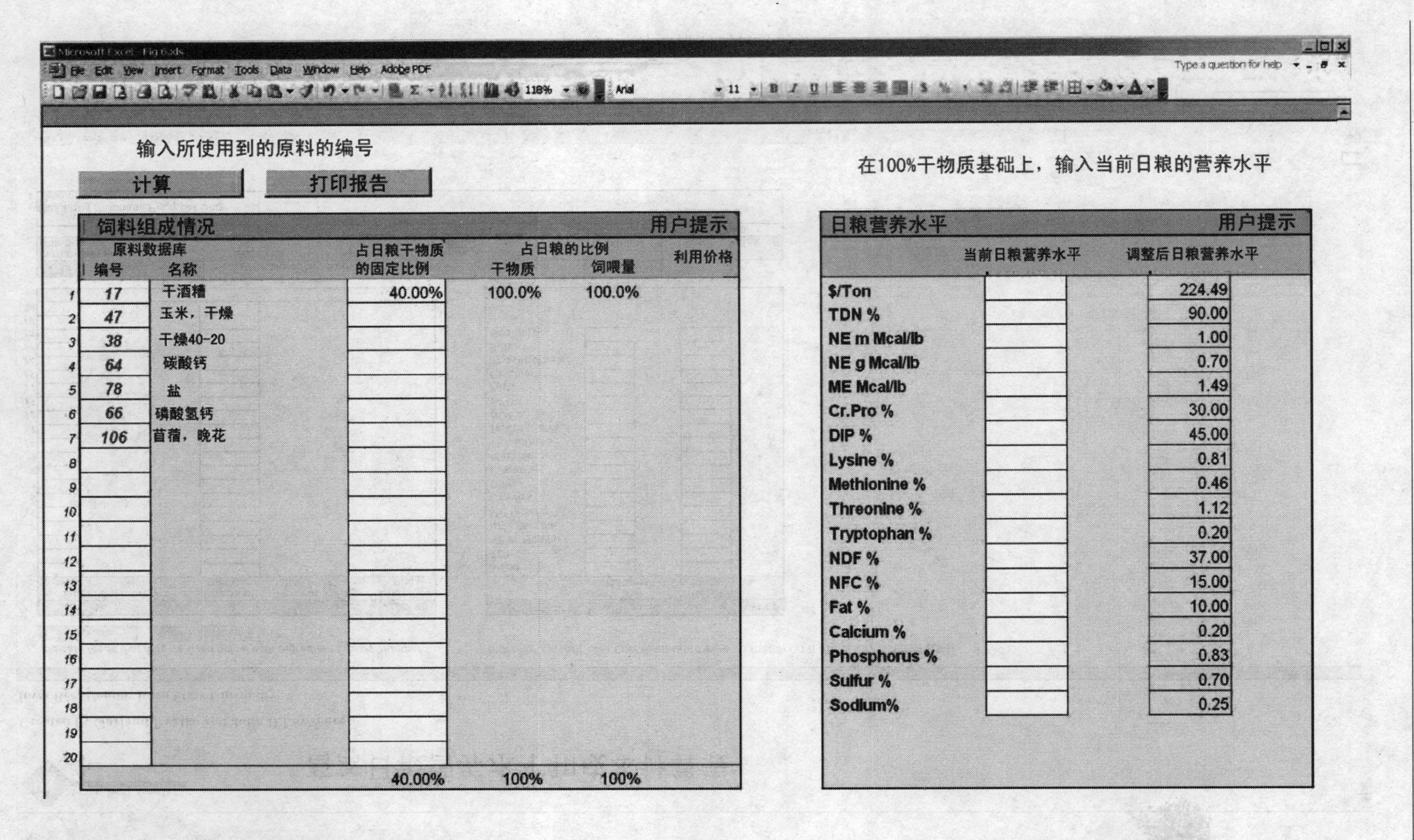

图 8.6 添加了40%干酒糟的日粮的饲料组成情况

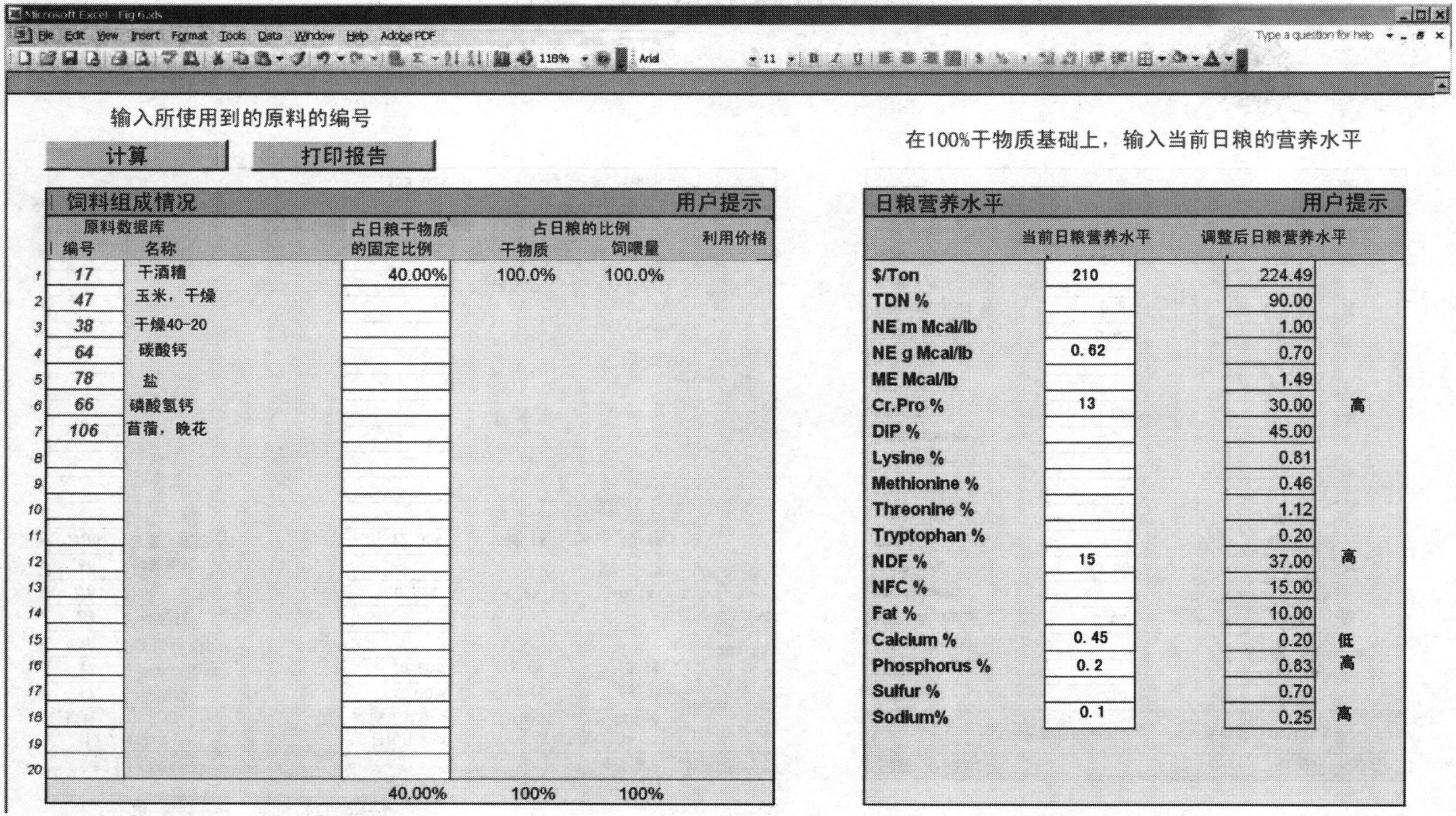

Microsoft Excel - Fig 6.xls

输入所使用到的原料的编号

计算　打印报告

在100%干物质基础上，输入当前日粮的营养水平

饲料组成情况　用户提示

	原料数据库 编号	名称	占日粮干物质的固定比例	占日粮的比例 干物质	饲喂量	利用价格
1	17	干酒糟	40.00%	100.0%	100.0%	
2	47	玉米，干燥				
3	38	干燥40-20				
4	64	碳酸钙				
5	78	盐				
6	66	磷酸氢钙				
7	106	苜蓿，晚花				
8						
9						
10						
11						
12						
13						
14						
15						
16						
17						
18						
19						
20						
			40.00%	100%	100%	

日粮营养水平　用户提示

	当前日粮营养水平	调整后日粮营养水平	
$/Ton	210	224.49	
TDN %		90.00	
NE m Mcal/lb		1.00	
NE g Mcal/lb	0. 62	0.70	
ME Mcal/lb		1.49	
Cr.Pro %	13	30.00	高
DIP %		45.00	
Lysine %		0.81	
Methionine %		0.46	
Threonine %		1.12	
Tryptophan %		0.20	
NDF %	15	37.00	高
NFC %		15.00	
Fat %		10.00	
Calcium %	0. 45	0.20	低
Phosphorus %	0. 2	0.83	高
Sulfur %		0.70	
Sodium%	0. 1	0.25	高

图 8.7　当前营养水平条件下的日粮成本（210 美元/t）

输入所使用到的原料的编号

计算　　打印报告

饲料组成情况							用户提示
	原料数据库		占日粮干物质的固定比例	占日粮的比例		利用价格
	编号	名称		干物质	饲喂量	
1	17	干酒糟	40.00%	30.1%	28.9%	
2	47	玉米，干燥	20.80%	15.6%	15.9%	
3	38	干燥40-20				$205.05
4	64	碳酸钙				
5	78	盐	0.22%	0.2%	0.1%	
6	66	磷酸氢钙				
7	106	苜蓿，晚花	72.00%	54.1%	55.1%	
8						
9						
10						
11						
12						
13						
14						
15						
16						
17						
18						
19						
20						
			133.02%	100%	100%	

在100%干物质基础上，输入当前日粮的营养水平

日粮营养水平			用户提示
	当前日粮营养水平	调整后日粮营养水平	
$/Ton	210	148.90	
TDN %		70.91	
NE m Mcal/lb		0.74	
NE g Mcal/lb	0.62	0.47	低
ME Mcal/lb		1.01	
Cr.Pro %	13.00	18.7	高
DIP %		66.53	
Lysine %		0.61	
Methionine %		0.27	
Threonine %		0.71	
Tryptophan %		0.28	
NDF %	15	39.6	高
NFC %		26.91	
Fat %		5.03	
Calcium %	0.45	0.83	高
Phosphorus %	0.2	0.44	高
Sulfur %		0.39	
Sodium%	0.1	0.15	高

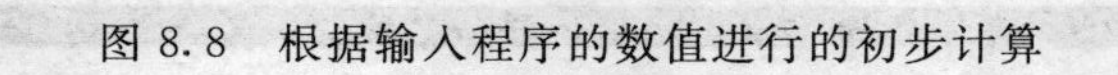

图 8.8　根据输入程序的数值进行的初步计算

Microsoft Excel - Fig 6.xls

输入所使用到的原料编号

计算　打印报告

原料数据库编号	名称				用户提示
17	干酒糟	40.00%	40.0%	38.7%	
47	玉米，干燥	43.50%	43.5%	44.5%	
38	干燥40-20				$205.05
64	碳酸钙	0.40%	0.4%	0.4%	
78	盐	0.10%	0.1%	0.1%	
66	磷酸氢钙				
106	苜蓿，晚花	16.00%	16.0%	16.4%	
		100.00%	100%	100%	

在100%干物质基础上，输入当前日粮的营养水平

日粮营养水平	当前日粮营养水平	调整后日粮营养水平	用户提示
$/Ton	210.00	193.52	
TDN %		83.95	
NE m Mcal/lb		0.92	
NE g Mcal/lb	0.62	0.63	
ME Mcal/lb		1.34	
Cr.Pro %	13.00	18.75	高
DIP %		57.77	
Lysine %		0.52	
Methionine %		0.29	
Threonine %		0.67	
Tryptophan %		0.17	
NDF %	15	26.72	高
NFC %		41.39	
Fat %		6.27	
Calcium %	0.45	0.47	
Phosphorus %	0.2	0.52	高
Sulfur %		0.39	
Sodium%	0.1	0.17	高

图 8.9　手动调整饲料原料后的第二步计算

Microsoft Excel - Fig 6.xls

行	编号	原料				
2	47	玉米，干燥	43.50%	43.5%	44.5%	
3	38	干燥40-20				$205.05
4	64	碳酸钙	0.40%	0.4%	0.4%	
5	78	盐	0.10%	0.1%	0.1%	
6	66	磷酸氢钙				
7	106	苜蓿，晚花	16.00%	16.0%	16.4%	
8						
9						
10						
11						
12						
13						
14						
15						
16						
17						
18						
19						
20						
			100.00%	100%	100%	

营养成分			
TDN %		83.95	
NE m Mcal/lb		0.92	
NE g Mcal/lb	0.62	0.63	
ME Mcal/lb		1.34	
Cr.Pro %	13.00	18.75	高
DIP %		57.77	
Lysine %		0.52	
Methionine %		0.29	
Threonine %		0.67	
Tryptophan %		0.17	
NDF %	15	26.72	高
NFC %		41.39	
Fat %		6.27	
Calcium %	0.45	0.47	
Phosphorus %	0.2	0.52	高
Sulfur %		0.39	
Sodium%	0.1	0.17	高

饲料价格估计　　输入所估计原料的编号

原料数据库 编号	名称	使用价格 每单位	使用价格 每磅	购买价格 $每单位	购买价格 磅/单位	贮藏 %	处置 %	涨价 %
17	干酒糟	$224.490	$0.112	$200.000	2000		2.00%	10.00%

每单位最大购买价格　$214.685

每单位最大使用价格　$240.973

该原料当前的价格合理，适宜使用

批次表

日粮名称	批重
肉牛 40% DG	2,000

图 8.10　输入日粮名称和批重后对原料干酒糟的价格估计

11/12/2008

畜禽日粮营养价值和成本计算表

日粮名称:肉牛40% DG

饲料组成情况

原料数据库

编号	名称	批重 饲喂基础	总重 饲喂基础	占日粮干物质 的固定比例	占日粮比例 干物质	占日粮比例 饲喂量	利用价格
17	干酒糟	800.00	800.00	40.0%	40.0%	38.7%	
47	玉米,干燥	870.00	1670.0	43.5%	43.5%	44.5%	
38	干燥40-20						$205.05
64	碳酸钙	8.0	1678.0	0.4%	0.4%	0.4%	
78	盐	2.0	1680.0	0.1%	0.1%	0.1%	
66	磷酸氢钙						
106	苜蓿,晚花	320.0	2000.0	16.0%	16.0%	16.4%	
		2000.0		100.0%	100.0%	100.0%	

日粮营养水平

	当前日粮	调整后日粮	
S/Ton	210.00	193.52	
TDN %		83.95	
NE m Mcal/lb		0.92	
NE g Mcal/lb	0.62	0.63	
NE Mcal/lb		1.34	
Cr.Pro %	13.00	18.751	高
DIP %		57.77	
Lysine %		0.52	
Methonine %		0.29	
Threonine %		0.67	
Tryptophan %		0.17	
NDF %	15.00	26.721	高
NFC %		41.39	
Fat %		6.27	
Calclum %	0.45	0.47	
Phosphorus %	0.20	0.521	高
Sulfur %		0.391	
Sodium %	0.10	0.17	高

饲料价格估计

原料数据库

编号	名称	使用价格 每单位	使用价格 每磅	每单位购买价格$	磅/单位	贮藏 %	处置 %	涨价 %
17	干酒糟	$224.490	$0.112	$200.000	2000.00		2.0%	100%

每单位最大购买价格 $214.69

每单位最大使用价格 $240.97

该原料价格合理,适合使用

图 8.11 第一步到第六步中使用示例的综合报告

8.3 定义

批重——所计算日粮的一批饲料的重量（可选）。如果需要，可将重量输入“批次表”，且会出现在综合报告中。默认的批重为2000磅。

当前日粮营养水平——在“饲料组成表”中计算的日粮必须满足的营养水平。仅输入必要的营养成分的水平即可。

日粮名称——所计算日粮的名称（可选）。如果需要，可将其输入“批次表”，且会出现在综合报告中。

占日粮干物质的固定比例——以干物质为基础，各种原料在日粮中的使用比例。使用者可以输入任意原料的比例，其余的将自动得出。

高/低标志——当在“饲料组成表”中输入的日粮的营养水平没达到需要量时，该营养成分旁就会出现“低”的标志。而当配制的日粮超过营养需要量的15%以上时，就会出现“高”的标志。不足或超标是否成问题由使用者自行决定。

原料数据库原料名称——原料数据库中各原料的名称。原料库编号输入计算器时，原料名称会自动出现。

原料数据库原料编号——提前设定的原料数据库中原料的编号。是配制日粮用到的原料的编号，使用者可以在原料库第一栏中进行选择。输入原料编号时，原料库相应原料名即会自动出现。

每单位最大购买价格——“饲料价格估计表”中，基于一种原料的利用率和其他原料价格之上的购买该原料的最大价格。

每单位最大使用价格——“饲料组成表”中，使用每单位配制日粮饲料原料所支付的最大价格。该价格是在最初的购买价格的基础上，经过校正贮藏失重、处置失重和必要的保证金（输入到原料数据库）后得到的。如果未经校正，每单位最大购买价格等于每单位最大使用价格。

例如：运往客户肉牛场的湿酒糟的售价是每吨40美元。酒糟在平板上存放，两周内用完。先前的研究数据表明，运输和装卸过程中失重3%。根据贮藏时间不同，在贮藏过程中，运达饲养场时的重量和最终饲喂给牛的重量相比，又失重10%。因此，在预先付款账单中，使用价格必须包含这13%的损失，即高于购买价格的13%。然后在此基础上将日粮中使用该原料的保证金计算在内。在本例中，我们设定10%的保证金，则每单位最大使用价格为50.57美元。每种饲料的处置失重、贮藏失重和保证金不同，使用者可以将每种原料的三项内容输入原料数据库。日粮的购买价格和使用价格将以最大购买价格和最大使用价格的形式给出。如果二者低于现价，表明购买该原料是值得的。

占所饲喂日粮的比例——以所饲喂日粮为基础，每种原料占日粮的比例。“批次表”中饲料原料的配制量等于该比例乘以批重。

占日粮干物质的比例——以干物质为基础，每种原料占日粮的比例。日粮配制完成后，该值应与“占日粮干物质的固定比例”一项相一致。

结果说明——在“饲料组成表”中输入的日粮的营养水平。

使用价格——对于经销商而言，使用价格是考虑到失重损失，并保持一定的利润来维持生意所支付的每吨原料的价格。对于生产者而言，使用价格是原料的购买价格加上失重成本。

利用价格——程序使用某饲料原料配制日粮时，该原料必须降低到的价格。

9 谷物酒糟市场的运输和保障

Frank J. Dooley，Bobby J. Martens❶

2008 年，美国乙醇生产继续保持自 2002 年以来的快速增长。美国能源部预测，2009 年乙醇产量将达到 110 亿加仑，远高于 2002 年的 21 亿加仑（能源信息管理局，2008）。来自生产企业的数据则显示，2009 年末乙醇的工业生产能力可能达到 132 亿加仑（乙醇生产杂志，2008），未来可能会有更快的发展。因为 2007 年通过的《能源自主与安全法案》中再生燃料标准要求，到 2015 年要使用 150 亿加仑由淀粉转化的乙醇（大部分来自玉米）。作为乙醇生产的副产品，DDGS 的产量将随着乙醇生产能力的增长而快速增加。

从 2004～2007 年，美国 88%的玉米产量、97%的乙醇产量以及 40%的牛肉和乳制品的生产依托于玉米种植带（表 9.1）。在美国，乙醇生产初期，大部分 DDGS 被当地饲料市场消化。因此，DDGS 的运输主要依靠卡车。

表 9.1 2004～2007 年调查地区玉米、乙醇和畜产品的分布情况 单位：%

调查地区	调查的各州	玉米产量①	乙醇产量②	肉牛和奶牛①	猪和禽①
1	CT,MA,ME,NH,RI,VT	0.0	0.0	0.5	0.0
2	AP,YN,JN	1.7	3.0	0.0	1.9
3	IW,HO,IM,NI,LI	34.4	24.2	8.1	2.2
4	IA,KS,MN,MO,ND,NE,SD	53.3	72.8	32.3	5.1
5	DE,FL,GA,MD,NC,SC,VA,WV	2.4	0.0	6.1	36.9
6	NT,SM,YK,LA	2.9	0.7	6.5	25.2
7	XT,KO,AL,RA	3.3	0.2	22.8	24.6
8	AZ,CO,ID,MT,NM,NV,UT,WY	1.5	1.2	12.9	0.1
9	AW,RO,AC	0.4	0.9	7.7	3.9
	美国总计	100.0	100.0	100.0	100.0

①表示资料来源于 USDA-ERS，2008；②表示资料来源于乙醇生产杂志，2008。

随着美国乙醇工业的持续发展，在玉米的主产区，乙醇生产企业由于其生产能力高度集中而被认为是该地区的基础产业。在玉米种植带，当地的 DDGS 市场已经饱和，现在需要将 DDGS 运至美国的其他地区或者出口。为了寻求更大的市场，乙醇生产者需要重新考虑运输方式，由海运转向包括铁路、集装箱或驳船运输。运输是继原料和能源支出之后的第三大生产成本，鉴于运输成本所占生产成本的经济重要性，未来需要找到低成本的替代运输方式（Denicoff，2007）。

❶ Frank J. Dooley 为普渡大学农业经济学系教授；Bobby J. Martens 为美国爱荷华大学后勤学副教授，负责统筹后勤、经营以及信息管理系统等部门。

DDGS的运输取决于乙醇生产水平的高低。例如，小规模生产情况下，DDGS的运输环节涉及到运载设备、装载能力、货车的拥有量和运输效率。随着DDGS市场的地域性扩大，大规模生产情况下的运输集中在运载模式（或不同运输方式如卡车、铁路和驳船的运输量）上。本章将提到小规模生产情况，还将通过对美国DDGS来源和用途的划分，对其运输要求进行评估。我们将逐一阐述DDGS的市场何时达到饱和，并说明其是如何被运输的。

9.1 DDGS的运输特点

DDGS的运输与其主要特征如湿度、贮存期限、密度等有关。作为干法粉碎加工工艺的一部分，WDGS的干物质含量在30%～35%，或其湿度在65%～70%。WDGS作为一种含有可溶性物质的高湿度产品，在2006年有占总产量37%的产品自乙醇工厂售出（Wu，2008）。由于贮存期少于1周，WDGS必须被运送到靠近乙醇工厂的用户处（Elliott、Magnuson和Wend，2006）。WDGS的高湿度就意味着1t中有1300lb都是水分，这就增加了运输成本，因此也限制了市场的范围。此外，由于这种副产品具有较大湿度，故其流动性给运输带来难题。

鉴于以上特点，所有WDGS都是用卡车运至养殖场的。在2003年，平均运输距离是61英里（USDA-NASS，2006）。一些靠近养殖场的乙醇工厂使用传送带将WDGS运送到养殖场。

尽管存在这些限制因素，但WDGS仍然普遍使用。原因之一是乙醇工厂避免了烘干DGS的花费而降低其成本。“工厂用于烘干谷物酒糟的燃气费用占到该工厂运转预算的30%”（Tiffany和Eidman，2003）。原因之二是WDGS为附近的养殖场提供了低成本的饲料。

由于当地的DGS供过于求，大多数的乙醇工厂需要烘干一些谷物酒糟。DDGS的干物质含量大约为90%，从而延长了DDGS的贮存期。然而。如果DDGS没有被妥善加工，则同样存在着流动性的问题（Markham，2005）。DDGS的湿度低于11%时，在运输过程中会形成团块或固化（Shurson，2005）。结果是，“为了DDGS在卸料时的畅通性，工人们往往用锤子敲打货车车厢的两侧及给料斗的底部。这就导致车厢的损坏以及对工人带来安全隐患”（Denicoff，2007）。由于这些问题的存在，Burlington Northern Santa Fe和Union Pacific railroads要求用运货人自己的或租来的漏斗车装运DDGS，而不是铁路部门的运载设备（Cooper，2005）。

第二个重要的运输特性是DDGS的堆密度，是按每立方英尺有多少磅来计量的。DDGS的密度平均为每立方英尺32磅，就意味着一个车厢容积为4500立方英尺的常规漏斗车可装载量为72t。然而，常规漏斗车的载重限量为100t，这就意味着在达到最大载重限量之前，DDGS会撒出或装满整个车厢。

为了缓解这一问题，运货人购入了大型的漏斗车，或者使用容量为6300立方英尺的火车车皮，后者可以托运100t的DDGS。在2005年和2006年，美国的大型漏斗车的数量增加了11000辆，另外还有14000辆的订单（Dennison，2007）。火车车皮具备较宽的卸料槽，可以快速卸料并能改善卸料的畅通性。在5年的租用期内每辆车的月租为450～630美元（Markham，2005）。租用漏斗车的数量取决于运货目的地与乙醇工厂的距离，以及该工厂依靠铁路货车作为运输模式所占的份额。

9.2 DDGS的替代运输模式

一个每年运转354d的乙醇工厂，年产1亿加仑乙醇，其每周的DDGS的产量为6200t。乙醇工厂DDGS的存放能力通常不超过两周。因此乙醇工厂高度依赖于可靠的运货商。DDGS可通过卡车、铁路货车、驳船或集装箱等运输。运输方式的选择取决于货物的体积、运输距离、费用及目的地的接收能力等。

运输费用是相当不稳定、有竞争性的，是当地市场行情的一个反映。对于短途（250英里[1]以内）运输来说，卡车是最经济的一种运输模式，而对于长途及大量货物来说，铁路及驳船运输是更可取的方式。此外，就像天气状况可影响运输费用一样，不同季节的运输费用也有差异。因此，不同运输方式之间的费用比较总会有一些变动。2008年8月份DDGS的运费清单见表9.2。这些费用反映的是在正常的装载量和器械配置下、特定运输方式下的典型运程的运费。

表9.2　各种运输方式的设备装载能力、每周所需的装载设备和每吨所需的费用

运输方式	设备装载能力/t	年产1亿加仑工厂每周所需的装载设备	典型行程的单趟里程/英里	典型方式的估计费用/(美元/装载单位)	每英里的费用/(美元/t)
集装箱	19	326	2100＋横跨大洋	2000	0.050
卡车	24	258	80	220	0.015
料斗车，单个车皮	100	62	800	4200	0.052
			1900	4900	0.025
料斗车，100个车皮	100	62	800	3200	0.039
			1900	3900	0.020
驳船	1500	4	1400	37740	0.018

一个年产量为1亿加仑的乙醇工厂每周DDGS的运力为258卡车，而每辆卡车的有效负载为24t（表9.2）。在2003年，DDGS的平均运程为80英里，费用为每吨4美元（USDA-NASS，2006）。而2008年的最新资料显示，卡车的运费为每吨每英里9.25美元，每增加1英里，每吨的费用增加10%。卡车司机每天可往返两趟，每趟来回行程为120英里。

铁路运输的费用取决于出发地和目的地之间的距离以及一次运输所需的车皮数量、每次的运载量、运行距离及运载设备的类型。DDGS的铁路运输的附加费用包括车皮的所有权及过量装载的燃料费用。所引用的DDGS的运费报表来自Burlington Northern Santa Fe Railroad的主页。对从爱荷华州西南始发，到得克萨斯的Swanson和加利福尼亚的Swanson，行程分别大约为800英里和1900英里。对长途运输来说，多车厢火车和单独一个车厢耗时从12～30d不等。因此，铁路运输的份额要远远少于卡车，每年通过火车的运输次数为12～30次（Denicoff，2007）。

因为运力失衡，铁路运输业会根据运量而将其运输业务稳定地转向拥有80～100个车厢的货物承运方面。随着铁路运费的公布，相对来说很少有养殖场能一次接收并贮存1万吨的DDGS。此外需要提到的是，年产量为1亿加仑的乙醇工厂需要用11d的时间将DDGS装到火车上。

一辆有着95～100节料斗车厢的火车，从始发地到得克萨斯的Friona及加利福尼亚州

[1] 1英里（mile）＝1609.344m。

的 Swanson，其运费分别为每吨 32 美元、39 美元（表 9.2）。如果这种有 100 节料斗车厢的火车从 3 个始发站装货，则每吨货物的运费要增加 4 美元。乙醇工厂用只有 1 节车厢的货车装载货物时，比用多节车厢的货车每吨额外支付 10 美元。用大型料斗车比用玉米料斗车皮的装载费用每吨要少 4 美元。

DDGS 也可以通过驳船从密西西比河上游运送至新奥尔良，随后被装载到货轮上。每周的 USDA 玉米运输报告提供了沿密西西比河流域的 7 个始发地的驳船运输费用。位于爱荷华州东北的乙醇工厂提供了密西西比河中游 2008 年 8 月 12 日的运输费用，每吨 25.16 美元。抵达路易斯安纳州的 Baton Rouge 的行程为 1450 英里，需要行驶近 45d（Vachal、Hough 和 Griffin，2005）。每艘驳船可以装载 1500t DDGS，相当于 15 节大型料斗车皮的运力。这些驳船是由拖船所牵引的，最多可达 15 艘驳船。年产量为 1 亿加仑的乙醇工厂，其每周生产的 DDGS 可以装载 4 艘驳船。

尽管集装箱的有效荷载仅为 18t，现在已被用于向亚洲运送 DDGS。靠近芝加哥的内陆集装箱码头，如堪萨斯城、孟菲斯及哥伦布，将 DDGS 装入集装箱运往亚洲市场（美国谷物协会，2007）。2008 年 8 月，将 DDGS 运往亚洲的 1 个 20 英尺的集装箱，其运费为 2000 美元（USDA-AMS，2008）。从芝加哥发送 1 个集装箱到亚洲所需的时间是：从芝加哥到加州的 Long Beach 大约为 10d，而从加州到亚洲还需 16～18d（美国谷物协会，2007）。

各种运输方式的运费比较显示，由于每吨每英里的运费较低，乙醇工厂应经常采用有 100 节大型料斗车皮的火车或驳船作为运载工具（表 9.2）。很多年来，在密西西比河上游北部，每年的 11 月底到第二年的 3 月底采用海运的方式。大多数乙醇工厂可以用多车皮火车来运输 DDGS，可是很少有养殖场可以一次性地接收这么多的 DDGS。此外，铁路的运输费用并没包括每节料斗车皮每月 500 美元的固定租金。火车和驳船的使用率远低于卡车，并不是每天 1 次。实际情况是火车每年的运输次数为 8～40 次，而从密西西比河流域始发的驳船的行驶次数为每年 4～5 次。

9.3　DDGS 运输模式的构成情况

本章的剩余部分将关注不断扩张的乙醇工业对 DDGS 运输业的影响。通过两个不同年份的分析结果，对 DDGS 经卡车、铁路、驳船运输的分布情况进行了评价（表 9.3）。最先由 Denicoff（2007）完成的调查结果显示，在 2005 年，大多数 DDGS 是由卡车运送的。Pentland（2008）则坚持认为，由于铁路和驳船运输所带来的接受货物能力的限制，承运者在将 DDGS 运到需求方时需依赖卡车来运输。近期对乙醇工厂所做的多数调查结果显示，铁路运输的份额已由 2005 年的 14%增加到 2007 年的 57%。

表 9.3　2005 年和 2007 年干谷物酒糟的运输方式

运输方式	2005 年①	2007 年②
卡车	84%	43.5%
铁路	14%	56.5%
驳船	2%	0
总计	100%	100%

①②分别表示资料来源于 Denicoff，2007；Wu，2008。

随着美国乙醇工业的持续性增长，一种具有前景的物流方式被运用于 DDGS 的转运上。

通过对近年来的调查结果比较，这种依托现有运输网络的物流方式考虑到了不断扩大货物运输范围，同时也考虑到了谷物、乙醇、谷物酒糟及利用等环节的地理位置。DDGS的产销在一个州内时，其运输方式可被估计为卡车运输，而一个州内剩余的谷物酒糟则需用铁路或驳船的方式运送。

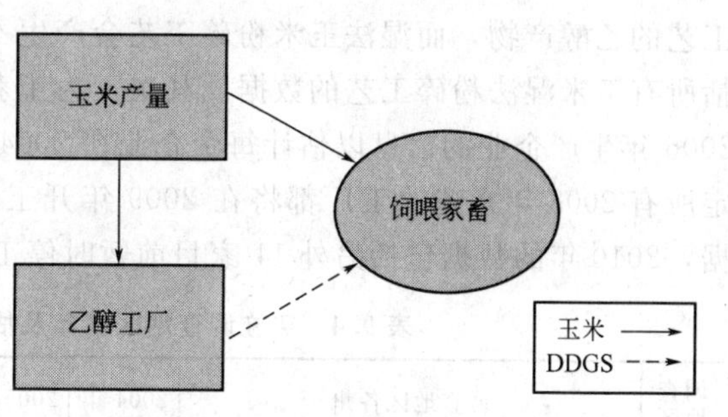

图 9.1 玉米及谷物酒糟运输流向

这种运输方式反映了在生产过程上下游两端玉米的物流状况，即乙醇和家畜饲料，类似于作为饲料的DDGS的物流情况（图 9.1）。第 2 组数据反映了从 2004 年到 2010 年各州产业动向。2004 年的运输方式反映的是乙醇产业在近期扩张之前的一个基本情况。2007 年的运输方式表明了乙醇工业建设中第一个高峰所产生的影响，并结合 2010 年的运输方式预料未来的乙醇产量还将扩大。这些结果由接受调查的地区所提供（图 9.2）。

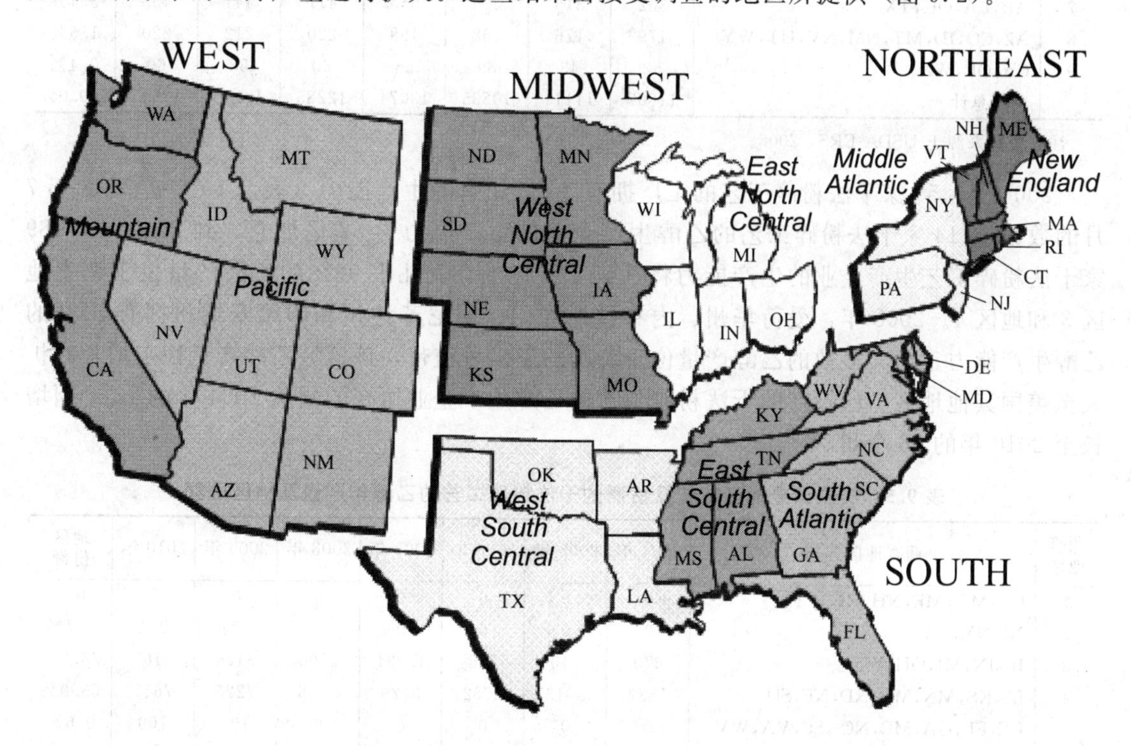

图 9.2 实施普查的美国各州

玉米产量的数据来自于 USDA 的经济研究中心（USDA-ERS，2008）。2004～2007 年的数据是已报道的各州玉米产量的水平。2008～2010 年的玉米产量是根据 2001～2007 年该州在美国国内平均水平所占的比例乘以 USDA 长期的预测数值而得来的（Westcott，2008）。玉米产量过多地集中在美国中西部一些州，实施调查的地区 3 及地区 4 的产量占玉米总产量的 87.6%（表 9.4）。伊利诺伊州、印第安纳州、爱荷华州、明尼苏达州和内布拉斯加州等 5 个州的玉米产量占到美国玉米总产量的 65%。

内布拉斯加州能源统计网站（2008）按月提供了从 2005 年 1 月至 2008 年 7 月间投产和在建的乙醇生产企业的生产能力。这一数据有 3 处需要修正。首先，该分析仅限于干法粉碎工艺的乙醇产物，而湿法玉米粉碎工艺会产生不同的副产品。因此，内布拉斯加的数据不包括所有玉米湿法粉碎工艺的数据。其次，为了获取 2004 年的数据，访问了这个网站收集的 2005 年生产企业的信息以估计每个企业在 2004 年的产量。第三，2009 年的生产企业数据假定所有 2008 年在建的工厂都将在 2009 年开工。根据乙醇生产杂志（2008）网站公布的数据，2010 年的数据包括另外 11 家目前暂时停工的干法粉碎工艺的乙醇生产厂家。

表 9.4 实施调查地区往年及估测的玉米年产量及地区份额

调查地区	调查地区各州	2004 年	2005 年	2006 年	2007 年	2008 年	2009 年	2010 年	地区份额
1	CT,MA,ME,NH,RI,T V	0	0	0	0	0	0	0	0.0
2	NJ,NY,PA	202	182	187	206	216	216	224	1.7%
3	IL,IN,MI,OH,WI	4119	3779	3821	4547	4135	4599	4768	34.8%
4	IA,KS,MN,MO,ND,NE,SD	6244	6045	5507	6776	6560	6921	7176	52.8%
5	DE,FL,GA,MD,NC,SC,VA,WV	300	271	285	303	252	314	326	2.4%
6	AL,KY,MS,TN	343	304	262	422	366	389	403	2.9%
7	AR,LA,OK,TX	362	315	265	555	477	441	458	3.4%
8	AZ,CO,ID,MT,NM,NV,UT,WY	179	176	168	198	220	212	220	1.6%
9	CA,OR,WA	52	43	39	68	60	58	60	0.4%
	美国总计	11807	11114	10535	13074	12285	13150	13635	100.0%

注：资料来源于 USDA-ERS，2008。

2004 年，59 家干法粉碎工艺的工厂拥有 26 亿加仑的生产能力（表 9.5）。据 2008 年 7 月的数据，114 家干法粉碎工艺的乙醇生产企业的生产能力为 82 亿加仑。到 2010 年，189 家干法粉碎工艺生产企业的生产能力将达到 124 亿加仑。几乎 90%的乙醇产量位于调查地区 3 和地区 4。2008 年，爱荷华州、内布拉斯加州、明尼苏达州和印第安纳州拥有 50%的乙醇生产能力。而大多数的乙醇产量位于美国的玉米种植带，该区域乙醇产量稳定增长并扩大至美国其他地区。已投产的干法粉碎工艺的乙醇生产企业所在的州从 2004 年的 13 个州增长至 2010 年的 26 个州。

表 9.5 实施调查地区往年及估测的干法粉碎工艺的乙醇年产量及地区份额

调查地区	调查地区各州	2004 年	2005 年	2006 年	2007 年	2008 年	2009 年	2010 年	地区份额
1	CT,MA,ME,NH,RI,V T	0	0	0	0	0	0	0	0.0
2	NJ,NY,PA	0	0	0	0	50	274	274	1.7%
3	IL,IN,MI,OH,WI	670	710	736	1.291	2300	3126	3163	26.0%
4	IA,KS,MN,MO,ND,NE,SD	1887	2013	2782	3729	5158	7225	7647	63.0%
5	DE,FL,GA,MD,NC ,SC,VA,WV	0	0	0	0	0	100	100	0.6%
6	AL,KY,MS,TN	23	23	33	33	33	133	133	0.9%
7	AR,LA,OK,TX	0	0	0	0	240	355	355	2.5%
8	AZ,CO,ID,MT,NM,NV,UT,WY	15	20	117	172	262	262	282	2.4%
9	CA,OR,WA	0	0	25	60	112	430	430	2.8%
	美国总计	2595	2766	3693	5285	8154	11904	12384	100.0%
	调查工厂数	59	69	82	107	144	180	189	
	调查州数	13	14	16	17	22	26	26	

注：资料来源于内布拉斯加能源统计，2008。

DDGS 的产量直接与乙醇生产能力相关。每蒲式耳玉米可生产 2.79 加仑的工业酒精和 17.5lb 的 DDGS。因此，乙醇副产物的分布与采用干法粉碎工艺的乙醇生产企业分布相同。由于乙醇生产能力的增加，DDGS 的产量由 2004 年的 814 万吨增长至 2010 年的 3884 万吨，几乎增长了5倍（表9.6)。

表9.6 实施调查地区往年及估测的谷物酒糟年产量及地区份额

调查地区	调查地区各州	2004年	2005年	2006年	2007年	2008年	2009年	2010年	地区份额
1	CT,MA,ME,NH,RI,T V	0.00	0.00	0.00	0.00	0.00	0.0	0.00.	0.0
2	NJ,NY,PA	0.00	0.00	0.00	0.00	0.16	0.86	0.86	1.7%
3	IL,IN,MI,OH,WI	2.10	2.23	2.31	4.05	7.21	9.80	9.92	26.0%
4	IA,KS,MN,MO,ND,NE,SD	5.92	6.31	8.72	11.69	16.17	22.66	23.98	63.0%
5	DE,FL,GA,MD,NC,SC,VA,WV	0.00	0.00	0.00	0.00	0.00	0.31	0.31	0.6%
6	AL,KY,MS,TN	0.07	0.07	0.10	0.10	0.10	0.42	0.42	0.9%
7	AR,LA,OK,TX	0.00	0.00	0.00	0.00	0.75	1.11	1.11	2.5%
8	AZ,CO,ID,MT,NM,NV,UT,WY	0.05	0.06	0.37	0.54	0.82	0.82	0.88	2.4%
9	CA,OR,WA	0.00	0.00	0.08	0.19	0.35	1.35	1.35	2.8%
	美国总计	8.14	8.67	11.58	16.57	25.57	37.33	38.84	100.0%

注：资料来源于USDA-ERS，2008。

与已获得的玉米和乙醇产量的数据不同，各州乙醇副产物消耗量数据无法得到，所以全国也没有此数据。这一章中有关畜禽对乙醇副产物的需求是通过各种来源的资料估计而得到的，故该估计值的有效性非常关键。该分析是建立在某个州的乙醇副产物消耗量上限的基础上进行的。该数值是根据州水平上10种常见畜禽饲养规模以及日粮中DDGS的添加水平确立的。这个分析过程进行了两种调整。首先，不是所有的农场在动物日粮中都使用DDGS，因此，DDGS的市场占有率反映了各种家畜日粮中DDGS的消耗量。其次，每年都根据国家农业统计中心的数据对动物存栏数进行调整（USDA-NASS，2008)。

各州的畜禽养殖量是由2002年对10种家畜（育肥牛、肉牛、奶牛、其他的牛、母猪、育肥猪、蛋鸡、母鸡、火鸡及肉鸡）的农业调查（USDA-NASS，2004）结果得来的。对畜禽数量的调整是以国家农业统计中心公布的年度州养殖水平为基础的。调查地区5、6、7是处于南部的一些州，其家禽产量占全国的大多数；而位于调查地区4、7的各州多是平原，该地区牛的养殖数量相当集中；猪肉产量主要集中在调查地区3、4、5（表9.7)。

表9.7 实施调查地区的牛、猪、禽存栏数比例及DDGS的利用率

调查地区	各 州	牛存栏数比例	猪存栏数比例	禽存栏数比例	使用DDGS的比例
1	CT,MA,ME,NH,RI,T V	0.5	0.0	0.0	0.6
2	NJ,NY,PA	3.1	2.2	2.2	4.4
3	IL,IN,MI,OH,WI	8.3	17.4	2.3	11.3
4	IA,KS,MN,MO,ND,NE,SD	32.8	51.2	5.4	30.8
5	DE,FL,GA,MD,NC,SC,VA,WV	6.1	18.3	42.0	11.9
6	AL,KY,MS,TN	5.3	1.5	15.4	6.6
7	AR,LA,OK,TX	23.1	5.9	28.1	17.2
8	AZ,CO,ID,MT,NM,NV,UT,WY	13.0	3.1	0.1	9.1
9	CA,OR,WA	7.8	0.4	4.4	8.2
	美国总计	100.0	100.0	100.0	100.0

注：资料来源于USDA，2004。

通过各种渠道的报道及与动物营养专家的交流，获取了10种畜禽每年每头（只）的饲料消耗量（表9.8)。不同的研究所建议的DDGS的饲喂量存在很大的差异。根据畜禽数量与饲料消耗量，计算出DDGS消耗量的上限是3490万吨。相比之下，Cooper（2005）估计美国DDGS的最大消耗量为4200万吨，远高于我们估计的结果，这是因为Cooper假定DDGS在泌乳牛及其他牛日粮中的比例为40%而不是20%，在猪日粮中的比例为20%而非10%。

表9.8 每头家畜家禽每年摄入的玉米及DDGS的估计值

家畜种类	玉米/[磅/(头·年)]	日粮中DDGS的最大含量	DDGS /[磅/(头·年)][①]	每年饲喂DDGS的量/t
肉牛	1111.0	25%	277.8	4625661
育肥牛	6151.6	25%	1537.9	11461619
奶牛	5824.0	25%	1456.0	6627682
其他牛	862.9	20%	172.6	4573004
种猪	1299.2	10%	129.9	401092
商品猪	574.0	10%	57.4	1556420
产蛋鸡	56.0	10%	5.6	934910
小母鸡	56.0	10%	5.6	265479
火鸡	59.4	10%	5.9	276106
肉仔鸡	6.3	10%	1.0	4249714
合计				78617943

① 资料来源于Querar，2008。

农业项目代理委员会（IAPC）有关DDGS的项目是USDA实施的至2016年的农业项目中的一部分。该项目估测只有75%的DDGS作为美国国内畜禽的饲料，10%用于出口，剩下的15%用于国内非饲料途径。DDGS的其他使用途径包括用作肥料、宠物砂和包装材料。“用于国内饲料的DDGS，80%用于肉牛、10%用于奶牛、家禽和猪分别占5%”（IAPC，2007）。

Cooper（2005）和再生燃料协会（2008）报道了2001～2007年DDGS在肉牛、奶牛、猪和家禽中的消费量（表9.9）。与IAPC报道的相一致，肉牛和奶牛每年消耗了大部分DDGS（大约占85%），猪占到11%，家禽占到4%。

利用这些数据，根据下列3个步骤可计算出各种畜禽消耗DDGS的量（t）。

首先，再生燃料协会（2008）报道了DDGS年产量从2001年340万吨增长至2007年1610万吨（表9.9）。从总产量中减去出口量即为美国国内可利用的DDGS净产量。从2001～2006年，将啤酒生产商或乙醇生产商的出口数据作为海关部门ERS饲用谷物数据库的一部分。在此期间，出口量从94万吨增长至196万吨（表9.9）。2006年的DDGS出口量占到美国全国总产量的15%。

第二步，乘以美国国内消耗的DDGS净产量，得到奶牛、肉牛、猪和家禽每年消耗的DDGS量（t）。如2007年，奶牛消耗了1371万吨可利用净产量中的42%（表9.9），即576万吨。

最后一步，确定DDGS在不同种类畜禽中的市场份额。根据估测的各种畜禽日粮中的DDGS比例，奶牛、肉牛、猪和家禽可能消耗的DDGS最大量（t）分别为660万、2060万、250万和520万（表9.9）。将第二步估算的消耗量（t）除以可被消耗的最大量（t），就可以确定该种动物消耗的DDGS的市场份额，或可以得到消耗DDGS的动物数量比例。

奶牛日粮中使用DDGS的覆盖面已达到90%，而养猪业使用的潜在比例已接近60%（表9.9）。在上述两种情况下，典型的养殖场规模是非常大的，而在日常管理中，用于饲料生产的DDGS是用卡车运载。相反，对于肉牛和禽类，分别只有28%、13%的潜在消耗比例。为了完善这一分析模型，应用动态分析方法，对2008年、2009年、2010年DDGS的市场份额进行了预测（图9.3）。这些市场占有率随后被用于这一模型中，以确定每个州每一年的DDGS消耗水平。预测出总消耗量是以每年大约100万吨的量在增加，从2007年的1370万吨增加到2008年的1480万吨、2009年的1580万吨，以及2010年的1690万吨。

表9.9　DDGS在不同畜禽每年的市场占有率及消耗量的计算

畜禽种类	DDGS在不同畜禽日粮中的分布率						单位：%
	2001年	2002年	2003年	2004年	2005年	2006年	2007年
奶牛	60	45	46	44	45	46	42
牛	36	35	39	37	37	42	42
猪	2	15	11	16	13	9	11
肉鸡	2	5	4	3	5	3	5
合计	100	100	100	100	100	100	100
第一步	DDGS的可消耗量						单位：百万吨
	2001年	2002年	2003年	2004年	2005年	2006年	2007年
总产量[①]	3.42	3.97	6.39	8.05	9.92	13.23	16.09
出口量[②]	0.94	0.83	0.81	1.07	1.36	1.96	2.39
出口量占总产量的比值	27.6	20.9	12.7	13.3	13.7	14.8	14.8
美国国内的净用量	2.47	3.14	5.58	6.98	8.57	11.27	13.71
第二步	不同畜禽消耗DDGS的量						单位：百万吨
家畜种类	2001年	2002年	2003年	2004年	2005年	2006年	2007年
奶牛	1.48	1.41	2.57	3.07	3.85	5.18	5.76
牛	0.89	1.10	2.18	2.58	3.17	4.73	5.76
猪	0.05	0.47	0.61	1.12	1.11	1.01	1.51
肉鸡	0.05	0.16	0.22	0.21	0.43	0.34	0.69
第三步	DDGS在畜禽的使用率						单位：%
家畜种类	2001年	2002年	2003年	2004年	2005年	2006年	2007年
奶牛	22.4	21.3	38.8	46.4	58.2	78.3	86.9
牛	4.3	5.3	10.5	12.5	15.4	22.9	27.9
猪	2.0	18.9	24.6	44.8	44.7	40.7	60.5
肉鸡	1.0	3.0	4.3	4.0	8.2	6.5	13.2

①资料来源于再生燃料协会，2008；②资料来源于USDA-ERS，2008（http://www.ers.usda.gov/data/feedgrains/FeedGrainsQueriable.aspx）。

当所有数据计算完毕后，DDGS州水平的年产量减去州水平的年消耗量，或者表示为：

$$\text{DDGS}_{i,t}\text{净产量}=\text{DDGS的年产量}_{i,t}-\text{DDGS的畜禽消耗量}_{i,t}$$

式中，i表示美国本土的48个州中的某一个州；t是指时间（2004～2010年的某一年）。这种计算结果可判定某个州DDGS净产量是过剩还是不足。对DDGS产量的变化进行长期比较，可以对影响DDGS及乙醇产量变化的因素做出判定。如果DDGS的净产量大于零，那么对于该州的所有畜禽来说，按照日粮中的含量及畜禽使用率被饲喂DDGS后，该州DDGS的净产量是过剩的。这些剩余的DDGS可被运送到DDGS欠缺的州或被用来出口。与此相反，一个州的DDGS净产量是负值时，则该州要根据畜禽饲养量、DDGS在日粮中的比例及畜禽使用率等情况，从其他州引进DDGS以满足畜禽的饲料需求。

通过比较从再生燃料协会（2008）与美国农业部经济研究中心（USDA-ERS，2008）得到的关于2004～2007年DDGS的预计产量和出口量的有关数据，这个模型的结果得到了

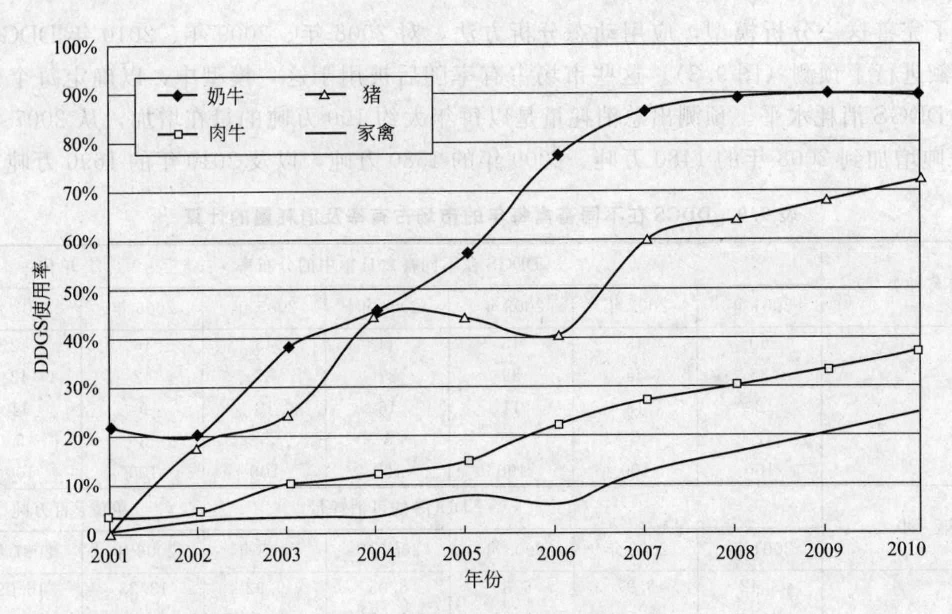

图 9.3　不同畜禽消耗 DDGS 的市场预期

验证。该结果同已报道的 DDGS 产量及出口的数值相一致，尤其是 2004 年与 2007 年（表 9.10）。因此，对 DDGS 在畜禽日粮中的比例及其在不同畜禽的使用率的估测是合理的。

表 9.10　分析模型的有效性与 DDGS 在 2004～2010 年的产量、消耗量、出口量的估测结果

内　容	年　份						
	2004	2005	2006	2007	2008	2009	2010
RFA 和 USDA 报告/百万吨							
RFA 报告的产量	8.05	9.92	13.23	16.09			
RFA 报告的消耗量	6.98	8.57	11.27	13.71			
USDA 报告的出口量	1.07	1.35	1.96	2.38			
分析模型的结果/百万吨							
产量	8.14	8.67	11.58	16.57	25.57	37.33	38.84
消耗量	7.29	8.88	11.65	14.56	15.80	16.84	17.97
出口量	0.85	－0.21	－0.07	2.02	9.77	20.49	20.86
州数							
生产谷物酒糟的州	13	14	16	17	22	26	26
谷物酒糟过剩的州	9	8	7	8	11	15	14

注：资料来源于再生燃料协会，2008；USDA-ERS，2008（http://www.ers.usda.gov/data/feedgrains/FeedGrainsQueriable.aspx）。

9.4　DDGS 的分析模型结果

2004 年分布在美国 13 个州的乙醇工厂的 DDGS 总产量为 814 万吨（表 9.10）。有 9 个州由于当地的 DDGS 的需求达到饱和而出现了产量过剩。85 万吨过剩的 DDGS 被提供给其他州以及用于出口。截止到 2007 年，17 个州的 DDGS 的产量共为 1660 万吨，是 2004 年的 2 倍，并且有 8 个州出现产量过剩。在这段时间，消耗量同产量维持平衡。这一模型提示，在下一个 3 年内，乙醇生产能力的持续扩大将使 DDGS 的产量加快增加。因此 DDGS 的出口量将显著增加，将从 2007 年的 200 万吨增长为 2010 年的 2090 万吨，增长了 10 倍。

2004 年 DDGS 产量过剩的 9 个州消耗了 321 万吨，并运送 447 万吨至其他地方，其中出口了 85 万吨（表 9.11）。产量不足的 39 个州仅生产了 45 万吨的 DDGS，而消耗量达到 408 万吨。到 2009 年，随着 26 个州乙醇产量的扩大，DDGS 的产量计划增至 3730 万吨。因此在相当长的一段时间里，DDGS 将呈地域性分布，由此可以缩短从 DDGS 过剩地区转运到不足地区的运输距离。到 2010 年，生产 DDGS 的 26 个州中，市场达到饱和的州的数量将增加到 14 个。这些州将消耗 754 万吨，并有 2506 万吨被运送到其他州或用以出口。其他的 34 个州将生产 623 万吨，但将仍然需要另外的 1043 万吨 DDGS 以满足预计的饲料需求。

表 9.11 调查地区各州 DDGS 的年度净产量状况 单位：百万吨

调查地区	州	净产量状况						
		2004 年	2005 年	2006 年	2007 年	2008 年	2009 年	2010 年
1	CT,MA,ME,NH,RI,VT	−0.08	−0.10	−0.14	−0.15	−0.15	−0.16	−0.16
2	NJ,NY,PA	−0.51	−0.63	−0.82	−0.93	−0.82	−0.14	−0.17
3	IL,IN,MI,OH,WI	1.03	0.92	0.59	1.98	5.02	7.54	7.57
4	IA,KS,MN,MO,ND,NE,SD	3.63	3.70	5.34	7.23	11.31	17.42	18.30
5	DE,FL,GA,MD,NC,SC,VA,WV	−0.53	−0.68	−0.72	−1.01	−1.12	−0.94	−1.05
6	AL,KY,MS,TN	−0.18	−0.27	−0.30	−0.45	−0.51	−0.27	−0.35
7	AR,LA,OK,TX AZ,CO,ID,MT,NM,NV,UT	−0.90	−1.11	−1.53	−1.93	−1.39	−1.23	−1.48
8	WY	−0.70	−0.88	−1.00	−1.11	−0.97	−1.08	−1.10
9	CA,OR,WA	−0.91	−1.15	−1.49	−1.62	−1.58	−0.66	−0.70
	美国出口	0.85	−0.21	−0.07	2.02	9.77	20.49	20.86
DDGS 过剩的州数		9	8	7	8	11	15	14
DDGS 的产量		7.69	8.10	10.59	15.85	21.96	30.85	32.60
DDGS 的消耗量		3.21	3.76	4.79	7.00	6.65	6.91	7.54
可出口量		4.47	4.34	5.80	8.85	15.31	23.93	25.06
DDGS 欠缺的州数		39	40	41	40	37	33	34
DDGS 的产量		0.45	0.58	0.99	0.73	3.61	6.49	6.23
畜禽 DDGS 的消耗量		4.08	5.12	6.86	7.56	9.15	9.93	10.43
需要引进 DDGS 量		(3.63)	(4.55)	(5.87)	(6.83)	(5.54)	(3.45)	(4.20)

注：表中负值表明该州需要进口的量。

拥有 DDGS 过剩产量最大的州集中在玉米种植带地区（图 9.4）。到 2010 年，衣阿华州、内布拉斯加州、印第安纳州、明尼苏达州、南达科他州及伊利诺伊州将全部拥有 200 万吨或更多的过剩 DDGS（表 9.12）。在 2010 年，DDGS 产量欠缺最大的州将会是加利福尼亚州、得克萨斯州、俄克拉荷马州及北卡罗来纳州。The Burlington Northern SantaFe 及联合太平洋铁路要求 DDGS 应由承运人自己的或租来的料斗车运载。可是，这两种运载工具的所有者们期待其他运输工具的增加，因为已经使用带有专用车厢的火车，将美国中西部的乙醇工厂生产的 DDGS 运送到位于得克萨斯州、新墨西哥州及其他地方的牛场。

DDGS 的出口量在 3 年的时间内增加了 10 倍，这是令人难以置信的速度。因此，这项研究的各种估测更进一步关注乙醇生产水平、日粮占有率及市场覆盖率。

首先，到 2010 年，采用干法粉碎工艺的乙醇工厂的生产能力将达到 124 亿加仑，这种估测是合理的。这一数值与 2007 年颁布的《能源自主与安全法案》规定的再生燃料标准是一致的，该法案提到 2010 年的乙醇产量为 120 亿吨。因此，DDGS 将极有可能有更高的产量。如此来看，DDGS 在动物上的大量使用将使其出口量减少。

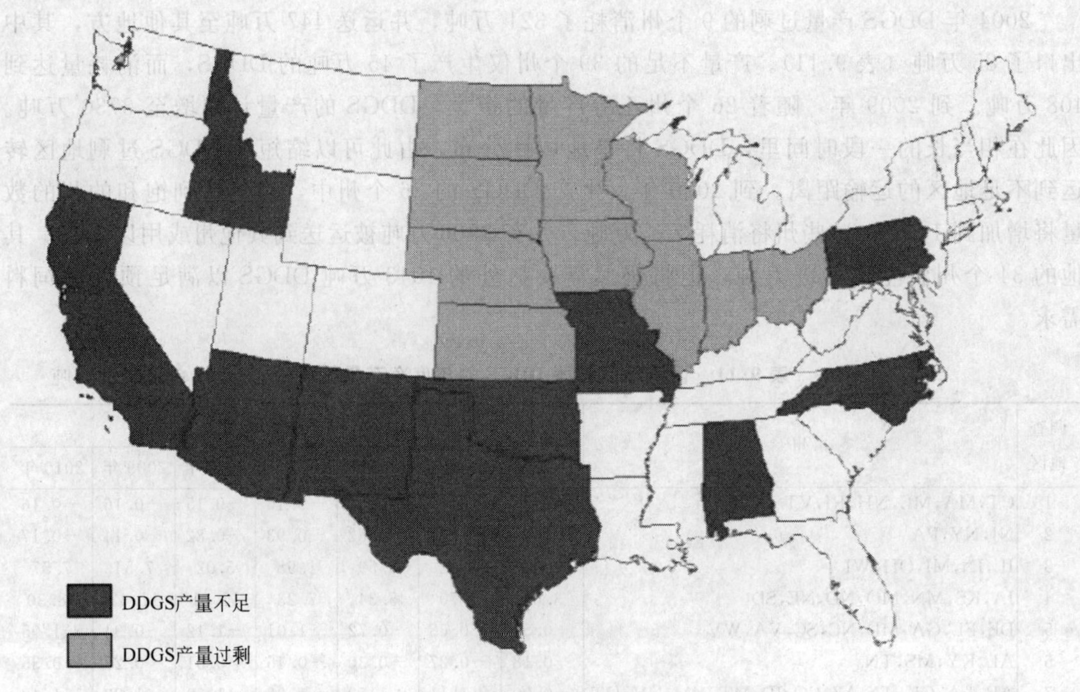

图 9.4 2010 年美国各州 DDGS 产量预测

表 9.12 美国 DDGS 产量最大过剩及最大欠缺的州 单位：百万吨

州名称	2004 年	2005 年	2006 年	2007 年	2008 年	2009 年	2010 年
DDGS 过剩的州							
衣阿华州	1.40	1.02	2.81	3.61	4.28	7.55	7.99
内布拉斯加州	0.75	0.67	0.54	1.08	2.43	3.71	4.02
印第安纳州	0.18	0.16	0.12	0.65	1.54	3.07	3.05
明尼苏达州	0.53	0.86	1.08	1.16	1.45	2.30	2.61
南达科他州	1.24	1.27	1.26	1.62	2.43	2.46	2.43
伊利诺伊州	1.09	1.07	1.06	1.34	1.81	2.11	2.20
俄亥俄州	−0.18	−0.22	−0.28	−0.35	0.71	1.27	1.25
北达科他州	0.07	0.06	0.04	0.33	0.29	0.95	0.97
堪萨斯州	0.04	0.07	−0.11	−0.10	0.65	0.76	0.66
威斯康辛州	−0.07	−0.06	−0.21	−0.02	0.62	0.61	0.59
DDGS 欠缺的州							
加利福尼亚州	−0.71	−0.91	−1.16	−1.25	−1.31	−0.85	−0.90
得克萨斯州	−0.61	−0.75	−1.09	−1.35	−0.72	−0.48	−0.64
俄克拉荷马州	−0.17	−0.21	−0.28	−0.34	−0.39	−0.42	−0.47
北卡罗来纳州	−0.18	−0.20	−0.19	−0.30	−0.34	−0.37	−0.41
密苏里州	−0.38	−0.25	−0.27	−0.47	−0.23	−0.30	−0.38
爱达荷州	−0.20	−0.26	−0.38	−0.45	−0.34	−0.35	−0.31
亚利桑那州	−0.09	−0.12	−0.12	0.18	0.22	0.25	−0.29
新墨西哥州	−0.10	−0.13	−0.17	0.22	0.22	0.22	−0.23
阿拉巴马州	−0.06	−0.09	−0.09	0.14	0.17	0.20	−0.23
宾夕法尼亚州	−0.27	−0.33	−0.41	0.49	0.52	0.19	−0.20

其次，Cooper（2005）估测了 DDGS 在牛和猪的日粮中有更高配比，分别为 40%、20%。如果他的估测是正确的，那么 DDGS 的消耗上限应多出 20%，应该是 4200 万吨而不是 3500 万吨。这一估测将减少 400 万吨的出口量。从乙醇工业的快速增长速度来看，很难

判断这个估测的有效性。

最后，作者并不知道对不同的家畜家禽的 DDGS 的市场覆盖率所做的其他评估。一个需要考虑的方面就是根据畜禽的养殖规模，利用卡车运输 DDGS 的方式将会持续。不同畜群如奶牛、肉牛、猪的 DDGS 每日消耗量分别估测为 8lb、4lb、1lb。由此得出，1 卡车（4.8 万磅）的 DDGS 每月可饲喂的家畜数量是奶牛 200 头、肉牛 400 头、猪 1600 头。

表 9.13 显示，81%以上的奶牛来自养殖数量为 100 头牛以上的养殖场。因此，DDGS 在奶牛中有 86.9%的市场占有率似乎是合理的，而未来 DDGS 在奶牛养殖中的增长可能会受到限制（表 9.9）。虽然 DDGS 在肉牛和犊牛中的市场占有率与奶牛相似，但由于其日粮中 DDGS 的配比较低：1 卡车 DDGS 的使用时间将会是奶牛的 2 倍。那些至少有 500 头肉牛的牛群或存栏数达到 44%的肉牛群其日粮中都包括 DDGS 似乎是合理的。因此，DDGS 在肉牛市场上的占有率将会增长。由于猪的日粮中 DDGS 的配比较低，使用 DDGS 的猪群中猪的头数很可能达到最少 1500 头。因此，DDGS 在养猪业中的覆盖率为 72%是合理的。尚未得到养禽业养殖规模的相关数据。

表 9.13 2007 年 DDGS 在畜禽的使用率及不同规模的畜群饲喂 1 卡车 DDGS 所需的天数

畜群规模	不同规模畜群的 DDGS 的使用率/%			不同规模畜群饲喂一卡车 DDGS 所需的天数/d		
	奶牛	肉牛、犊牛	猪	奶牛	肉牛、犊牛	猪
超过 2000 头	25.7	23.3	56.0	1	2	10
1000～1999 头	41.8	31.4	81.5	4	8	32
500～999 头	54.1	44.2	91.0	8	16	64
100～499 头	81.2	78.2	95.5	20	40	160
50～99 头	94.3	89.4	99.0	80	160	640
1～49 头	100.0	100.0	100.0	240	480	920
畜群使用率	86.9	27.9	60.5			

9.5 运输方式的市场份额：卡车与铁路

通过表 9.11 中 DDGS 的产量与消耗量的统计结果，我们可以估计卡车与铁路/驳船各自的运输份额，同时也能估测卡车与火车车皮的运载量。当 DDGS 的生产与销售都在一个特定州的范围内时，卡车就成为主要的运载工具。DDGS 产量过剩的州需要出口时，通常是通过铁路进行运送的。然而，所报道的铁路运输份额或卡车运载量、驳船运载的数值，对许多铁路运输业务来说，是具有竞争力的，其根本原因在于一些大量生产 DDGS 的州处于密西西比河流域。卡车的装载量为 24t，而带有大型料斗的火车车皮的装载量为 100t（表 9.2）。

对比 Wu（2008）作出的估计，预计 2007 年卡车运送 DDGS 的份额为 46.4%（表 9.13 和表 9.14）。鉴于 DDGS 在美国畜禽日粮中的需求已经饱和，多数副产品已转向经铁路及驳船的运输方式出口国外。因此，到 2010 年卡车的运输份额预计将降低到 35%。尽管卡车的运输份额减少了，但因为在此期间 DDGS 的产量大大增加，卡车的绝对运载量将由 2007 年的 32.2 万车增加到 2010 年的 57.4 万车。在这一时期，铁路运输量预计增长到目前的 3 倍，即由 8.8 万增加到 25.1 万辆车皮。

表 9.14 不同运输方式的年度分布比例及载货量

项目	2004年	2005年	2006年	2007年	2008年	2009年	2010年
不同运输方式							
卡车	45.0%	50.0%	49.9%	46.6%	40.1%	35.9%	35.5%
火车/驳船	55.0%	50.0%	50.1%	53.4%	59.9%	64.1%	64.5%
DDGS运输量/百万吨	8.14	8.67	11.58	16.57	25.57	37.33	38.84
卡车荷载量/千个车厢	153	181	241	322	428	558	574
火车车厢荷载量/千个车厢	45	43	58	88	153	239	251

9.6 DDGS运输业的发展预期

经过15年的相对沉寂期后，运输业又一次引发农产品运货者与收货人、运输公司、公共政策制订者的关注。由乙醇产量的增加所引起的运输业的变革速度是相当快的。与DDGS运输业有关的四种现象描述如下。

第一，乙醇及相关产品的产量对运输设备及运输业内部结构的影响面是很大的。在短时期内，乙醇公司、卡车所有者、铁路部门正在签订带料斗的厢式车皮的订单以及面临DDGS的运输困难。面对这种挑战，相对于长期目标来说，这些问题可能反映的是短期的调整措施。铁路部门似乎具备应对这种变化的能力。卡车运输业的持续增加将极有可能带来装备和内部结构方面的挑战，尤其会提高当地的运输业水平。

第二，卡车运输业的增长将会影响到行业协会以及周围坐落着新建的乙醇工厂的地区。一个年产量为1亿吨的乙醇工厂，每天需要运载玉米的卡车为110辆，而运载生产下的乙醇及DDGS的卡车各为35辆。虽然乙醇工厂所带来的经济发展受到乡村地区的卡车运输协会的欢迎，卡车运输业的增长将使当地高速公路的维护预算变得紧张。这个问题在一些桥梁状况不佳的地区更加严重。

第三，相对于传统的谷物主产区，许多乙醇工厂几乎不储存玉米及产品。由于只有10～14d的库存能力，这些工厂会更加依赖于运输业。相对于承运玉米，铁路部门在承运乙醇和DDGS时，其设备损耗会增加。可以预见，与乙醇工厂持续性出货形成鲜明对比的是航运与季节相关性很大。

最后，随着乙醇工业的快速发展，运输业面临着巨大的挑战，但仍然会有企业采取创新措施来应对这种挑战。例如，位于爱荷华州Manly的Manly Terminal LLC以及位于伊利诺伊州Sauget的Gateway Terminals LLC提供的终端设备，能够充分利用乙醇和DDGS在运载时的体积优势。最终，在伊利诺伊州的Kankakee及其他地方，DDGS通过集装箱运送到亚洲。

总之，对DDGS的预测似乎是令人乐观的。作为美国中部地区飞速发展的一种产业，DDGS的不确定性是很高的。而且对运输业自身结构及装备的额外投入是必需的，尤其是对卡车和当地的高速公路。但是，如果到2009年DDGS在美国的市场就已达到饱和，对运载装备的关注就会转变到将副产品出口到国外市场时运载方式的改变。

参考文献

Burlington Northern Santa Fe Railroad. 2008. BNSF Railprices—Point and Click. Company Web site. http://www.bnsf.com/bnsf.was6/rp/RPLinkDisplayController? mode=&showLinkClicked=rates.

Cooper, G. 2005. "An Update on Foreign and Domestic Dry Grind Ethanol Coproducts Markets." National Corn Growers Association, Washington, DC. www. ncga. com/ ethanol/pdfs/DDGSMarkets. pdf.

Denicoff, M. R. 2007. "Ethanol Transportation Backgrounder." Agricultural Marketing Service, U. S. Department of Agriculture, Washington, DC. http://www. ams. usda. gov/tmd/TSB/EthanolTransportationBackgrounder 09-17-07. pdf.

Elliott, D. C., J. K. Magnuson, and C. F. Wend. 2006. Feed Processing and Handling DL2 Final Report. PNNL- 16079. U. S. Department of Energy, Pacific Northwest National Laboratory, Richland, WA.

Energy Information Administration. 2008. Short-Term Energy Outlook. U. S. Department of Energy, Washington, DC. http://www. eia. doe. gov/emeu/steo/pub/contents. html.

Ethanol Producer Magazine. 2008. "Ethanol Plant List." http://ethanolproducer. com/plant-ist. jsp? view = &sort = name&sortdir=desc&country=USA.

Interagency Agricultural Projections Committee (IAPC). 2007. USDA Agricultural Projections to 2016. OCE-2007-1. Washington, DC. http: //www. ers. usda. gov/publications/oce071/oce20071. pdf.

Markham, S. 2005. "Distillers Dried Grains and Their Impact on Corn, Soymeal, and Livestock Markets." Paper presented at the 2005 Agricultural Outlook Forum, Arlington, VA. http: //www. agmrc. org/NR/rdonlyres/C5868056-5807-4901-B9B1-C4CDB7144DAC/0/DistillersDriedGrainsandTheirImpactonCorn. pdf.

Nebraska Energy Statistics. 2008. "Ethanol Production Capacity by Plant." Table on Nebraska Government Web site. http: //www. neo. ne. gov/statshtml/122. htm.

Pentland, W. 2008. "Ethanol: Getting There Is None of the Fun." Forbes. com. http: //www. forbes. com/2008/05/15/ethanol-logistics-energy-biz-logistics-cx _ wp _ 0516ethanol. html accessed October 2008).

Quear, J. L. 2008. "The Impacts of Biofuel Expansion on Transportation and Logistics in Indiana." Unpublished master's thesis, Purdue University.

Renewable Fuels Association. 2008. Changing the Climate: Ethanol Industry Outlook 2008. Washington, DC. http: //www. ethanolrfa. org/objects/pdf/outlook/ RFA _ Outlook _ 2008. pdf.

Shurson, G. C. 2005. "Issues and Opportunities Related to the Production and Marketing of Ethanol By-Products." Paper presented at the 2005 Agricultural Outlook Forum, Arlington, VA. http://www. ddgs. umn. edu/articles-proc-storage-quality/ 2005-Shurson-%20AgOutlookForum-Feb05. pdf.

Tiffany, D. G., and V. R. Eidman. 2003. "Factors Associated with Success of Fuel Ethanol Producers." Staff Paper P03-7. Department of Applied Economics College of Agriculture, Food, and Environmental Sciences, University of Minnesota.
http: //www. agmrc. org/NR/rdonlyres/CB852EC6-0DB7-4405-944F-59888DD6D344/0/ethan olsuccessfactors. pdf.

U. S. Department of Agriculture, Agricultural Marketing Service (USDA-AMS). 2008. Grain Transportation Report. Washington, DC. http: //www. ams. usda. gov/AMSv1. 0/ getfle? dDocName=STELPRDC5071475.

U. S. Department of Agriculture, Economic Research Service (USDA-ERS). 2008. Feed Outlook. Washington, DC.
http: //usda. mannlib. cornell. edu/MannUsda/viewDocumentInfo. do? documentID=1273.

U. S. Department of Agriculture, National Agricultural Statistics Service (USDA-NASS). 2004. The 2002 Census of Agriculture. Washington, DC. http: //www. agcensus. usda. gov/. ——. 2006. 2004 National Distillers Grains Summary Survey of Ethanol Producers. Washington, DC. http: //www. nass. usda. gov/Statistics _ by _ State/Iowa/Links/ 2004 _ national _ dg. pdf.

U. S. Grains Council. 2007. DDGS User Handbook. Washington, DC, http: //www. grains. org/page. ww? section =DDGS+User+Handbook&name=DDGS+User+Handbook.

Vachal, K., J. Hough, and G. Griffin. 2005. U. S. Waterways: A Barge Sector Industrial Organization Analysis. U. S. Army Corp of Engineers, Washington, DC.
http: //www. nets. iwr. usace. army. mil/docs/IndOrgStudyInlandWaterways/BargeSectorIndusOrg. pdf.

Westcott, P. 2008. USDA Agricultural Projections to 2017. OCE-2008-1. U. S. Department of Agriculture, Washington, DC. http: //www. ers. usda. gov/publications/oce081/.

Wu, M. 2008. "Analysis of the Efficiency of the U. S. Ethanol Industry 2007." Paper delivered to the Renewable Fuels Association, Center for Transportation Research, Argonne National Laboratory. http: //www1. eere. energy. gov/biomass/pdfs/ anl _ ethanol _ analysis _ 2007. pdf.

10 乙醇加工副产品质量控制与新技术

Jerry Shurson[1]，**Abdorrahman S. Alghamdi**

本章主要是描述DDGS的质量特征和用于生产新玉米分馏副产品的新技术。一种饲料的质量可以用多种方法来定义，但正如Webster's词典中所描述的，DDGS是完美或优秀的，因为DDGS是各种营养素的来源，对于动物来说有较高的营养价值是由于它含有高的营养成分，并有较高的消化率，例如能量、氨基酸和磷。Webster's词典中另一种描述质量的方式是某事物的特性与本质。大多数玉米副产品是由乙醇生产的发酵过程所产生的，含有残留的酵母，可能也含有一些其他物质，而这些物质可能具有其他动物饲粮不具有的，有益于动物的健康和营养作用。

10.1 DDGS养分含量和消化率的变异

在动物饲料中使用DDGS（除非有特殊说明，本章中指的是以玉米为基础的DDGS）的最大挑战或许是了解所用原料的营养含量和消化率。美国不同来源的DDGS中养分含量存在很大变异（表10.1），工厂的不同生产时间也会对养分含量产生影响（Spiehs、Whitney和Shurson，2002）。

表10.1 美国32个来源的DDGS样本的营养成分

（100%干物质基础）平均值和范围 单位：%

营养成分	平均值(CV①)	范围	营养成分	平均值(CV①)	范围
粗蛋白	30.9(4.7)	28.7～32.9	精氨酸	1.31(7.4)	1.01～1.48
粗脂肪	10.7(16.4)	8.8～12.4	色氨酸	0.24(13.7)	0.18～0.28
粗纤维	7.2(18.0)	5.4～10.4	蛋氨酸	0.65(8.4)	0.54～0.76
灰分	6.0(26.6)	3.0～9.8	磷	0.75(19.4)	0.42～0.99
赖氨酸	0.90(11.4)	0.61～1.06			

① CV表示变异系数（标准差除以平均数×100）。

注：来源于www.ddgs.umn.edu。

营养学家希望所购买和使用的饲料原料具有稳定性和可预测性。由于DDGS含有较高的粗蛋白，因此通常将这种副产品和豆粕进行比较，但不同来源的豆粕的养分含量变化比DDGS小（表10.2）。粗脂肪是豆粕中变异系数唯一比DDGS高的营养素，这是由于所采集样本（Urriola等，2006）的3个极端值（3.27%、

---

[1] Jerry Shurson是美国明尼苏达州立大学动物科学系的教授和猪营养学家，Abdorrahman S. Alghamdi是密苏里州柯克斯维尔杜鲁门州立大学农业科学系的助理教授。

3.55%和3.86%）引起的，因为豆粕的脂肪含量平均仅为1.74%。与豆粕相比，DDGS由于养分含量变异较大而导致商品性较差。为了处理不同来源DDGS的变异，一些商品饲料生产者开始通过限制公司首选名单上供货商的数量来保证DDGS的一致性。Olentine（1986）列出了可以导致玉米副产品营养成分变异的一系列天然原料和加工过程中的因子（表10.3）。

表10.2 美国32个来源的DDGS和6个来源的豆粕样本的营养成分变异（变异系数）对比

单位：%

营养成分	DDGS	豆粕	营养成分	DDGS	豆粕
粗蛋白	4.7	2.3	蛋氨酸	8.4	5.3
粗脂肪	16.4	30.9	苏氨酸	5.8	4.2
粗纤维	18.0	9.5	色氨酸	13.7	7.3
灰分	26.6	6.6	钙	117.5	25.8
赖氨酸	11.4	3.0	磷	19.4	9.1

注：豆粕数据来自Urriola等，2006。

表10.3 影响源自乙醇工业的玉米副产品营养成分的因素

原料	加工因素
谷物种类 谷物变异 谷物质量 　土壤条件 　肥料 　气候 　生产和收获方法 　谷物配合	粉碎程序 　细度 　粉碎时间 蒸煮 　加水量 　前处理麦芽的量 　温度和时间 　连续或不连续发酵 　冷却时间 转化 　麦芽的类型、数量和质量 　真菌淀粉酶 　时间和温度 转化谷物的稀释 　每蒲式耳谷物的体积或加仑量 　谷物产品的质量和数量 发酵 　酵母的质量和数量 　温度 　时间 　冷却 　搅拌 　酸度和产品控制 蒸馏 　类型：真空或有氧，连续或不连续 　直接或间接加热 　蒸馏过程中体积变化 加工 　过筛类型：固定式、旋转式或振动式 　离心的使用 　压榨的类型 蒸发器 　温度 　数量 干燥器 　时间 　温度 　类型 与谷物混合的可溶物的量

注：来源于Olentine，1986。

10.1.1 玉米养分含量的变化影响 DDGS 的营养成分

DDGS 营养含量的大多数变异似乎是由于玉米品种和生长的地理区域的正常变异所引起的。Reese 和 Lewis（1989）表明，1987 年生长在内布拉斯加州的玉米粗蛋白变异范围是 7.8%～10.0%，赖氨酸为 0.22%～0.32%，磷为 0.24%～0.34%（表 10.4）。当玉米发酵生产乙醇和 DDGS 时，DDGS 的养分含量被浓缩了 2～3 倍，这导致了不同来源的 DDGS 营养含量变异的增加。

表 10.4 玉米养分含量的总体均值、最小值和最大值

营养含量	平均值	最小值	最大值
粗蛋白/%	8.6	7.8	10.0
赖氨酸/%	0.26	0.22	0.32
钙/%	0.01	0.01	0.01
磷/%	0.28	0.24	0.34
硒/ppm	0.12	0.10	0.16
维生素 E/(IU/lb)	3.9	1.9	5.8

注：来源于 Reese 和 Lewis，1989。88%干物质基础。

10.1.2 谷物残渣中可溶物添加比例的变化影响 DDGS 的营养成分

在乙醇生产厂，生产 DDGS 的含谷物成分的浓缩酒糟可溶物混合比例存在着差异。表 10.5 列出了各部分的典型养分含量。因为这两部分的营养成分存在显著差异，所以谷物残渣和溶液混合的比例将对 DDGS 的最终营养成分产生显著影响就可以被很好地理解了。美国饲料控制协会定义 DDGS 为："酒糟及其可溶物是谷物或谷物混合物的酵母发酵物经蒸馏提取乙醇后，用谷物蒸馏行业使用的方法对至少四分之三的全部剩余固体进行浓缩和干燥而制成的产品。"

表 10.5 DDGS（100%干物质基础）的营养含量及其变异 单位：%

项　目	平均值	最小值	最大值	项　目	平均值	最小值	最大值
谷物残渣				可溶物成分			
干物质	34.3	33.7	34.9	干物质	27.7	23.7	30.5
粗蛋白	33.8	31.3	36.0	粗蛋白	19.5	17.9	20.8
粗脂肪	7.7	2.1	10.1	粗脂肪	17.4	14.4	20.1
粗纤维	9.1	8.2	9.9	粗纤维	1.4	1.1	1.8
灰分	3.0	2.6	3.3	灰分	8.4	7.8	9.1
钙	0.04	0.03	0.05	钙	0.09	0.06	0.12
磷	0.56	0.44	0.69	磷	1.3	1.2	1.4

注：来源于 Knott、Shurson 和 Goihl，2004。

一些乙醇工厂将产生的全部浓缩液都添加到谷物残渣中，而另一些工厂在干燥前添加尽可能少的浓缩液。这项措施将充分改变 DDG 的营养成分。

Ganesan、Rosentrate 和 Muthukumarappan（2005）评价了生产 DDGS 时在谷物残渣中添加 10%、15%、20%和 25%的浓缩蒸馏液（干物质基础）对蛋白质和脂肪含量的影响（表 10.6）。随着蒸馏液的添加量从 10%增加到 25%，DDGS 脂肪含量相应地从 8.79%增加到 11.77%，蛋白质含量相应从 30.54%降到 26.02%。因此，随着谷物残渣中可溶物的添加量不同，DDGS 的养分含量可在很大程度上改变。

表 10.6 4 种添加不同百分比可溶物的 DDGS 的平均脂肪和蛋白质含量

营养成分含量（干物质基础）/%	10% 可溶物	15% 可溶物	20% 可溶物	25% 可溶物	SEM
脂肪	8.79②	7.53②	12.68①	11.77①	1.7
蛋白质	30.54①	30.16①	27.23②	26.02③	0.26

①②③同一行均数上标不同表明存在差异（$P<0.05$）。

注：来源于 Ganesan、Rosentrate 和 Muthukumarappan，2005。

10.1.3 谷物残渣中可溶物的添加比例影响 DDGS 的养分消化率

Noll、Parsons 和 Walters（2006）等评价了通过在湿谷物残渣中添加不同水平的可溶物而生产的不同批次的 DDGS 的营养成分和消化率。可溶物的添加量约是谷物残渣中最大可能添加量的 0、30%、60%和 100%，分别对应每分钟添加 0、12 加仑、25 加仑和 42 加仑的可溶物溶液。干燥机的温度随着谷物残渣中可溶物添加量的降低而降低，因为在进入干燥机之前残渣和可溶物混合物的水分含量较低。对 DDGS 样本的颜色、粒度、水分、粗脂肪、粗蛋白、粗纤维、灰分、磷、赖氨酸、蛋氨酸、胱氨酸和苏氨酸进行分析。可消化氨基酸使用去盲肠雄鸡进行测定，氮校正真代谢能（TME_n）用未处理的火鸡雏鸡进行测定。如表 10.7 所示，可溶物添加量增加导致 DDGS 颜色变深（降低的 L^* 和 b^*；亮度和黄色），而粗脂肪、灰分、TME_n（家禽）、镁、钠、磷、钾、氯和硫的含量增加，但对粗蛋白和氨基酸的含量和消化率的影响甚微。

表 10.7 DDGS 生产中增加谷物残渣中可溶物的添加量对颜色、营养含量、TME_n（家禽）和氨基酸消化率的影响（100%干物质基础）

测量指标	0 加仑/min	12 加仑/min	25 加仑/min	42 加仑/min	Pearson 相关系数	P 值
颜色 L^* ①	59.4	56.8	52.5	46.1	−0.98	0.0001
颜色 a^* ①	8.0	8.4	9.3	8.8	0.62	0.03
颜色 b^* ①	43.3	42.1	40.4	35.6	−0.92	0.0001
水分/%	9.52	9.75	10.74	13.83	0.93	0.06
粗脂肪/%	7.97	9.14	9.22	10.53	0.96	0.04
粗蛋白/%	31.96	32.65	32.46	31.98	0.03	NS
粗纤维/%	9.17	7.76	10.08	6.50	−0.51	NS
灰分/%	2.58	3.58	3.72	4.62	0.97	0.03
赖氨酸/%	1.04	1.05	1.09	1.04	0.02	NS
蛋氨酸/%	0.63	0.64	0.59	0.62	−0.13	NS
胱氨酸/%	0.61	0.61	0.53	0.62	0.16	NS
苏氨酸/%	1.20	1.22	1.20	1.20	−0.18	NS
磷/%	0.53	0.66	0.77	0.91	0.99	0.002
TME_n/(kcal/kg)	2712	2897	3002	3743	0.94	0.06
Lys 消化率/%	78.2	76.00	69.7	75.0	−0.90	NS
Met 消化率/%	90.9	88.6	86.3	87.3	−0.92	NS
Cys 消化率/%	87.2	87.6	80.7	80.3	−0.95	NS
Thr 消化率/%	85.9	83.2	80.5	77.3	−0.99	0.02
Arg 消化率/%	92.1	90.7	86.7	88.5	−0.99	0.07

① L^* 表示颜色的亮度（0 代表黑，100 代表白）。a^* 和 b^* 的值越高，分别代表红度和黄度越大。

注：来源于 Noll、Parsons 和 Walters，2006。

10.1.4 DDGS的颜色对氨基酸消化率的影响

在评价饲料原料和制作猪和禽的饲料配方时，原料的氨基酸消化率是非常重要的。DDGS的亮度和黄度似乎是家禽（图10.1；Ergul等，2003）和猪（Pederson、Pahm和Stein，2005）的金黄色DDGS来源中可消化赖氨酸含量的合理指示剂。家禽（Ergul等，2003）真赖氨酸消化率系数的变化范围是59%～83%，猪（Stein等，2006）的是44%～63%。

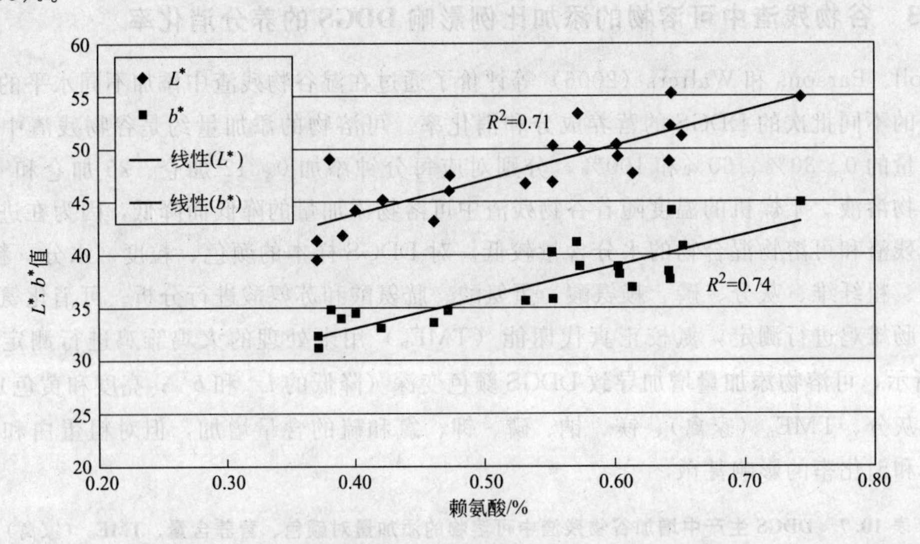

图10.1 可消化赖氨酸（%）和颜色（L^*，b^*）的回归

来源于Ergul等，2003

Cromwell、Herkleman和Stahly（1993）评价了各种来源DDGS的Hunter实验室色值和酸洗不溶氮含量与猪生长性能之间的关系（表10.8）。他们给鸡和猪饲喂3种颜色最深的DDGS混合物和3种颜色最浅的DDGS混合物，结果表明，与饲喂浅色DDGS混合物相比，深色DDGS混合物在两个试验中都导致增重速率和效率下降。因此，他们得出如下结论，增重的速率和效率不仅与DDGS的粗蛋白、赖氨酸、含硫氨基酸、酸性洗涤不溶氮和酸性洗涤纤维的含量有关，还与DDGS的颜色有关。

表10.8 酸洗不溶氮（ADIN）和色值对饲喂三种不同来源DDGS混合物的猪的生长性能的影响

DDGS来源	L^*②	a^*②	b^*②	ADIN/%	ADG/g①	ADFI/g①	F/G①
A	29.0	6.5	12.7	27.1	218	1103	5.05
E	31.1	6.1	13.1	36.9			
G	38.8	6.8	16.5	16.0	291	1312	4.52
I	41.8	6.5	18.8	26.4			
B	53.2	4.7	21.8	8.8	390	1461	3.61
D	51.7	7.1	24.1	12.0			

①日粮的显著性差异（$P<0.01$）；②L^*表示颜色的亮度（0代表黑色，100代表白色）。a^*和b^*的值越高，分别代表红度和黄度越大。

注：来源于Cromwell、Herkleman和Stahly，1993。

Urriola（2007）研究表明，34个不同来源的DDGS的赖氨酸含量变化范围是0.52%～

1.13%，校正的真回肠赖氨酸消化率变化范围是17.7%～74.4%。由于不同来源DDGS的氨基酸消化率是变化的，我们需要知道猪和家禽的氨基酸消化率，当前的研究是在配制和生产饲料之前对几种体外试验法预测消化率的准确性进行评价。

不同来源DDGS的赖氨酸消化率的多数差异似乎与干燥时间和温度有关。取决于不同的乙醇工厂，干燥机的温度可能在260～1150℉之间波动。由于加热的温度和时间长度与赖氨酸消化率高度相关，所以不同DDGS的来源中的赖氨酸消化率就存在着相当大的差异。

10.1.5　DDGS中的有效磷

DDGS磷的含量大约是0.75%（干物质基础），比玉米高3倍。猪对玉米中总磷的消化率只有14%，而发酵后表观总消化道磷的利用率约增加到59%（Pedersen、Boersma和Stein，2007）。相对于磷酸二氢钙，DDGS磷的消化率符合可利用值，在70%～90%之间。因此，猪饲料中添加DDGS将增加有机磷的利用，这反过来也降低了无机磷（即磷酸二氢钙或磷酸一氢钙）的需要。然而，Xu等（2006a，b）和Xu、Whitney和Shurson（2006a）等的研究表明，哺乳仔猪饲料添加DDGS引起粪便含磷量降低、干物质消化率降低、排粪量（粪体积）增加，而生长肥育猪无此现象（Xu、Whitney和Shurson，2006b）。添加DDGS后粪便中总磷的排泄净值稍微降低或不变。

类似的，家禽对饲料中DDGS磷的利用率也很高；估计在54%～68%之间（Lumpkins和Batal，2005）。比较不同来源的DDGS，Martinez Amezcua、Parsons和Noll（2004）获得的磷的生物学利用率是69%、75%、82%和102%，这表明不同来源DDGS的磷的利用率是变化的，但DDGS是家禽饲料中有效磷的良好来源。

10.2　潜在的污染物或抗营养因子

10.2.1　霉菌毒素

如果乙醇工厂的谷物原料受到污染，霉菌毒素就有可能存在于玉米副产品中。霉菌毒素在乙醇生产过程中或玉米副产品的干燥过程中不会被破坏。不过，被霉菌毒素污染的风险是很低的，因为乙醇工厂会对谷物的质量进行监测并且拒绝接收可能被霉菌毒素污染的原料。

对玉米副产品样本进行检测的方法只有高效液相色谱（HPLC）法。HPLC是检测DDGS霉菌毒素的参考方法。很多以酶联免疫吸附分析为基础的检测设备最初是为了检测常规商品如玉米和小麦而发展起来的，当用其来检测DDGS时会出现不正确的、假阳性的读数而提高了霉菌毒素的含量，应该避免这种情况的发生。这些设备的建立和发展是为了精确地检测玉米而不是DDGS中的霉菌毒素。这种差别可能是由于只存在于DDGS中而不存在于全粒玉米中的化合物的干扰。

为了精确地检测DDGS中的霉菌毒素及确定其水平，要遵循细致和系统化的采样程序。这是因为霉菌毒素可以以很小的量（百万或十亿分之一）存在于隔离的谷物部分中或储存谷物副产品的容器中或车辆中。例如，从卡车或容器中采集的某个样本可能含有大于100×10^{-9}的含量，而另一个从相同卡车上采集的不同样本则根本检测不出来（$<1\times10^{-9}$）。因

此，从每批货物中采集多个小样本而不是一个大样本是极其重要的。

10.2.2 硫

含有或不含可溶物的酒糟有时会有很高的含硫量，从而导致饲料含硫量显著增加。如果从饲料（干物质基础）或水中摄入高于0.4%的硫，牛就会发生脑灰质软化症。而且硫会干扰铜的吸收和代谢，钼的存在会使情况变得更加严重。因此，在牧草和水中含有高硫的地理区域，要降低饲料中DDGS的使用水平（Tjardes和Wright，2002）。

10.2.3 氯化钠

DDGS钠含量的变化范围是0.01%～0.84%，平均0.11%。因此，如果使用的DDGS含有高水平的钠，为了避免可能出现湿垫料和脏蛋的问题，有必要对家禽饲料的钠含量进行调整。

10.2.4 抗生素残留

维吉霉素是唯一经美国FDA批准能在乙醇生产过程中的发酵罐中微量使用来控制细菌繁殖的抗生素添加剂。不过，蒸馏副产品中不会出现抗生素残留，因为抗生素在蒸馏塔中大于200℃的条件下会遭到破坏（Shurson等，2003）。鼓励乙醇工厂与它们的抗生素供货商合作进行每年1次的检测并且保留证明文件，以此来证明玉米副产品中不存在可被检出的抗生素。

10.3 影响DDGS质量的物理特性

10.3.1 流动性

流动性被定义为固体颗粒和粉末从运输或储藏容器卸出过程中的流动能力。流动性不是原料固有的自然属性，而是几种相互作用的特性同时影响物料流动的结果（Rosentrater，2006）。流动性问题可能产生于一系列协同相互作用的因素，包括产品水分、颗粒大小分布、储存温度、相对湿度、时间、产品堆内部的压力分布、运输过程中的振动和/或储存过程中这些因素的水平变化（Rosentrater，2006）。其他可以影响流动性的因素包括化学组成、蛋白质、脂肪、淀粉和碳水化合物水平，也包括流动剂的添加。

因为饲料原料的流动性是多维的，没有单一的测试可以完全测定原料的流动性（Rosentrater，2006）。剪切测试仪器用来测量块状原料的强度和流动特性，也可以用来测量原料密度和强度（Rosentrater，2006）。另一种评价颗粒状原料流动性的方法包括测量4种主要的物理特征：休止角、可压缩性、刮铲的角度和均匀系数（例如黏结）（Rosentrater，2006）。

遗憾的是，DDGS具有一些与特定条件下流动性差有关的非常不利的操作特性（AURI和明尼苏达州玉米生长协会，2005）。大体积容器和运输车辆中DDGS的流动性降低和结拱的现象限制了一些供货商对DDGS的可接受性，因为顾客（饲料磨粉厂）不愿意面对由处理一种不能流过他们的粉碎系统的饲料原料所带来的不便以及承担额外的费用。

只有很少的研究试图对影响DDGS流动性的因素进行特征化。农业利用研究协会（AURI）和明尼苏达州玉米生长协会（2005）在实验室条件下研究了有限的DDGS样本。

他们报道相对湿度高于60%时似乎可以降低1个DDGS样本的流动性，这可能是由于产品的吸湿能力所致。除了相对湿度之外，其他可以影响DDGS流动性的可能因素包括粒度大小、可溶物含量、干燥机温度和干燥机出口处的水分含量。

Johnston等（2007）在一个商业性的干法乙醇厂进行了一个试验，来研究选择的添加剂是否能提高DDGS的流动性。处理包括DDGS水分含量（9%和12%）和流动性添加剂处理：无添加剂（对照）；添加2.5kg/t的水分转移控制剂（DMX-7，Delst，Inc.）；添加2%的碳酸钙（碳酸钙，Unical-P，ILC Resources）；或添加1.25%的斜发沸石（沸石，St. Cloud Mining Co.）。流动剂包含在大约2257kg DDGS中，这是可以使用垂直螺旋饲料混合机和螺旋输送到卡车车厢所需的水平。对每个车厢的所需卸载时间进行记录。与含12%水分的DDGS相比，含水分9%的DDGS在卸载时流动率更高（620kg/min和390kg/min）。卸载时DDGS的流动率是509kg/min（对照）、441kg/min（DMX-7）、512kg/min（碳酸钙）和558kg/min（沸石）。所有流动性添加剂组的流动率和对照组相比都不存在显著性差异。

10.3.2　颜色

如前面提到的，DDGS的颜色范围可以是很亮的金黄色到很暗的棕色，通常在实验室中用HunterLab或Minolta色度计进行测量。这些方法在人类食品和动物饲料行业中被广泛地使用，用来测量热处理食品（Ferrer等，2005）和饲料原料（Cromwell、Herkleman和Stahly，1993）的热损害（棕色反应）程度。此系统测量颜色的亮度（L^*读数；0＝黑，100＝白）、红度（a^*读数）和黄度（b^*读数）。不同来源DDGS颜色的差别是由于干燥前添加到谷物残渣中的可溶物的量、干燥机的类型和干燥温度以及所用谷物原料的自然颜色的不同所致。

不同品种玉米粒的颜色存在变化，也会最终影响DDGS的颜色。玉米-高粱混合物的DDGS颜色比玉米DDGS颜色更深一些，因为很多品种的高粱是青铜色的。

当相对较高比例的可溶物被添加到糊状物（谷物残渣）中时，生产的DDGS颜色变深。Noll、Parsons和Walters（2006）评价了不同批次DDGS的颜色，这些DDGS干燥前在残渣中约添加了可溶物最大可能添加量的0、30%、60%和100%（相当于0、12加仑/min、25加仑/min和42加仑/min可溶物）。如表10.9所示，增加残渣中可溶物的添加比例导致L^*（亮度）和b^*（黄度）的降低以及a^*（红度）的升高。Ganesan、Rosentrater和Muthukumarappan（2005）也报道了类似的结果。

表10.9　残渣中可溶物的添加比例对DDGS颜色特征的影响

颜色（CIE等级）	0	12加仑/min	25加仑/min	42加仑/min	Pearson相关系数	P值
L^*①	59.4	56.8	52.5	46.1	−0.98	0.0001
a^*①	8.0	8.4	9.3	8.8	0.62	0.03
b^*①	43.3	42.1	40.4	35.6	−0.92	0.0001

① L^*表示颜色的亮度（0代表黑色，100代表白色）。a^*和b^*的值越高，分别代表红度和黄度越大。

注：来自Noll、Parsons和Walters，2006。

饲料原料加热处理时会发生棕色反应或美拉德反应，导致形成高分子量的多聚体化合物蛋白黑素。棕色反应的等级（通过420nm吸收率测量）用来评价食物中影响氨基酸特别是赖氨酸吸收率的美拉德反应的程度。DDGS 颜色的亮度和黄度似乎是家禽（Ergul 等，2003）和猪（Cromwell、Herkleman 和 Stahly，1993；Pederson、Pahm 和 Stein，2005）饲料可消化赖氨酸含量的合理指示剂。

一些干法乙醇厂使用加工调整来生产乙醇和 DDGS。例如，一些工厂使用蒸煮机来增加发酵的热量以减少酶的使用量，而另一些工厂使用更多的酶而不是依赖蒸煮机来促进发酵过程。理论上讲，使用更少的热量可以提高 DDGS 氨基酸的消化率，但尚无对这些过程如何影响最终养分组成和消化率的问题进行探索性的研究。

10.3.3　气味

高质量、金黄色的 DDGS 有一种甜香的发酵气味。过度加热的暗色 DDGS 有一种烧焦的或烟熏的气味。

10.3.4　容重、粒度和 pH

容重影响运输和储存成本，是一个在确定运输车辆、船只、容器、集装箱和包装袋的储存体积时所要考虑的重要因素。容重也影响处理全价饲料时可能会发生的组分分离的量。低容重的组分每单位或重量的成本更高。高容重的颗粒在运输过程中会沉降到货物的底部，而低容重的颗粒上升到货物的顶部。

明尼苏达大学的研究者在 2004～2005 年间对 DDGS 样本进行过采集（从 11 个不同州的乙醇工厂采集了 34 个样本）（数据未发表）。如表 10.10 所示，平均粒度是 665μm，但颗粒有非常大的变化范围，为 256～1087μm。各种 DDGS 的 pH 的平均值是 4.1，变化范围是 3.6～5.0。

表 10.10　34 种 DDGS 的粒度、容重和 pH

项目	平均值	范围	SD	CV/%
粒度/μm	665	256～1087	257.48	38.7
容重/(lb/ft³)①	31.2	24.9～35.0	2.43	7.78
pH	4.14	3.7～4.6	0.28	6.81

① 1lb=0.45359237kg，1ft³=0.0283168m³。

注：来源于 Shurson，2005（未发表数据）。

10.3.5　制粒

DDGS 的高纤维和脂肪含量以及极少的粉末含量使其使用传统的制粒工艺很难生产出坚固的颗粒。而且，猪和禽饲料中添加 DDGS 会降低制粒机的产量。

10.3.6　保质期

在湿酒糟（约含 50% 的水分）中普遍地添加防腐剂和霉菌抑制剂来防止腐败和延长保质期。然而，因为 DDGS 的水分含量通常在 10%～12% 之间，在转运和储存过程中发生腐败的风险很小，除非有水渗入到运输船只和储藏设备中。目前还没有发表的数据证明有必要添加防腐剂和霉菌抑制剂来防止 DDGS 腐败和延长保质期。

除非水分含量超过 12%～13%，DDGS 的保质期似乎可达几个月。在美国谷物协会进行的 1 个生产试验中，1 个 DDGS 样本装在 40 英尺的容器中经水路由南达科他州的乙醇工厂运送到中国台湾。到达后，DDGS 被装入 50kg 的袋子中储藏在 1 个有顶盖的用铁柱支撑的谷仓中 10 周，期间在 1 个位于北回归线南 20km 的商业奶牛场进行奶牛饲养试验。储存期间平均环境温度超过 32℃，湿度超过 90%。到达时和储存 10 周后采集的样本的过氧化物值（油脂的氧化腐败程度）没有变化，这可能是由于玉米中含有高含量的天然抗氧化物，并且这些抗氧化物在加热过程中进一步增加（Adom 和 Liu，2002；Dewanto、Wu 和 Liu，2002）。

10.3.7　吸湿性

关于 DDGS 的吸湿性或吸收水分能力的资料是有限的。不过，美国谷物协会在中国台湾进行了一个肉鸡的生产试验，试验中对储存在商业饲料厂的 DDGS 的水分含量进行监测，储存期限是 2004 年 3～6 月。在持续 13 周的储存期内，每周从饲料厂的储存中随机采集 DDGS 样本进行水分测定。水分含量从初始的 9.05%增加到 13 周末的 12.26%。因此，在潮湿的气候条件下，DDGS 的含水量在长期储存过程中会增加。

10.4　提高玉米加工副产品质量和一致性的潜力

玉米加工副产品养分含量变异较大的一个原因是不同实验室使用的分析方法不同。由于这是此行业中广泛存在的问题，美国饲料成分协会、可再生燃料协会和国家玉米生长协会在 2007 年评价和公布了分析 DDGS 水分、粗蛋白、粗脂肪和粗纤维的最合适方法（表 10.11）。

表 10.11　美国饲料成分协会推荐的 DDGS 水分、粗蛋白、粗脂肪和粗纤维的分析方法

分析物	方法	方法描述
水分	NFTA2.2.2.5	实验室干物质(105℃/3h)
粗蛋白	AOAC990.03①	动物饲料中粗蛋白——燃烧法
	AOAC2001.11①	动物饲料和宠物饲料中的粗蛋白(铜催化剂)
粗脂肪	AOAC2001.11	谷物副产品中的油脂(石油乙醚)
粗纤维		动物饲料和宠物饲料中的粗纤维(F.G.坩埚)

① 方法在统计学上类似，每一种都可用来分析 DDGS。

10.5　DDGS 质量特性的总结

影响 DDGS 质量的因素有很多。DDGS 养分含量的变异似乎主要归因于玉米养分含量的固有变异和谷物残渣中可溶物添加量的变化。养分消化率也受生产 DDGS 时的可溶物添加量的影响，但干燥机的类型、时间和温度对蛋白质的热损害——和对随之产生的氨基酸消化率的降低也有显著影响。颜色，特别是亮度和黄度，是氨基酸特别是赖氨酸消化率的指示剂。

不同来源 DDGS 中的硫和钠（食盐）可以存在很大的变化，这是由于乙醇生产过程中少量地使用了含有这些混合物的化学物质。因此，要对硫和钠的水平进行监测，当 DDGS 中这些矿物质的水平较高时，要分别对牛和家禽的饲料配方进行调整。尽管 DDGS 中霉菌毒素出现的概率非常低，如果将受到霉菌毒素污染的玉米用来生产乙醇和 DDGS，这些霉菌毒素将持续存在，并且会大约浓缩到玉米初始浓度的 3 倍。维吉霉素是唯一经 FDA 批准可以在乙醇生产中使用的抗生素，可以在发酵罐中少量使用来控制细菌的繁殖。由于这种抗生素化合物的化学特性和 DDGS 生产过程中的高温，DDGS 中不会检测到残留的霉菌。

粒度、容重、颜色、气味和流动性在不同来源 DDGS 中存在变异，因此属于质量特性的一部分。以有限的生产试验为基础，在高温高湿的极端气候条件下 DDGS 似乎可以稳定地保存至少 2～3 个月而不发生油脂的氧化酸败。然而，由于 DDGS 吸收水分的化学特性，在 2～3 周的储存过程中水分含量会稍微增加。

很多燃料乙醇生产企业已经采用了全面的质量控制程序来提高所产 DDGS 的营养和经济价值。饲料和乙醇行业也已经公布了它们推荐的分析 DDGS 水分、粗蛋白、粗脂肪和粗纤维的方法，这将有助于不同来源 DDGS 营养水平的比较。

10.6　新的分馏技术＝新的玉米副产品

将玉米籽实分馏成不同的化合物以生产各种工业和食品级产品的分馏方法已经被应用很多年。近来，一些乙醇工厂对玉米分馏技术加以发展、评价和应用，试图除去玉米籽实中的非发酵成分和提高乙醇产量。使用分馏技术生产乙醇和新种类的玉米副产品具有以下优点。

• 更高比例的淀粉进入乙醇发酵罐中能提高乙醇产量约 10%。乙醇生产过程中使用的酶较少，因为如果发酵前将玉米胚芽（玉米籽实含油脂的部分）剔除，发酵过程中脂肪消化酶和淀粉消化酶之间的干扰更少。

• 乙醇生产过程结束时需干燥的副产品的量更少，使干燥成本和潜在蛋白质热损害降低。

• 生产乙醇和玉米副产品所需的能量和水更少。

• 从玉米胚芽中提取油脂，减少了频繁清洗系统的次数，并且高质量的油脂可以用来销售或作其他用途，如生产生物柴油。

• 增加了分馏副产品的种类，可以提高其价值和为更加多样化的市场提供产品。

由于需求和玉米成本增加、天然气的高价格和应用分馏技术具有降低资金成本的潜力，这些技术的应用速度正在加快，从而提高单位玉米的乙醇产量。此外，一些乙醇工厂需要更加多样化的玉米副产品组合来供应特殊市场。

10.6.1　分馏的基本常识

分馏时要将玉米籽实分为 3 部分：胚乳、胚芽和麸皮（顶尖和果皮）。胚乳占玉米籽实的 83%并且主要由淀粉构成，而胚芽（约占籽实的 12%）富含油脂、蛋白质、灰分和非发酵碳水化合物。剩余的麸皮部分几乎全部由纤维构成（非发酵碳水化合物）。

有很多分馏技术已经发展了起来，但还没有成为乙醇和副产品生产的重要组成部分。可以将这些技术分为以下两类。

10.6.1.1　前端分馏法

此技术在发酵前对胚乳、胚芽和麸皮部分进行分离。胚乳部分（富含淀粉）用来发酵生产乙醇和玉米副产品。从胚芽部分提取玉米油用作销售或供其他工业应用，剩余的玉米胚芽粕用作副产品饲料。分离的麸皮部分主要用作反刍动物的高纤维饲料。

10.6.1.2　后端分馏法

此技术在整粒玉米发酵生产乙醇后，用两步过程对玉米油脂进行提取。从细的输送架中提取玉米粗油脂，产生的低脂浆液沿着整个输送架经历第二次提取，以分离更多的玉米油。剩余残渣用来生产低脂酒糟。

10.6.2 新分馏技术生产的玉米副产品的一般营养成分

因为分馏是燃料乙醇生产中新出现的一种技术，其副产品的营养成分数据比较有限。表10.12列出了大多数已知的分馏副产品的干物质、粗蛋白、粗脂肪、粗纤维和灰分含量。

表 10.12　新玉米分馏酒糟副产品的养分组成　　单位：%干物质基础

分馏副产品	干物质	粗蛋白	粗脂肪	粗纤维	灰分
典型的玉米 DDGS	89.3	30.9	10.7	7.2	6.0
Poet Dakota 金色 HP	91.6	44.8	3.9	7.3	2.1
Poet Dakota 麸皮	ND①	14.6	9.8	3.8	4.6
Poet 脱水玉米胚芽	93.2	16.9	18.9	5.5	5.8
Maize Processing Innovators Quick Germ/Quick Fiber DDGS	ND	49.3	3.9	6.8	3.2
Maize Processing Innovators E-Mill DDGS	ND	58.5	4.5	2.0	3.2
Cereal Process Technologies HP DDGS	ND	35.0～37.0	4.0～6.0	4.0～6.0	ND
Renessen 增强 DDGS	ND	40.0～50.0	2.5～4.0	7.0～11.0	ND
Solaris NeutraGerm	97.0	17.5	45.0	6.0	1.9
Solaris Probran	90.0	9.5	2.0	16.6	1.0
Solaris Glutenol	90.0	45.0	3.3	3.8	4.0
Solaris Energia	90.0	30.0	2.5	8.2	2.5
FWS Technologie 加强 DDGS	ND	35.0～37.0	6.5	ND	3.8
脱油 DDGS	89.9	31.3	2.3	ND	6.2
J. Jireh Products 酒糟残液浓缩干燥物	93.4	21.6	4.7	3.1	8.3

① ND 表示没有测定。

一般情况下，与 DDGS 相比，玉米分馏副产品粗蛋白和粗纤维含量更高而粗脂肪含量更低。虽然这些高蛋白的分馏副产品的氨基酸含量有所增加，但蛋白质质量（氨基酸平衡）相对于单胃动物的营养需要来说仍然较差。对于猪和家禽来说，这些分馏物脂肪含量的降低和纤维含量的增加可能导致能值的降低。因此对于猪和家禽来说，它的饲用和经济价值可能比 DDGS 更低。然而，这些副产品的营养成分在反刍动物饲料中似乎有更高的价值，因为玉米蛋白质的氨基酸平衡对于反刍动物不像猪和家禽那样重要。而且，增加的易发酵纤维是一种良好的能量来源，更低的脂肪含量允许在泌乳奶牛饲料中有更高的添加量而不出现乳脂下降的问题。

10.6.3 新玉米分馏副产品在畜禽中的潜在饲用价值

因为大多数新的分馏技术还没有得到充分的应用和评价，只有数量有限的玉米分馏副产品被生产和进入商业流通领域。因此，关于这些玉米分馏副产品在畜禽饲料中使用的效率和质量的发表数据比较有限。除非有这方面数据可以使用，否则很难确定这些副产品的相对饲用价值、饲料中的添加比例以及相对的营养与经济价值。

以下是最近对所选分馏副产品在各种畜禽中使用效果进行评价的研究摘要。

• 家禽。Abe 等（2004）对从美国国家可再生能源实验室获得的高蛋白水解玉米副产品的养分含量和消化率以及在火鸡雏鸡料中的饲用价值进行评价。干物质、灰分、脂肪、纤维、蛋白质、淀粉和蔗糖含量分别是95.9%、1.43%、10.7%、3.9%、57.8%、1.6%和2.0%。赖氨酸、精氨酸、色氨酸、苏氨酸和胱氨酸及蛋氨酸含量按粗蛋白的百分比表示分别为1.99%、2.63%、0.34%、3.14%和2.1%（译者注：原版书即为5个数据），消化系数分别是68.1%、79.0%、64.0%、75.2%、78.3%和85.9%。饲喂基础上的氮校正真代谢能（TME_n）是2692kcal/kg。当饲料中添加0、5%、10%、15%和20%的此种副产品且饲喂阶段为3～18日龄时，平均日增重在11日龄出现直线下降，在11～18日龄期间存在立方效应。这些研究结果表明，10%的添加量可以在14日龄前被火鸡有效地利用，更高的添加比例可以使两周龄后的火鸡获得满意的生长效果。

Batal（2007）测定了家禽对DDGS、高蛋白DDGS、脱水玉米胚芽和麸皮的养分消化率，结果见表10.13。这些结果表明乙醇生产中采用的新的分馏技术产生的副产品具有独特的营养特性，为了评价它们的经济和饲用价值，必须清楚这些副产品的营养价值。

表10.13 DDGS、高蛋白DDGS、脱水玉米胚芽和玉米麸皮的养分含量和家禽的消化率

营养成分	DDGS	HP-DDGS	玉米胚芽饼	麸皮饼
粗蛋白/%	27.0	44.0	15.5	11.6
粗纤维/%	7.0	7.0	4.5	4.5
粗脂肪/%	10.0	3.0	17.0	7.8
TME_n/(kcal/kg)	2829	2700	2965	2912
赖氨酸/%	0.79	1.03	0.83	0.43
赖氨酸利用率/%	81	72	80	68
赖氨酸占CP百分比	2.9	2.3	5.4	3.7
磷/%	0.77	0.35	1.18	无数据
P的生物利用率/%	60	47	31	无数据

注：来源于Batal，2007。

将HP-DDGS（90%干物质基础上含有33%的蛋白质以及0.33%的磷）和玉米胚芽饼（14%的粗蛋白和1.22%的磷）饲喂仔鸡和精准饲养的雄鸡，来测定其对于家禽的TME_n、氨基酸消化率和磷的生物学利用率（Kim等，2008）。玉米胚芽饼的TME_n和氨基酸消化率显著高于HP-DDGS，而DDGS和HP-DDGS的磷的生物学利用率类似（分别是60%和58%），但玉米胚芽饼磷的生物学利用率较低（25%）。这些结果表明，对于家禽来说，玉米胚芽饼具有比HP-DDGS更高的氨基酸消化率，是更好的能量来源，但DDGS和HP-DDGS是比玉米胚芽饼更好的生物可利用磷的来源。

• 猪。Widmer、McGinnis和Stein（2007）通过3个试验来测定高蛋白酒糟（不含可溶物）（HP-DDG）和玉米胚芽相对于玉米的能量、磷和氨基酸的消化率。玉米的消化能和代谢能含量（分别是4056kcal/kg和3972kcal/kg干物质）与玉米胚芽（分别是3979kcal/kg和3866kcal/kg）类似，但显著低于HP-DDG（分别是4763kcal/kg和4476kcal/kg）。HP-DDG（69%）的全消化道磷的真利用率比玉米胚芽（34%）高，与Kim等（2008）在家禽中得到的试验结果类似。HP-DDG的粗蛋白和除精氨酸、赖氨酸、甘氨酸和脯氨酸以外的所有氨基酸的回肠校正消化率高于玉米胚芽。因此，对于猪来说，HP-DDG比玉米胚芽含有更高水平的可消化能值、磷和多数氨基酸。

Widmer等（2008）也评价了给生长肥育猪饲喂DDGS（日粮中含有10%或20%）、HP-DDG（替代50%或100%的豆粕）和玉米胚芽（日粮中含有5%或10%）对生长性能、胴体质量和猪肉适口性的影响。此研究的结果表明日粮含有20%的DDGS或更高添加比例的 HP-DDG 对生长性能、胴体组成、肌肉质量、熏肉和猪排的食用特性没有负面影响，但可以降低猪肉的脂肪质量。类似的，饲喂含有高达 10%玉米胚芽的日粮对生长性能、胴体组成、胴体质量、熏肉和猪腰肉的食用特性没有负面影响，但能增加最终体重并能改善熏肉脂肪质量（降低碘值）。

Stein 等（2005）通过两个试验来研究从乙醇副产品中萃取的酵母产品的能量、粗蛋白和氨基酸的消化率。酵母产品的消化能和代谢能含量分别是 5600kcal/kg 和 5350kcal/kg 干物质，是玉米（分别是 4071kcal/kg 和 3992kcal/kg）的 138%和 134%。粗蛋白（74.8%）、赖氨酸（82.2%）、蛋氨酸（88.6%）、苏氨酸（71.1%）、色氨酸（82.2%）、异亮氨酸（79.5%）、亮氨酸（84.0%）和缬氨酸（74.5%）的回肠校正消化系数也较高。这些结果表明此酵母产品是猪饲粮中良好能量和可消化氨基酸的来源。

• 泌乳奶牛。Kelzer 等（2007）进行了一个研究，对玉米胚芽、玉米麸皮、HP-DDGS、两种 DDG、湿玉米蛋白饲料和 WDGS 的蛋白质组成以及瘤胃非降解蛋白（RUP）、RUP 消化率（dRUP）和氨基酸消化率进行测定和评价。表 10.14 列出了这些玉米副产品养分含量的比较。各种玉米粉碎副产品的 RUP、dRUP、赖氨酸和蛋氨酸含量有所不同。

表 10.14 7 种玉米粉碎副产品的以粗蛋白百分比表示的蛋白组分含量的比较

蛋白组分/%CP	高蛋白					湿玉米蛋白饲料	WDGS
	玉米胚芽	玉米麸皮	HP-DDGS	DDGS1	DDGS2		
粗蛋白/%DM	16.3	13.5	47.2	30.1	28.9	26.7	29.9
非蛋白氮	30.0	33.5	7.4	17.0	17.9	36.6	18.6
快速降解真蛋白	15.0	4.0	0.6	7.0	2.1	15.9	2.4
中速降解真蛋白	38.1	54.3	82.4	67.0	41.0	33.2	53.1
慢速降解真蛋白	13.5	6.0	8.8	4.8	11.1	10.1	11.0
非降解真蛋白	3.4	2.2	0.8	4.2	27.9	4.1	14.9
瘤胃非降解蛋白	16.5	20.7	55.2	33.2	56.3	11.5	44.7
瘤胃消化率	66.8	65.8	97.7	92.0	91.9	51.0	93.1
赖氨酸	2.9	3.2	2.0	1.9	1.9	3.5	1.9
蛋氨酸	1.9	1.4	3.2	2.0	2.4	1.6	2.3

注：来源于 Kelzer 等，2007。

玉米胚芽是乙醇生产的副产品，有研究对其作为泌乳奶牛的能量添加饲料进行评价（Abdelqader 等，2006）。日粮的粗精比为 55∶45，其中粗饲料是 60%的玉米青贮和 40%的苜蓿干草，精饲料含有日粮干物质 0、7%、14%或 21%的玉米胚芽。添加玉米胚芽对干物质采食量没有影响，但增加玉米胚芽含量导致产奶量、能量校正乳、乳脂率和乳脂产量的二次方反应。奶牛饲喂含 21%玉米胚芽的日粮导致乳脂产量降低，日粮中玉米胚芽增加使乳蛋白含量线性降低，但乳蛋白产量和饲料效率不受影响。这些结果表明，添加日粮干物质 7%和 14%的玉米胚芽将增加乳和乳脂产量，但日粮干物质在 21%的水平会使乳脂含量降低。

Janicek 等（2007）评价了添加 10%、17.5%和 25%的玉米麸皮（在干物质基础上代替部分玉米青贮和苜蓿草）对泌乳奶牛产奶量的影响。玉米麸皮的水分、粗蛋白、中性洗涤纤维、非纤维碳水化合物、粗脂肪和磷的含量分别是 8.2%、12.9%、30.4%、45.0%、9.9%和 0.70%。当玉米麸皮从 10%增加到 25%时，对干物质采食量和乳脂产量没有影响，但产奶量、乳蛋白产量和饲料转化率升高。随着玉米麸皮水平的增加乳脂含量降低，加上总产奶量的增加，表明饲料处理对3.5%校正乳没有影响。

• 育肥牛。Bremer等（2006）评价了一种叫做达科他麸皮饼（DBRAN）的低蛋白玉米副产品对肥育牛的肥育性能和胴体品质的影响。日粮含有0、15%、30%或45%的DBRAN或30%的DDGS，在干物质基础上代替玉米。随着日粮中DBRAN水平的增加，屠宰重、平均日增重和饲料转化效率线性升高，干物质采食量呈正二次方效应。除了随饲喂的DBRAN水平的增加，肉牛的热胴体重线性增加之外，各日粮处理对胴体品质没有影响。这些结果表明，饲喂高达日粮45%的DBRAN可以提高生长性能而不影响胴体品质，并且DBRAN的能值约相当于玉米的100%～108%。

有研究将传统干法乙醇生产的DDGS和部分分馏过程生产的DDGS进行对比，在日粮中的添加比例为干物质的13%（Depenbusch等，2008）。干物质采食量、平均日增重、增重效率和胴体品质在饲喂两种日粮的小母牛中不存在差异，但饲喂传统DDGS日粮的牛只消耗了更多的饲料。这些结果表明，在肥育小母牛的压片玉米日粮中添加适当水平的DDGS可以获得满意的生长性能和胴体品质。

10.7 总结：分馏玉米副产品在畜禽饲料中的使用

生产专门的工业和食品级产品的玉米分馏法已经被使用了很多年。为了降低成本和提高乙醇产量，燃料乙醇工厂开始使用“前端”工艺将胚乳（富含淀粉的部分）与包括胚芽和麸皮的非发酵部分分离开来。“后端”分馏工艺用来从副产品中提取玉米油脂，结果使得用作饲料的副产品的蛋白质和纤维含量升高，油脂含量降低。已发表的评价这些玉米分馏副产品在畜禽饲料中应用效果的科学研究的数量比较有限。除非进行更多的研究，否则很难确定这些副产品的相对饲用价值、饲料添加比例和相对的营养与经济价值。但所有分馏副产品都具有一定的营养价值，可以在动物饲料中加以使用。

参考文献

Abdelqader, M., A. R. Hippen, D. J. Schingoethe, K. F. Kalscheur, K. Karges, and M. L. Gibson. 2006. “Corn Germ from Ethanol Production as an Energy Supplement for Lactating Dairy Cows.” *J. Dairy Sci*. 89 (Suppl. 1): 156.

Abe, C., N. J. Nagle, C. Parsons, J. Brannon, and S. L. Noll. 2004. “High Protein Corn Distiller Grains as a Feed Ingredient.” *J. Anim. Sci*. 82 (Suppl. 1): 264.

Adom, K. K., and R. H. Liu. 2002. “Antioxidant Activity of Grains.” *J. Agric. Food Chem*. 50: 6182-6187.

Agricultural Utilization Research Institute (AURI), and Minnesota Corn Growers Association. 2005. *Distiller's Dried Grains Flowability Report*. Waseca, MN.

Batal, A. 2007. “Nutrient Digestibility of High Protein Corn Distillers Dried Grains with Solubles, Dehydrated Corn Germ and Bran.” 2007 ADSA/ASAS/AMPA/PSA joint annual meeting, San Antonio, TX. July 8-12. Abstract M206.

Bremer, V. R., G. E. Erickson, T. J. Klopfenstein, M. L. Gibson, K. J. Vander Pol, and M. A. Greenquist. 2006. “Evaluation of a Low Protein Distillers By-product for Finishing Cattle.” *Nebraska Beef Report*, pp. 57-58.

Cromwell, G. L., K. L. Herkleman, and T. S. Stahly. 1993. “Physical, Chemical, and Nutritional Characteristics of Distillers Dried Grains with Solubles for Chicks and Pigs.” *J. Anim. Sci*. 71: 679-686.

Depenbusch, B. E., E. R. Loe, M. J. Quinn, M. E. Corrigan, M. L. Gibson, K. K. Karges, and J. S. Drouillard. 2008. “Corn Distiller's Grain with Solubles Derived from a Traditional or Partial Fractionation Process: Growth Performance and Carcass Characteristics of Finishing Feedlot Heifer.” *J. Anim. Sci*. 1910. doi: 10. 2527/jas. 2007-0501.

Dewanto, V., X. Wu, and R. H. Liu. 2002. "Processed Sweet Corn Has Higher Antioxidant Activity." *J. Agric. Food Chem*. 50: 4959-4964.

Ergul, T., C. Martinez Amezcus, C. M. Parsons, B. Walters, J. Brannon and S. L. Noll. 2003. "Amino Acid Digestibility in Corn Distillers Dried Grains with Solubles." *Poultry Sci*. 82 (Suppl. 1): 70.

Ferrer, E., A. Algria, Farré, G. Clemente, and C. Calvo. 2005. "Fluorescence, Browning Index, and Color in Infant Formulas During Storage." *J. Agric. Food Chem*. 53: 4911-4917.

Ganesan, V., K. A. Rosentrater, and K. Muthukumarappan. 2005. "Effect of Moisture Content and Soluble Levels on the Physical and Chemical Properties of DDGS." ASAE Paper No. 056110. American Society of Agricultural and Biological Engineers, St. Joseph, MI.

Janicek, B. N., P. J. Kononoff, A. M. Gehman, K. Karges, and M. L. Gibson. 2007. "Effect of Increasing Levels of Corn Bran on Milk Yield and Composition." *J. Dairy Sci*. 90: 4313-4316.

Johnston, L. J., A. M. Hilbrands, G. C. Shurson, and J. Goihl. 2007. "Selected Additives Do Not Improve Flowability of Dried Distillers Grains with Solubles (DDGS) in Commercial Systems." *J. Anim. Sci*. 86 (e-Suppl. 3): 54.

Kelzer, J. M., P. J. Kononoff, K. Karges, and M. L. Gibson. 2007. "Evaluation of Protein Fractionation and Ruminal and Intestinal Digestibility of Corn Milling Co-products." Dakota Gold Research Association. http://www.dakotagold.org/research/dairy.asp (downloaded June 24, 2008).

Kim, E. J., C. Martinez Amezcua, P. L. Utterback, and C. M. Parsons. 2008. "Phosphorus Bioavailability, True Metabolizable Energy, and Amino Acid Digestibilities of High Protein Corn Distillers Dried Grains and Dehydrated Corn Germ." *Poultry Sci*. 87: 700-705.

Knott, J., G. C. Shurson, and J. Goihl. 2004. "Effects of the Nutrient Variability of Distiller's Solubles and Grains within Ethanol Plants and the Amount of Distiller's Solubles Blended with Distiller's Grains on Fat, Protein and Phosphorus Content of DDGS." http://www.ddgs.umn.edu/articles-proc-storage-quality/2004-Knott-Nutrientvariability.pdf. (accessed June 2008).

Lumpkins, B. S., and A. B. Batal. 2005. "The Bioavailability of Lysine and Phosphorus in Distillers Dried Grains with Solubles." *Poultry Sci*. 84: 581-586.

Martinez Amezcua, C., C. M. Parsons, and S. L. Noll. 2004. "Content and Relative Bioavailability of Phosphorus in Distillers Dried Grains with Solubles in Chicks." *Poultry Sci*. 83: 971-976.

Noll, S., C. Parsons, and B. Walters. 2006. "What's New since September 2005 in Feeding Distillers Co-products to Poultry." *Proceedings of the 67th Minnesota Nutrition Conference and University of Minnesota Research Update Session: Livestock Production in the New Millennium*, pp. 149-154.

Olentine, C. 1986. "Ingredient Profile: Distillers Feeds." *Proceedings of the Distillers Feed Conference* 41: 13-24.

Pederson, C., A. Pahm, and H. H. Stein. 2005. "Effectiveness of In Vitro Procedures to Estimate CP and Amino Acid Digestibility Coefficients in Dried Distillers Grain with Solubles by Growing Pigs." *J. Anim. Sci*. 83 (Suppl. 2): 39.

Pedersen, C., M. G. Boersma, and H. H. Stein. 2007. "Digestibility of Energy and Phosphorus in 10 Samples of Distillers Dried Grains with Solubles Fed to Growing Pigs." *J. Anim. Sci*. 85: 1168-1176.

Reese, D. E., and A. J. Lewis. 1989. "Nutrient Content of Nebraska Corn." Nebraska Cooperative Extension Service EC 89-219, pp. 5-7.

Rosentrater, K. A. 2006. "Understanding Distiller's Grain Storage, Handling, and Flowability Challenges." *Distiller's Grains Quarterly*, First Quarter, pp. 18-21.

Shurson, J., M. J. Spiehs, J. A. Wilson, and M. H. Whitney. 2003. "Value and Use of 'New Generation' Distiller's Dried Grains with Solubles in Swine Diets." *Proceedings of the 19th International Alltech Conference*, Lexington, KY, May 13.

Spiehs, M. J., M. H. Whitney, and G. C. Shurson. 2002. "Nutrient Database for Distiller's Dried Grains with Solubles Produced from New Ethanol Plants in Minnesota and South Dakota." *J. Anim. Sci*. 80: 2639.

Stein, H. H., M. L. Gibson, M. G. Boersma, and C. Pedersen. 2005. "Digestibility of CP, AA, and Energy in a

Novel Yeast Product by Pigs." *J. Anim. Sci.* 83 (Suppl. 1): 35.

Stein, H. H., M. L. Gibson, C. Pedersen, and M. G. Boersma. 2006. "Amino Acid and Energy Digestibility in Ten Samples of Distillers Dried Grain with Solubles Fed to Growing Pigs." *J. Anim. Sci.* 84: 853-860.

Tjardes, J., and C. Wright. 2002. "Feeding Corn Distiller's Co-products to Beef Cattle." *Extension Extra*, ExEx 2036, August, South Dakota State University Cooperative Extension Service, Dept. of Animal and Range Sciences, pp. 1-5.

Urriola, P. E. 2007. "Digestibility of Dried Distillers Grains with Solubles, In Vivo Estimation and In Vitro Prediction." M. S. thesis, University of Minnesota.

Urriola, P. E., M. H. Whitney, N. S. Muley, and G. C. Shurson. 2006. "Evaluation of Regional Differences in Nutrient Composition and Physical Characteristics among Six U. S. Soybean Meal Sources." *J. Anim. Sci.* 84 (Suppl. 2): 24.

Widmer, M. R., L. M. McGinnis, and H. H. Stein. 2007. "Energy, Phosphorus, and Amino Acid Digestibility of High-Protein Distillers Dried Grains and Corn Germ Fed to Growing Pigs." *J. Anim. Sci.* 85: 2994-3003.

Widmer, M. R., L. M. McGinnis, D. M. Wulf, and H. H. Stein. 2008. "Effects of Feeding Distillers Dried Grains with Solubles, High Protein Distillers Dried Grains, and Corn Germ to Growing-Finishing Pigs on Pig Performance, Carcass Quality, and the Palatability of Pork." *J. Anim. Sci.* 1910. doi: 10. 2527/jas. 2007-0594.

Xu, G., G. He, S. K. Baidoo, and G. C. Shurson. 2006a. "Effect of Feeding Diets Containing Corn Distillers Dried Grains with Solubles (DDGS), With or Without Phytase, on Nutrient Digestibility and Excretion in Nursery Pigs." *J. Anim. Sci.* 84 (Suppl. 2): 91 (Abstr.).

Xu, G., G. He, M. Song, S. K. Baidoo, and G. C. Shurson. 2006b. "Effect of Ca: Available P Ratio on Dry Matter, Nitrogen, Phosphorus, Calcium, and Zinc Balance and Excretion in Nursery Pigs Fed Corn-Soybean Meal Diets Containing DDGS and Phytase." *J. Anim. Sci.* 84 (Suppl. 2): 91 (Abstr.).

Xu, G., M. H. Whitney, and G. C. Shurson. 2006a. "Effect of Feeding Diets Containing Corn Distillers Dried Grains with Solubles (DDGS), and Formulating Diets on Total or Available Phosphorus Basis, on Phosphorus Retention and Excretion in Nursery Pigs." *J. Anim. Sci.* 84 (Suppl. 2): 91 (Abstr.).

——. 2006b. "Effects of Feeding Diets Containing Corn Distillers Dried Grains with Solubles (DDGS), With or Without Phytase, on Nutrient Digestibility and Excretion in Grow-Finish Pigs." *J. Anim. Sci.* 84 (Suppl. 2): 92 (Abstr.)